P.G.Wodehouse

ウッドハウス・コレクション

ジーヴスの帰還

Jeeves in the Offing

P・G・ウッドハウス 著

森村たまき 訳

国書刊行会

目次

ジーヴスの帰還

○登場人物たち

バートラム（バーティー）・ウースター………お気楽暮らしの気のいい有閑青年。

ジーヴス………バーティーに仕える有能「紳士様お側つき紳士」。

ダリア・トラヴァース（ダリア叔母さん）………バーティーの優しく感心な叔母さん。

ロバータ（ボビー）・ウィッカム………自由奔放な赤毛娘。

レジナルド（キッパー）・ヘリング………『サーズデー・レヴュー』誌編集者。

サー・ロデリック（ロディ）・グロソップ………高名な神経科医。

オーブリー・アップジョン………マルヴァーン・ハウス元学校長。

フィリス・ミルズ………アップジョンの義理娘。

ウィルバート・クリーム………アメリカ大富豪の息子。

アデーラ・クリーム………ウィルバートの母。推理小説作家。

ホーマー・クリーム………ウィルバートの父。アメリカの大実業家。

レディー・ウィッカム………ボビーの母。恋愛小説家。

トーマス・トラヴァース（トム叔父さん）………ダリア叔母さんの夫。古銀器蒐集家。

1．キッパーで朝食を

ジーヴスが朝食のテーブルにじゅうじゅう音立つエッグス・アンド・ベーコンを置いた。それでレジナルド・〝キッパー〟・ヘリングと僕は舌なめずりして両ひじをえいと脇に突き出し、そいつに取りかかった。いわゆる永遠不朽《ふきゅう》の思い出により、この僕と結びつきたるこのヘリング、わが生涯の親友である。幾星霜《いくせいそう》の昔、白面《はくめん》の書生たりし頃、奴と僕とは疫病神の王者、オーブリー・アップジョン文学修士によって運営されたる私立学校、ブラムレイ・オン・シー、マルヴァーン・ハウスにていっしょにおつとめをした仲なのだ。またしばしばわれわれはアップジョン氏の校長室にて、ヘビの如く噛《か》み、毒蛇の如く刺す〔『箴言』二三・三二〕と人の言う杖《つえ》でもって一番痛いやつを六発続けて食らうのを二人並んで立って待ったことであった。そういうわけで僕たちは、クリスピアンの日――という名でよかったはずだが――に力を合わせて戦った旧い戦友〔『ヘンリー五世』四幕三場〕みたいなものなのだ。

本日の特選料理が強心効果あるコーヒー数液量オンスに伴われて昇降口を下ってゆき、僕がマーマレードに手を伸ばそうとした、ちょうどその時、玄関ホールで電話がピーピー鳴るのが聞こえ、僕は立ち上がってそいつに応えた。

「バートラム・ウースターの住まいです」電話がつながると僕は言った。「ウースター本人がお話ししています。やあ、ハロー」僕は付け加えて言った。というのは電話線を伝い轟《とどろ》きわたったその声は、ドロイトウィッチ近郊、マーケット・スノッズベリー、ブリンクレイ・コート、トーマス・ポーターリントン・トラヴァース夫人の声であったからだ。というか、換言すれば、僕の善良で感心なダリア叔母さんである。「心の底からピッピーをお送りしますよ、ご先祖様」とても嬉しく僕は言った。つまり彼女はいっしょにおしゃべりすることが、いつだって特権であるような女性であるからだ。

「それじゃああたしの方からは目覚ましプップーを送るわね。この景観破壊若造ったら」真心込めて彼女は応えた。「あんたがこんな早い時間に起きてただなんて驚きだわ。それともあんた、夜中じゅう遊びまわって今うちに着いたとこってこと？」

僕はすみやかにこの中傷に反駁《はんばく》した。

「もちろん違うとも。そんなふうに言われる筋合いは金輪際《こんりんざい》ありゃしないんだ。今週ずっと、僕はヒバリとともに目覚めている。キッパー・ヘリングの奴に付き合ってさ。奴が新しいフラットに入れる日まで、うちに泊まってるんだ。キッパーの奴のことは憶えてるかなあ？　前に夏に一度ブリンクレイに連れてったことがあるんだけど。カリフラワー耳の男でさ」

「誰のことを言ってるかはわかったわ。ジャック・デンプシー［アメリカのボクサー。世界ヘビー級王座を五回防衛］に似た男でしょう」

「そのとおり。だけどジャック・デンプシーよりもずっと有能なんだよ。貴女《あなた》は読んでるかどうか知らないけど、奴は『サーズデー・レヴュー』って定期刊行物の編集部にいる。それで夜明け時にはオフィスでタイムカードを押してなきゃならないんだ。貴女からの電話だって知らせたら、間違いなく奴はよろしく伝えてくれって言うはずだ。だって奴が貴女のことをものすごく高く評価してるのを僕は知ってるからね。完璧なる女主人だといって、奴は貴女のことをしばしば口にするんだ。それにしてもお声がまた聞けて嬉しいよ、血肉を分けたるわが叔母上様。マーケット・スノッズベリーの方じゃ、いろいろ調子はどうなんだい？」

「まあ、ぼちぼちやってるわよ。だけどね、あたしブリンクレイから電話してるんじゃないの。ロンドンに来てるのよ」

「いつまでさ？」

「今日の午後車で帰るの」

「昼食をご馳走させてよ」

「ごめんなさいね、だめなのよ。あたしサー・ロデリック・グロソップと飼い葉袋をごいっしょするお約束になってるんだから」

　これは僕を驚かせた。彼女の言及したこの高名なる脳専門医は、僕が昼食をあえてごいっしょしたいとは思わない人物であったからだ。僕らの関係はハートフォードシャーのレディー・ウィッカムの館にて女主人の一女ロバータの指導よろしきを得、深夜に彼の湯たんぽをかがり針にて突き刺した夜以来、硬直傾向に留まっている。むろん意図的にそうしたものではない。僕は彼の甥、僕と確執のあったタッピー・グロソップの湯たんぽを突き刺そうと計画していたのだが、僕の知らぬうちに二人は部屋を交換していたのだ。いわゆるたんなる不幸な誤解というやつに過ぎない。

「いったい全体なんでそんなことをしようっていうんだい？」

「どうしていけないわけがあって？　彼のおごりなのよ」

彼女の主張は理解できた――一ペニーの節約は一ペニーの儲《もう》けとかそういうやつだ――だがそれでも僕は驚き続けた。おそらくは自由な行為者であるところのダリア叔母さんが、この途轍《とてつ》もなく恐るべきキチガイ医者をどうして昼食のお相手に選ばなければいけないのか、と。しかし、人生の最初の教訓とはおばさんはおばさんであるということで、したがって僕は何度か肩をすくめるだけにした。

「ふん、もちろん貴女のお心のままにさ。だけど性急な振舞いに思えるなあ。貴女はグロソップとどんちゃん騒ぎをするためだけに、ロンドンに来てるの？」

「ちがうわよ。あたしがここに来てるのは、新しい執事を雇ってうちへ連れてくためよ」

「新しい執事だって？　セッピングスはどうしたのさ？」

「もういないの」

僕は舌をちっと鳴らした。僕はこの家令が大好きであったし、彼のパントリーでは何度もポートを共にしたものである。その報せは僕を悲しい気持ちにした。

「まさか、本当かい？」僕は言った。「それは残念だなあ。こないだ会った時にちょっと弱ってるように思ったんだ。うーん、だけど人生ってのはそんなものさ。すべての肉は草に等しい〔『ペトロの手紙一』一・二四〕」、と、僕はいつだって言うんだよ」

「ボグナー・リージスに、休暇に行ってるのよ」

僕はちっと舌鳴らしをやめた。

「ああ、なんだそうか。それじゃあ話もぜんぶちがってくる。こういう家の大黒柱が近頃みんなみんなとっととでかけちゃうみたいな様子なのは、おかしなことだなあ。ジーヴスが教えてくれた中世の民族大移動みたいな勢いじゃないか。ジーヴスも今朝から休暇をとるんだよ。彼はエビ獲りにハーン・ベイに行っちゃうんだ。それで僕としては愛するガゼルだったかなんだったか何かどうか動物を失くしたとかいって悲しがってる詩「トマス・ムーアの詩「ララ・ルーク」」の中の男みたいな気分でいて、彼なしでどうしたらいいものか、僕にはわからないんだ」

「どうしたらいいものか教えてあげる。きれいなシャツはある？」

「何枚かね」

「歯ブラシは？」

「二本ある。どっちも最高級品だ」

「それじゃあそいつを荷造りしなさいな。あんたは明日ブリンクレイに来るの」

ジーヴスが年に一度の休暇を取ろうとするときいつもバートラム・ウースターを霧《きり》のごとく包む憂鬱《ゆううつ》は、目に見えて軽減された。ダリア叔母さんの田舎の棲家《すみか》に逗留するくらいに好ましきこともそうはない。絵のごとき風景、砂利《じゃり》土にて水はけ良好、下水本管、自家水道完備、そして何よりかにより神よりの賜《たまわ》りものフランス人シェフ、アナトールの至高の料理。フルハウス、と人は言おう。

「なんて素敵な提案なんだ」僕は言った。「貴女は僕の問題をぜんぶ解決して、帽子の中から青い鳥を取り出してくれたね。僕にまかせて。明日の午後、この髪三つ編みに結い上げ唇に歌もてウースター型スポーツ・モデルに乗って馳《は》せ参ずる僕の姿がご覧いただけるはずさ。僕の存在はアナトールを刺激して新たなる挑戦の高みへと彼をいざなうはずだ。お宅のヘビ穴には他に誰が滞在するんだい？」

「在院者数はぜんぶで五名ね」

「五人だって？」僕はまたさっきの舌ちっと鳴らしを再開した。「うひゃあ、トム叔父さんはちょっぴり口から泡を吹いてるにちがいないな」僕は言った。つまり僕はこの叔父が家に滞在客がいるのをどんなに嫌うかを、承知していたからだ。週末滞在客一人ですら、時に彼をして苦杯を喫せしむるには十分なのである。

「トムはいないの。あの人クリームといっしょにハロゲートに行ってるのよ」

「腰痛クリーム持参でってこと？」

「腰痛クリーム持参でってことじゃないの。クリームとって言ってるの。ホーマー・クリームよ。アメリカ実業界の大立者で、海のこっち側をただいまご訪問中なの。その人胃潰瘍《いかいよう》を患《わずら》ってて、かかりつけの医術師がハロゲートで水を飲めって命令したのね。トムは彼の手をとってあげて、そいつがどんなにいやらしい味かって彼が語るのを聞いてあげながら宵を過ごすために、いっしょにでかけてるのよ」

「立体的だな」

「なんて言ったの？」

「利他的って言うつもりだった。おそらく貴女はこういう言葉は知らないだろうけど、僕はジーヴスが使うのを聞いて知っているんだよ。犠牲を省みず無私の奉仕を提供する人間を指していう謂《い》いだな」

「無私の奉仕ですって、ちゃんちゃらおかしいわ！　トムはクリームと重要な商談の真っ只中なの。それがうまいことといったら、あの人所得税なしでどっさり大儲《おおもう》けができるのよ。それであの人ったらあの男に、ハリウッドのイエスマンみたいにおべんちゃらを使いまくってるんだわ」

僕は知的にうなずいてみせた。むろん彼女に僕は見えないわけだからぜんぜん無駄であったのだが。僕には義理の叔父の心理過程が容易に理解できたのだ。T・ポーターリントン・トラヴァースはペソ銀貨を何袋もどっさり蓄財した男ではあるものの、しかし暖炉の中のレンガの裏にあともうちょっと押し込んでおくことにはいつだって大賛成の人物である。つまり——正当にも——自分の持ちものにちょっぴり足し加えたひとつひとつが、もうちょっぴり持ちものを増やすことになる［一九〇七年のディロン兄弟のヒット曲のタイトル］のだと考えつつ、ということだ。また、彼の好みにどんぴしゃりのことが一つあるとすれば、それは所得税を払わずに済ませることである。叔父さんは政府が自分より巻き上げる一ペニー一ペニーに、怨嗟《えんさ》の情を激しくしているのだ。

「そういうわけだから、あたしにさよならのキスをする時に、あの人、目に涙を溜めてクリーム夫人とその息子ウィリーを王侯のごとくもてなせって強く訴えていったの。かくて連中はブリンクレイにあり、木造箇所にもぐり込んでるってわけなのね」

「ウィリーって言った？」

「ウィルバートを縮めてね」

僕は考え込んだ。ウィリー・クリーム。何とはなしにその名には思い当たるところがあるような気がした。その名を前に聞いたかどこかの新聞で見たかどうかしたような気がする。だが思い出せない。

「アデーラ・クリームはミステリー小説を書いてるの。あんたあの人のファンじゃなくって？　ちがう？　ふん、到着したらただちに詰め込み勉強を始めなさいな。なぜってどんな小さなことだって何かどうか役に立つんですからね。あたし、全巻揃えで買ってあるの。すごくいいわよ」

「よろこんで彼女の資料には目を通しておくとも」僕は言った。つまり僕は、サスペンス小説のいわゆるアなんとかであるのだ。アフィシオナードでよかっただろうか？　「いつだって死体の一つや二つと余計にお付き合いさせてもらうのはぜんぜん構わないんだ。すると在院者中二名はそのクリーム夫人と息子のウィルバートってことでいい。残る三名は誰さ？」

「えーと、まずはレディー・ウィッカムの娘のロバータがいるわね」

僕はビクッとして激しく跳《と》び上がった。あたかも見えざる手にお尻をつつかれたみたいにだ。

「なんだって！　ボビー・ウィッカム？　ひゃあ、なんてこった！」

「どうしてそんなに興奮するの？　あんたあの子を知ってるの？」

「もちろん知ってるとも」

「なんだかわかってきたわ。あの子、あんたが婚約してきた騒々しい女の子たちの群れの一人ってわけなのね？」

「ちがう、必ずしもそうじゃない。僕らが婚約したことはない。だけどそれは彼女が僕で妥協しようとしてくれなかったからに過ぎないんだ」

「あの子、あんたを振ったってこと？」

「そうだ。おお神に感謝をだよ」

「どうして神様に感謝なの？　一人でもって麗《うるわ》しきコーラス総出演って子よ」

「確かに彼女が目に苦痛じゃあないって点には同意する」

「べっぴんさんだわよ。類いまれなる」

「確かにそのとおり。だがべっぴんさんってだけがすべてじゃないだろう？　ああ、魂はなんら意味を持たぬのか？」

「あの子の魂はお母さんの手づくりみたいじゃあないの？」

「ぜんぜんほど遠い。はるかに標準以下だ。僕に言えることは……ああ、だけどだめだ。この件はおしまいにしよう。つらい話なんだ」

　僕としては己《おの》が心の平安を重んじる賢明なる人物があの赤毛の危険人物からしっかり距離をとることを最善と考えるのはなぜかという理由を五十七個くらい並べ立てて話してやりたいところであったのだが、しかし、これからマーマレードのことどもに立ち戻りたいと考えている時に、そんな真似は時間をとりすぎると理解したのだった。ただ僕はエーテル麻酔から覚醒《かくせい》してよりだいぶ経《た》ち、聖職者やら花嫁介添人やらに全員集合してもらおうじゃないかという僕の提案への同意を謝絶してくれたことで、あの娘は僕に目覚しい恩義を施してくれていたのだという事実をよくよく認識するに至っていたと述べるのみにて十分であろう。その理由は以下のとおりである。

　ダリア叔母さんはこのイボ娘を一人でもって麗しきコーラス総出演と述べた点において、ど真ん中大当たりで正鵠《せいこく》を得ていた。彼女の外殻は実際のところ、見る者をしてその身をのけぞらせしめ、驚愕《きょうがく》の口笛を吹かさしむる、そういう性質のものである。双子の星のごとき目、さくらんぼよりも赤き髪、元気、エスピエグレリというか活力、その他色々完全装備ではあるものの、B・ウィッカムはまた時限爆弾みたいな気質および人生観全般の持ち主でもあったのだった。彼女と共にいる時、あなたは何かしらがいつ何時《なんどき》ボカンと音たてて爆発するのではあるまいかとの不安な心持ちでいることを四六時中余儀なくされる。彼女が次にどういうことをしてのけてくれるものか、どういうどんよりしたスープの深みに無思慮にもあなたを落とし込んでくれるものかを、人はけっして知る由もないのである。

「ご主人様、ウィッカムお嬢様は」僕の狂熱が絶頂にあった時、ジーヴスは警告するげに僕にこう言ったものだ。「真面目さに欠けておいでございます。あの方は気まぐれで軽薄でいらっしゃいます。わたくしはあれほどまでに鮮紅色のお髪のお持ち主でいらっしゃるご令嬢を、一生涯を連れ添うご伴侶としてご推薦申し上げますことには、つねづね躊躇《ちゅうちょ》いたして参ったものでございます」

彼の判断は健全であった。彼女がいかにして巧妙な策略を弄《ろう》し、僕をたぶらかしてサー・ロデリック・グロソップの寝室に忍び込ませた上、彼の湯たんぽにかがり針を突き刺させたことかを、僕は常々語り草にしてきた。しかしそんなのは彼女にしたらまだまだ比較的お手軽な所業である。要するに、ハートフォードシャー、スケルディングス・ホール、故カスバート・ウィッカムとレディー・ウィッカムの息女ロバータは、正真正銘掛け値なしのダイナマイト娘であり、平穏な暮らしを送ることを目指す者皆すべからく大いに距離をおくべしという女性であるのだ。最も愛し最も近しい人々をマリガトーニスープ中に着水させせんとする進取の気性に富んだ女の子にカントリーハウスの提供しうる、ありとあらゆる設備的便宜完備の情況で彼女と同じ屋根の下に閉じ込められるとの展望を前にして、僕は来《きた》るべきことどもの様相にひとえに疑義を抱いていたことであった。

この一撃を食らってよろめいているところに、齢《よわい》重ねたるわが親戚は僕にもう一発食らわせてきた。またそれはとどめのノックアウトパンチであった。

「それとオーブリー・アップジョンと彼の義理娘のフィリス・ミルズもいるわ」彼女は言った。

「これで全部よ。あんた、どうしたの？　喘息《ぜんそく》の発作かしら？」

僕の唇から発された鋭いあえぎ声を指して彼女はこう言ったものと僕は理解した。また告白せねばならないが、それは瀕死《ひんし》のアヒルの断末魔の声と似ていなくもなかった。しかしあえぎ声をあげる点について僕に完全な正当理由ありと、僕は感じたものだ。もっとか弱い男であったらば、バンシーみたいに泣き叫んでいたはずである。僕の脳裡《のうり》に、キッパー・ヘリングがかつて僕に言ったことが思い浮かんだ。「なあ、バーティー」哲学的な気分になって、奴は言った。「お前も俺も、この人生に感謝すべきことはたくさんある。どんなに道が険しかろうと、俺たちが胸に抱き続けていられる確信があるんだ。たとえ嵐雲低く垂れ込め、地平線暗く翳《かげ》ろうとも、靴に釘が出て、傘なく雨中に佇《たたず》もうとも、朝食の席に降りていって誰かが茶色の卵を先に取っちゃったのを知ることとなろうとも、少なくとも俺たちがあのオーブリー・クソ・アップジョンとあい見《まみ》えることはもう二度とないと知ることは心の慰安だ。心が落ち込んだ時には、いつだってそのことを思い出すんだ」奴はそう言い、また僕はいつだってそうしてきたのだった。そして今ここにこの食わせ者が、僕の目の前に突然ひょっこり姿を現したのだった。いかに心強き者にも瀕死のアヒルの真似を開始せしむるに足る一事である。

「オーブリー・アップジョンだって？」僕は震えた。「僕の知ってるオーブリー・アップジョンってこと？」

「そいつよ。あんたがあの男のとこの囚人の身分を脱したすぐ後に、あの男はあたしの友人でとてつもない大金持ちのジェーン・ミルズと結婚したのよ。で、彼女は死んで、一人娘を遺したの。あたしはその子の名付け親なんだわよ。アップジョンはもう退職して、政界に乗り出そうとしてるの。情報筋によると、舞台裏じゃあ連中が次の中間選挙でマーケット・スノッズベリー選挙区の保守党候補者としてあの男を担ぎ出そうとしてるんですって。あんたにとっちゃあ、なんてわくわくする話なんでしょうねえ。あの男にまた会えるだなんて。それともそう思うのって、あんた怖い？」

「絶対にそんなことはない。われわれウースター家の者は恐れを知らないんだ。だけど、いったい全体どうして貴女はあいつをブリンクレイに招待したりなんかしたのさ？」

「呼んでないわ。あたしが呼んだのはフィリスだけよ。だけどあの男もついてきちゃったの」

「追い返してやればよかったのに」

「そんな度胸はないわ」

「弱腰だな。まったく弱腰だ」

「それだけじゃないの。あたしはあの男が仕事に必要なんだわ。あの男、マーケット・スノッズベリー・グラマー・スクールで表彰式をやるのよ。いつもどおりうちは人材不足なのね。誰かがあそこのクソいまいましいガキどものために理想とか外の偉大な世界とかについて演説をしなきゃならないの。だからあの男がぴったり適任ってわけ。あの人とっても達者な演説家のはずよ。ただひとつだけ問題があって、あの人演説原稿があってそれを読むんじゃなくっちゃ、にっちもさっちも行かなくなっちゃうんですって。覚書を参照しつつ、って言い方をしてたわね。フィリスがそう話してくれたわ。あの子があの男のために演説原稿をタイプしてるんですって」

「じつに汚いやり口だ」厳しく僕は言った。「村のコンサートで『ヨーマンの結婚の歌』を歌う以上のことはしたことのない僕にだって、手間暇かけて歌詞を暗記しないで観衆の前に出てゆくだけの厚顔さはない。とはいえ『ヨーマンの結婚の歌』は〈ディンドン、ディンドン、ディンドン、われ急ぎゆく〉って歌い続けてるだけで結構しのげるってところはあるんだけどね。要するにさ……」

まだまだ話し続けてもいたいところだった。しかしこの時点で、お黙んなさいと僕に要求し、バナナの皮を踏んづけないよう気をつけるようにとの優しい警告の言葉を告げた後、彼女は電話を切ったのだった。

2. さらば、ジーヴス

電話の許を離れる僕の足は、ほぼ鉛《なまり》のようであったと言って過言でなかった。これは結構な話の詰め合わせじゃあないかと僕は思った。物事をかき回し、新しき日のはじまる毎に、何事か文明を震撼《しんかん》させる新たな方法を発見する傾向のあるボビー・ウィッカムが一人いるだけだってことは十分悪い。そこにオーブリー・アップジョンを足し合わせよ、となれば、同混合物はずいぶんと栄養満点に過ぎよう。戻ってキッパーとふたたび対面した時、わがひたいが蒼白《あおじろ》き思いに覆われていることに［『ハムレット』三幕一場。ハムレットの独白］――ジーヴスがかつてそういう言い方をするのを聞いたことがある――奴が気づいたかどうかはわからない。おそらく気づきはしなかったろう。というのはその時奴はマーマレード・トーストをがつがつ食らっていたからだ。しかし僕のひたいはそんなふうだった。過去においてきわめてしばしばそうであったように、僕は迫り来る運命を意識していた。それが具体的にどういう形状をとるものか、むろん僕には言えない――ああかもしれないし、こうかもしれない――しかし、僕の耳もとにささやきかけてくる声は、これからそう遠からざる日に何かしらのかたちで、バートラムは肚《はら》のど真ん中大当たりでそいつを受けとめることになっているのだと告げているかのようだった。

「ダリア叔母さんからの電話だった」僕は言った。

「ああ彼女の優しき心に神の恩寵《おんちよう》あれだ」奴は応えて言った。「最善最高の人物だ。俺がそう言ってたって引用してもらっていい。ブリンクレイにての幸福なる日々を、俺は一生忘れやしない。また彼女のご都合の許すいつ何時《なんどき》なりと、次なる招待をよろこんでおねだりしたいものだなあ。彼女はロンドンに来てるのかい？」

「今日の午後までだ」

「もちろんわれら二人して彼女を豪奢《ごうしや》なる食物にてあふれんばかりに満たしてやるんだろう？」

「いや、彼女には昼食の約束がもうある。キチガイ医者のサー・ロデリック・グロソップと食事するんだ。お前、この親爺《おやじ》さんのことは知らなかったな、どうだ？」

「お前が話すのを聞いたことがあるだけだ。食えない親爺、ってことだったな？」

「最高に食えない親爺さんだ」

「お前の寝室に二十四匹のねこがいるのを見つけたって親爺さんじゃあなかったっけか？」

「二十三匹だ」僕は訂正した。僕は物事には正確を期するのが好きだ。「それにあいつらは僕のねこじゃなかったんだ。僕の従兄弟《いとこ》のクロードとユースタスがあそこに置いていったんだ。だけど僕には説明が難しかった。また彼は優秀な聞き手じゃない。ブリンクレイであの親爺さんに会う羽目にならなきゃいいんだが」

「お前、ブリンクレイに行くのか？」

「明日の午後だ」

「そりゃあ楽しいことだろうな」

「楽しいだろうか？　その点異論の余地はだいぶあるんだ」

「お前、バカじゃないか。アナトールのことを考えてもみろよ。彼の手になる数々のディナーを！　エデンの門に悲嘆に暮れて佇《たたず》むペリ〔トマス・ムーアの詩「楽園とペリ」〕の名を、お前聞いたことはあるか？」

「ジーヴスが彼女の話をするのを聞いたことはある」

「アナトールのディナーを思い出すたびに俺が感じるのがそんなふうなんだ。彼が夜毎にあれを皿に盛り付けていて、自分はそこにいないと思う時、俺はもうちょっとで泣き崩れる寸前になる。楽しくないなんてどうして思いようがあるんだ？　ブリンクレイ・コートこそ地上の楽園だぞ」

「多くの点で、そのとおりだ。だが今現在彼《か》の地での暮らしはいくらか難ありなんだ。眺望《ちょうぼう》はみんな好もしいんだけど人だけが下劣だ〔ヒーバー僧正の賛美歌より〕ってところが、僕の好みからするとあんまりにもあり過ぎなんだな。あすこのしもた屋にいったい誰が泊まってると思う？　オーブリー・アップジョンだぞ」

　僕が奴を震撼させたのは明白だった。奴の目は広がり、驚愕《きょうがく》のあまりトーストが一切れ、奴の手からはらりと落ちた。

「アップジョン爺《じい》さんだって？　冗談言うんじゃない」

「冗談なんかじゃない。あいつはあそこにいるんだ。当のご本人だ。似姿じゃあない。あの爺さんと会うことはもう二度とないんだからってお前が僕を元気づけてくれたのが、ほんの昨日のことのように思われるなあ。いかに嵐雲低く垂れ込めようと、とか言ってたんだ。憶えてるかどうか……」

「だけどどういうわけであいつがブリンクレイにやってきてるんだ？」

「僕もまさしく同じことを齢《よわい》重ねたるわが親戚に訊いたさ。そしたら彼女は事実をうまいこと説明してくれた。どうやら僕らが目を離してた隙《すき》に、親爺さんはダリア叔母さんのご友人と結婚してたんだ。ジェーン・ミルズってご婦人だ。それで義理娘を手に入れてたんだな。フィリス・ミルズなるご令嬢だ。ダリア叔母さんは彼女の名付け親なんだ。わがご先祖様はミルズ嬢をブリンクレイに招待した。するとアップジョンが渡りに船とやってきたんだ」

「わかった。お前が木の葉のごとく震えてるのも、じゃあ無理はないな」

「木の葉のごとくってほどのことはないんじゃないか。だが……ああそうだ、僕のことを震えていると述べるのも故なきとはしない。あいつの魚みたいな目のことは、忘れられない」

「それとぶ厚い、むき出しの唇だ。あれをディナーのテーブル越しに見つめなきゃならないとなると、気持ちはよくないな。とはいえお前、フィリスは気に入るはずだ」

「彼女を知ってるのか？」

「去年のクリスマスにスイスで会ったんだ。彼女の背中をぺしんとはたいといてやってくれないか。それで俺からよろしくと伝えてくれ。いい子だ。イカレぽんちだがな。彼女いっぺんだって自分がアップジョンの身内だなんて教えちゃくれなかったんだぞ」

「そういうことは当然内密にしときたいもんだろう」

「ああそうだ。そりゃあわかる。毒殺者パーマー［一八五六年に処刑された毒殺者パーマー博士］と係累《けいるい》だとしたら、その点は伏せとこうとするのとおんなじだ。俺たちがマルヴァーン・ハウスに身柄を取られてた時代に、あいつがどんなに恐ろしい生ゴミを俺たちに投げ与えてよこしたもんだったか。日曜日のソーセージを憶えてるか？　あと茹《ゆ》でマトンのケイパーソース添えをさ？」

「それとマーガリンだ。あれを思い出すと、あいつが最高の田舎のバターを何ポンドも食べてる姿を座視するを余儀なくされるのは試練だろうな。ああ、ジーヴス」テーブルを片付けるべくゆらめき入ってきた彼に、僕は言った。「君はイングランド南海岸の私立学校に行ったことはなかったんだったな、どうだ？」

「はい、ご主人様。わたくしは家庭にて教育を受けましたものでございます」

「ああ、それじゃあ君にはわからない。ヘリング氏と僕とは、昔僕らの学校の校長だったオーブリー・アップジョン文学修士のことを話し合っていたところなんだ。ところで、キッパー、ダリア叔母さんはあいつについて僕が今までまったく知らなかった、ものを考える人間にとってあの親爺を憎悪の対象とせずにはいられないようなことを教えてくれた。学期末にあの爺さんが僕たちに向けてぶち上げた強烈な演説を、お前憶えているか？　うむ、あいつはしっかりタイプした原稿を握り締めて読めるようにしてない限り、ああいう真似はできないんだ。親爺さん言うところの覚書なしには、あいつはご用済みでどうにもならない。まったくむかつく話じゃないか、なあジーヴス、そうは思わないか？」

「わたくしの信じるところ、数多くの雄弁家が同様の障害を負っておいでいらっしゃいます、ご主人様」

「寛容すぎるな、ジーヴス。あんまりにも寛容すぎる。そういう弛緩《しかん》した態度には注意しなきゃいけないぞ。しかしながらだ、僕がこのアップジョンの話を持ち出すのは、そいつが我が人生に再登場してきた、というかあともうちょっとで再登場するところだからなんだ。親爺さんはブリンクレイに泊まっている。そして僕は明日そこへ行くんだ。たった今あった電話はダリア叔母さんからで、彼女は僕の滞在を要求しているんだ。スーツケースに一つかそこら、必要なものを荷造りしてもらえるかなあ？」

「かしこまりました、ご主人様」

「君がハーン・ベイ遠足に出発するのはいつだったかな？」

「わたくしは今朝の汽車に乗車いたす所存でおりましたが、あなた様のご要望とありますれば明日までこちらに留まりましても……」

「いや、いいんだ。まったく大丈夫だ。いつでも好きな時に出発してくれ。何がおかしいんだ？」

彼の背後でドアが閉まると、僕は訊いた。というのはキッパーが静かにクックと笑っているのに気づいたからだ。むろん口いっぱいにトーストとマーマレードを頰張《ほおば》っているという時に、容易な所業ではない。だが奴はそいつをやり遂げていた。

「アップジョンのことを考えてたんだ」奴は言った。

僕は驚愕した。ブラムレイ・オン・シーのマルヴァーン・ハウスにておつとめをした者が、あの第一級の危険人物のことに思いを遊ばせた挙句に、静かにであれなんであれクックと笑えるというのは信じられないことだと思えたからだ。そんなのは今日び映画のスクリーン上でしょっちゅうお目にかかる、宇宙からやってきた恐怖の生命体のことを考えながらほがらかに笑うようなものだ。

「俺はお前がうらやましいよ、バーティー」奴はクックと笑うのを続けながら言った。「お前は大変なごほうびを期待できるんだぞ。アップジョンが朝食のテーブルで今週号の『サーズデー・レヴュー』誌を広げ、最近の文学に関するコメントページを走り読みしはじめる時に、その場に居合わせられるんだからなあ。説明しなけりゃいけないが、うちの編集部に最近届いた本の中にあいつの筆になる私立学校を扱った薄っぺらい本があって、その中で奴は盛大にでっちあげをやってくれてるんだ。奴によると、俺たちがあそこで過ごした人格形成期の日々は、われらが生涯のもっとも幸福なる時だったんだそうだ」

「うぎゃあ！」

「奴には自分の創作品が書評を加えられるべくマルヴァーン・ハウスの元囚人の手に渡ったってことを、知る由もないんだ。教えてやろう、バーティー、ありとあらゆる若者が知ってなきゃならないことだからな。カス野郎にゃあ絶対なっちゃだめだ。なぜならそういう奴になってると、一時は緑の月桂樹の木のごとく繁栄するかもしれない〔『詩編』三七・三五〕が、遅かれ早かれそいつの身を冷厳なる応報が襲うんだ。言うまでもないことだが、俺はそのクソいまいましい小冊子をけちょんけちょんにけなしてやった。日曜日のあのソーセージのことを思う時、俺の身体はユウェナリス〔古代ローマの退廃を嘆いた詩人〕の正義の憤怒に満ち満ちる、ってな」

「誰のだって？」

「お前の知らない男だ。お前の生まれる前の話だからな。俺は霊感を授かったみたいだった。思うに、いつもだったらあんな本は〈最近のその他刊行物〉のコラムに一行半書くだけでおしまいなんだが、あれをネタに俺は情熱たぎる文章を六百語も書き上げたんだ。親爺さんがあれを読む時にその場にいてあいつの顔を見られる立場にいられるだなんて、お前はなんてものすごく幸運なんだろうなあ」

「どうして親爺さんがそれを読むってことがわかるんだ？」

「あいつは予約購読者なんだ。一、二週間前の投書欄にあいつの手紙が載ったんだ。その中で奴は本誌を予約購読して一年になるってはっきり書いてる」

「その記事に署名はしたのか？」

「いいや。編集長は部下が名前を売るのが好きじゃないんだ」

「それでそいつはほんとにホットなシロモノなんだな？」

「灼熱《しゃくねつ》のシロモンだ。だから朝食のテーブルじゃあ奴をしっかり見てることだ。あいつの反応に注目しろ。必ずや奴の頬には恥辱と自責の紅潮が見られるはずと予期している」

「ただひとつの難点は、ブリンクレイにいるとき僕は朝食のテーブルには降りてかないってことなんだ。とはいえだ、何とか特別にがんばることはできるだろう」

「そうすることだな。それだけの価値はあるはずだ」と、キッパーは言い、それから間もなく週給袋を稼ぎにでかけていった。

奴が出ていってだいたい二十分くらいしたところで、山高帽を手に、ジーヴスがさよならを言いに入ってきた。われわれの自制心に極限まで負担を強いる、粛然たる瞬間である。しかしながら、われわれは上唇を固くして平静を維持し、しばらく二人してあれこれかれこれかい合った後、彼は退場を始めた。彼がドアのところまで行ったところで、ダリア叔母さんが話していたウィルバート・クリームのことで彼が何か内部情報を握っていはしまいかと、僕は突然思い当たった。彼は誰についてであれ何でも知っているのが常なのだ。

「ああ、ジーヴス」僕は言った。「ちょっと待ってくれ」

「さて、ご主人様？」

「君に訊きたいことがあったんだ。ブリンクレイの滞在客のお仲間の中に、アメリカ経済界の大立者の妻ホーマー・クリーム夫人とその息子ウィルバート、通称ウィリーがいるらしい。それでウィリー・クリームって名前に少しばかり聞いたような憶えがある気がするんだ。良かれ悪しかれその理由は、僕たちが行ったニューヨーク旅行に関連するように思うんだが、どういう関連だったかは皆目《かいもく》わからない。君に心当たりはあるかい？」

「ええ、はい、ご主人様。当該紳士様に関するご言及はニューヨークのタブロイド新聞に頻出いたしておりました。とりわけウォルター・ウィンチェル氏の指揮するコラムにおいてでございます。その方は通常ブロードウェイ・ウィリーとのあだ名にて、ご言及されておいででございました」

「もちろんだとも！　ぜんぶ思い出した。そいつはいわゆるプレイボーイって奴じゃなかったか？」

「まさしくさようでございます、ご主人様。ご奇矯《ききよう》なるご行動にて悪名高きお方でございます」

「そうだ、誰だかはっきりわかった。そいつはナイトクラブで悪臭弾を破裂させるのが好きで――まあそんなのはニューカッスルに石炭を運ぶような真似なんだが――それで銀行で小切手を現金化する時には、拳銃を取り出して〈強盗だ、金を出せ〉って言わないことはないんだった」

「そして……いいえ、失礼をいたしました、ご主人様。ただいまのところは失念いたしております」

「何のことだ？」

「クリーム様につきまして伺ったことのある何かしら些細《ささい》な事柄でございます、ご主人様。思い出しましたらば、ご連絡申し上げます」

「ああ、そうしてくれ。完全な情報が欲しいんだからな。あ、しまった！」

「さて、ご主人様？」

「なんでもない、ジーヴス。ちょっとだけ思い浮かんだ考え事があったんだ。大丈夫だ。でかけてくれ。そうしないと汽車に乗り遅れるぞ。君のエビ獲り網に幸運の宿らんことを」

　ではどういう考え事がちょっとだけ思い浮かんだものかをお話ししよう。ボビー・ウィッカムとオーブリー・アップジョンと同じ家内に閉じ込められるとの展望に僕が感じていた不安についてはすでに述べた。つまりだ、その帰結がどうなろうものか、誰にわかろう。これら二人のチンピラにかてて加えて鐘楼のコウモリみたいにイカれたニューヨークのプレイボーイと僕は密なお付き合いをすることになる。この滞在はバートラムのか弱き身体にはあんまり過ぎる滞在となりそうな様相を呈してきた。また一瞬僕は遺憾ながらと電報を送り、そっとずらかろうとの思いを心にもてあそんだものだ。

　それから僕はアナトールの料理のことを思い出し、ふたたび強くなった。それを一度でも味わってしまった者には、あの魔術師のスモーク料理を味わう機会を無慈悲にもこの身より奪い去ることなぞできはしない。ドロイトウィッチ近郊、マーケット・スノッズベリー、ブリンクレイ・コートにあって、いかなる精神的苦悩を受忍することを余儀なくされようとも、それに先立ってこの屋敷は少なくとも僕にシュプレーム・ド・フォア・グラ・オウ・シャンパーニュとミニョネット・ド・プーレ・プティ・デュックを何度か出してくれることだろう。それでもなお、暗黒のウースターシャーにて僕の前に何が待ち受けていることかと思うとき、僕が心安らかであったと述べたならば真実を偽ることになろうし、朝食後のタバコに火を点ける僕の手は、だいぶ震えていた。

　この神経的緊張の瞬間に、ふたたび電話が声高にわめきたて始め、最後の審判のラッパが鳴ったがごとく僕を高い丘みたいに跳び上がらせた［『詩編』二四・六］。僕は大慌てで電話の所に行った。

何らかの種類の執事が、電話線の向こうにいるようだった。

「ウースター様でいらっしゃいますか？」

「本人です」

「おはようございます。奥方様があなた様とお話しあそばされることをご希望でいらっしゃいます。レディー・ウィッカム様でいらっしゃいます。ウースター様にお代わり申し上げます、奥方様」

そしてボビーの母親が電話に出た。

ところで述べておくべきだったのだが、先述の執事との応対の際、バックグラウンド・ミュージックみたいにどこからかすすり泣きの声が聞こえてくるのに僕は気づいていた。そしていまや明らかになったことに、その声は故サー・カスバートの未亡人の喉頭より発されていたのだった。声帯が機能開始可能となるまでに短い中断があり、また彼女が会話開始するのを待っている間、僕は自分が二つの問題と格闘していることに気づいたのだった——すなわち、第一の問題、いったい全体この女性は何の用があって僕に電話をしてきたのか？——第二の問題、電話がかかったところで、どうして彼女はすすり泣くのか？　と。

僕をとりわけ困惑させたのは問題一の方だった。つまり、あの湯たんぽ事件以来、僕とこのボビーのご母堂との関係はぎくしゃくしたものになっていた。実際、彼女にとって僕の地位は地下世界の大ねずみに等しいとは公然の秘密である。僕はそのことをボビーから聞いていた。彼女のしてくれた〈シンパ連中と僕の話をしている母親の真似〉は、ただごとでなく鮮烈無比で、またそれを見て僕はものすごく驚愕《きょうがく》したわけではなかったと告白せねばならない。つまりだ、娘の友人にもてなしの心を向けてやった女主人は、そいつに人々の湯たんぽに穴を開けてまわってもらった挙句に午前三時にさよならも言わず立ち去ってもらいたくはないものだ。そう、僕には彼女の言い分がたいそうよく理解できるし、また彼女がこんなふうに僕に電話をかけてくるだなんてものすごく途轍《とてつ》もないことだという気がした。彼女ほどバートラムにアレルギー感情を覚えていたら、どうしたって絶対に僕に電話をかけたりはしまいと思ったのだ。

　しかしながら彼女がそうしたことに疑問の余地はない。

「ウースターさん？」

「やあ、ハロー、レディー・ウィッカム」

「あなたそちらにいらっしゃるのね？」

　僕はその点は確かだと請合い、すると彼女はまた休憩を取ってすすり泣きを開始した。それから彼女はしゃがれたのど声で話しはじめた。タルーラ・バンクヘッド［アメリカの映画・舞台女優。ハスキーボイスと奔放な私生活で知られた］が魚の骨を気道に呑《の》み込んだ後みたいにだ。

「この恐ろしいニュースは本当ですの？」

「へっ？」

「ああ恐ろしい、ああ恐ろしい、ああ恐ろしい！」

「何のお話かわからないんですが」

「今朝の『タイムズ』紙ですわ」

　僕はかなり洞察力はあるほうだ。それで行間を読み、その朝発行された『タイムズ』紙に掲載された何事かが何らかの理由で彼女を動転させたにちがいないと了解した。とはいえその問題を告げる相手にどうしてわざわざ僕を選んだものかは、容易には推測しかねる点である。回答を得ようとの希望もて質問を開始しようとしたところで、彼女はすすり泣きに加えハイエナ様式にて声立てて笑いはじめ、鍛え抜かれた僕の耳には彼女がヒステリー発作を起こしていることが明白となった。それで僕が何か話しだせる前に、何かしらの質量感ある身体がいずかた知れぬ大地に倒れたことを示唆する鈍いどしんという音がして、会話が再開した時には、先ほどの執事が代役を務めていた。

「ウースター様でいらっしゃいますか?」

「まだここにいますよ」

「遺憾ながら奥方様におかれましては、お気を失っておしまいでいらっしゃいます」

「どしんと音がしたのは彼女だったのか?」

「さようでございます。有難うございました。失礼をいたします」

彼は受話器を置き、家内の義務遂行へと向かった。またその裡《うち》には間違いなく気絶した女性のコルセットを緩め、彼女の鼻先にて鳥の羽を燃やすことが含まれていたに相違ない。そして僕は前線よりの速報がこれ以上は届かぬ状況で、沈思黙考する機会を得たのだった。

ここで今なすべきことは、本日の『タイムズ』紙を入手し、それが何かしらの啓蒙《けいもう》を提供してくれるかどうか見てみることと思われた。『タイムズ』紙はいつもは僕の読む新聞ではない。朝食時の読み物には『ミラー』紙か『メール』紙を僕は好む。だが『タイムズ』紙ならジーヴスが購読しているし、僕もクロスワードパズルに挑戦しようと時おり彼から借りることがある。今朝の『タイムズ』なら台所に置いてあるかもしれないとの可能性に思い当たり、また実際そのとおりだった。僕はそいつを持って戻り、椅子に身体を沈め、もう一本タバコに火を点け、しかる後その内容に目を投じた。

　おざなりに一瞥《いちべつ》した限りでは、記事の中にいわゆる失神材料となるようなものははまるきり存在しないように思われた。どこかしらの公爵夫人がご立派なご慈善のためにウィンブルドンでバザーを開催中で、ワイ川でのサケ釣りに関する論稿があり、閣僚の一人が綿花産業の現状に関する演説をしていた。しかしこれらの記事の中に意識喪失をもたらすようなものはなんら見いだせなかった。またご婦人が、ポンダーズ・エンド、グローヴ・ロード、ハーバート・ロビンスン（二十六歳）が緑と黄色のチェックのズボンを盗んだ件で投獄されたことを読んで意識を失うとは考えがたい。僕はクリケットのニュースに目を転じた。彼女の友人の誰かが昨日の郡対抗試合で疑わしいレッグ・ビフォア・ウィケット判定のせいで得点を逸したのだろうか？

　誕生と結婚のお知らせに目を走らせた直後、たまたま僕は婚約のお知らせに目をやった。そして一瞬の後、座席の下から犬釘が突き出してきて肉質部位を貫通したかのように、椅子から跳《と》び上がったのだった。

「ジーヴス！」僕は叫んだ。そして彼が風と共に去りぬとなってより幾久《いくひさ》しきことを思い出した。苦々しい思いである。つまり彼の忠告と助言が必要不可欠だという時がもしあるとしたら、今こその時にほかならなかったからだ。そいつに単身取り組む僕にできる最善のことは、うつろなうめき声を放って両手に顔を埋めることだけであった。また読者諸賢がそんな神経症的行動に非難の意を表しつつチッチと舌を鳴らす音が僕には聞こえるような気がするが、僕の目線のとまったパラグラフはちょっぴりの両手顔埋めをする正当理由となりうるものと、歴史は評決を下してくれるだろうと僕は思う。

そこにはこうあった。

結婚迫る

W・1区バークレー・マンション在住バートラム・ウィルバーフォース・ウースターと、ハートフォードシャー、スケルディングス・ホール在住故サー・カスバート・ウィッカムとレディー・ウィッカムの息女ロバータの婚約が発表された。

3．ブリンクレイ・コートの仲間たち

うむ、先ほどお話ししたように、彼女の圧倒的魅力の影響のまっただ中にあった時代、僕がロバータとのそういう合併話に関心を持ったことは何べんだってある――また、この点を強調したいのだが――その度に彼女は協力を拒んだし、またその様は彼女の見解について一切疑義を挟む余地を残さぬものであったと僕は誓って言える。つまりだ、善良な男から真心を差し出されて、女の子が紙袋を破裂させたように笑い、バカな真似はよして頂戴と言ったならば、思うに、その善良な男にはぜんぶはおしまいなんだなと考える権利がある。『タイムズ』紙上におけるこの宣言について述べるなら、ああした折のいつかどこかで、きっと僕の注意が散漫だったせいで気がつかないでいたうちに、彼女は目を伏せ、「よしきたホー」のささやきを表明していたに相違ないとしか僕には思えなかった。とはいえいつの間にそういうことの起こりようがあったものか、僕には皆目《かいもく》見当もつかないのだが。

そういうわけで、容易にご想像いただけるように、その日の午後ブリンクレイ・コートの正面玄関にてスポーツモデルの車にブレーキを掛けたバートラム・ウースターは、目の下には隈《くま》をこしらえ、脳みそは継ぎ目のところから崩壊するおそれのある――要するに、いったい全体こいつはどういうことかと自問を繰り返すバートラムであった。途方に暮れた、という言い方でおおよそは言い尽くせようか。僕の最初に打つべき手は、わがフィアンセを捕まえて、現況解明に何がしかの貢献をしてくれぬか見ることでなければならないと思われた。

天気のよい日のカントリーハウスというのは一概にそうであるのだが、辺りに誰もいる気配はなかった。時来《きた》りなば、連中は芝生でお茶を楽しみに集まってくるのだろうが、しかしその時にはどこに行けばボビーを見つけられるものかを教えてくれる親切な現地人の姿はどこにも見つからなかった。したがって彼女を見いださんとの望みもて、僕は庭園家屋敷内外をあちこち歩き回り、こういう仕事を助けてくれるブラッドハウンド犬が何頭かいてくれたらよかったのになあと思っていた。つまりこのトラヴァース家の所有地は広大で、しかも頭上にはお日様が断然さんさんと照り輝いていて、またあえて述べるまでもなかろうが、僕のハートにはお日様なんかぜんぜんなかったからだ。

それで僕は正直な汗にちょっぴり濡《ぬ》れた眉もて苔《こけ》むした小径《こみち》をあちこち歩いていた。と、僕の耳にまごうかたなき誰かが誰かに詩を読み聞かせる声が聞こえ、次の瞬間僕は青葉茂れる木立の空き地として知られる木陰に投錨中《とうびょうちゅう》の男女お二人様とご対面していることに気づいたのだった。

彼らが僕の意識下に浮かび現れるや、たちまちにして天空は猛烈に鳴動し始めた。これは小型ダックスフント犬の吠《ほ》え声の故である。そいつはただいま僕の内臓の色見てやらんとの意図もて僕に接近中であった。しかしながら、より穏健な思慮が勝利し、旅路の果てに到達するやいなやそいつはロケットみたいに立ち上がって僕の頬っぺたを舐《な》めたのだった。バートラム・ウースターこそまさしく彼の希求してやまぬものに他ならぬとの印象を発散しつつである。既にこれまでに、犬たちのうちに僕が嗅覚《きゅうかく》圏内に入るやいなやたちまちに僕との美しき友情を育む傾向があることに僕は気づいている。間違いなく特徴的なウースター臭のゆえにであろう。それは何らかの理由で彼らの魂の奥深い部分に語りかけるらしい。僕はちょっとの間、彼の耳の後ろをくすぐってやって背骨の付け根をひっかいてやった。それでこういう礼儀正しい挨拶《あいさつ》がすんだところで、僕は詩歌の集《つど》いのほうに関心を切り替えたのだった。

朗読をやっていたのは男性側の方だった。おおよそ赤毛とチョビひげ付きのデヴィッド・ニーヴン［イギリス出身のオスカー俳優。『八十日間世界一周』（一九五六）等］の重量および容貌《ようぼう》をしたほっそりした男である。彼は間違いなくオーブリー・アップジョンではなかったから、こいつはウィリー・クリームにちがいないと僕は合点した。また彼が韻文を気前よく大盤振舞いしているのを見て、僕はいささか驚いたものだ。音に聞こえたニューヨークのプレイボーイには、人は散文、それも不潔な散文専門でいてもらうほうを期待しよう。だが、こういうプレイボーイにもきっと心穏やかなひとときというのはあるのだろう。

彼のお相手はだいぶグラマーで軽量級のお嬢さんで、彼女こそキッパーが言っていたフィリス・ミルズに他なるまい。いい子だがイカレぽんちだとキッパーは言っていたし、一目見て奴の言ったとおりであることが僕にはわかった。人生航路を歩むにつれ、人は異性のイカレぽんち加減を的確に見定められるようになるものである。またこの物件は一種温和な、『魂のめざめ』的表情を湛《たた》えていて、そのことは彼女が僕が今まで出会ってきた女性イカレぽんちほどのスーパーイカレぽんちではないものの、彼女らと並び立つほど十分なくらいにはイカレぽんちであることを過不足なく伝えていた。彼女の外観全体は、帽子を落として合図した瞬間に赤ちゃんしゃべりを始める女の子のそれであった。

案の定彼女はそいつを始めた。僕にポペット——そのダックスフントだ——はかわいくってちっちゃいワンワンちゃんじゃなくってと訊ねることによってだ。僕は謹厳にその点に同意した。つまり僕はより一般に用いられる犬という呼称の方が好きだったからだ。すると彼女は、あなたはきっとトラヴァース夫人の甥御《おいご》さんのバーティー・ウースターさんですわねと言い、またそれは皆さんご承知のとおり実体的真実であったわけだ。

「あなたが今日いらっしゃるって伺ってたんですもの。わたし、フィリス・ミルズですわ」彼女は言い、また僕は僕もあなただとわかっていました、キッパーが背中をはたいてよろしく伝えてくれるようにって言ってましたよと言い、すると彼女は「まあ、レジー・ヘリングですって？　あの人って素敵なスイーティーパイちゃんだわよね、ねえそうじゃなくって？」と言い、僕はええキッパーはスイーティーパイの仲間だしそういう中じゃ悪い方じゃあない旨《むね》につき同意し、すると彼女は「そうよ、彼ってふわふわ仔ヒツジちゃんだわ」と言った。

むろんこれら一連の会話はウィルバート・クリームをちょっぴり蚊帳《かや》の外に置き去りにした。いわゆる背景の書き割りみたいに、とも言えよう。そしてしばらくの間、彼は眉をひそめ、口ひげを引っぱり、足をもじもじさせ、四肢《しし》をひくつかせ、もって彼の見解によれば、この場は混雑しすぎであり、青葉茂れる木立の空き地を青葉茂れる木立の空き地たらしむるに必要欠くべからざるは、ウースター群の完全なる不在であるとの趣旨を十二分につまびらかにしていた。会話の間《ま》があいたのを奇貨として、彼は言った。

「君は誰かを探してるのか？」

僕はボビー・ウィッカムを探しているのだと答えた。

「僕が君なら探し続ける。いずれどこかで見つかるだろうからな」

「ボビーですって？」フィリス・ミルズが言った。「彼女だったら湖のところで釣りをしていてよ」

「それじゃあ君がすべきことは」ウィルバート・クリームが言った。「ここの小径《こみち》を行って、右に曲がり、左に鋭角に曲がって、右にもう一度曲がって、それで到着だ。間違えようはない。いますぐ出発しろが僕の助言だな」

ここの青葉茂れる木立の空き地とはいわば血の縁《えにし》にて結ばれている僕であったから、ただの滞在客ごときにこの場を追い払われるのはちょっとあんまりすぎると思ったと言わねばならないが、しかしダリア叔母さんが明言したように、このクリーム一家はいかなる意味において活動を妨害されても粗略に扱われてもならないのだから、僕は指示通りに行動し、口ごたえなんかはまったくしないで足を持ち上げとっととその場を立ち去った。遠ざかるにつれ、背後より詩の朗読が再開される音が聞こえてきた。

ブリンクレイ・コートの湖は湖を名乗ってはいるものの、正確に収支申告するならば実際のところはもっと小さい池に近い。とはいえパント舟に乗ってふざけまわる大きさは十分にあり、またパンティングをしたいと望む者のためにはボートハウスが設営され、小さい桟橋というか浮き桟橋がそこに付随している。この上に、釣竿《つりざお》を手にしたボビーが腰掛けていた。また急ぎ近づいて彼女の首の後ろに息を吐きかけてやるのは、僕にとっては一瞬の早業だった。

「おい！」僕は言った。

「おまけ付きでおいをお返ししてあげる」彼女は答えた。「あら、ハロー、バーティー。こっちに来てたの？」

「ご明答。君の貴重なお時間をちょっぴり割いてもらえるようなら、ロバータ君――」

「ちょっと待って。アタリがあったみたい。あらちがった。なんて言ったの？」

「僕が言ってたのは――」

「そうそう、ところで今日お母様から電話があったのよ」

「僕のところには昨日電話があった」

「そうじゃないかしらってちょっと思ってたの。『タイムズ』のあれは見た？」

「肉眼にてしっかりとだ」

「もしかしてちょっとの間困惑したりした？」

「いつまでだって困惑し続けだな」

「うーん、ぜんぶ説明するわ。あたしそのアイディアを閃光《せんこう》のごとくひらめいちゃったの」

「つまりあの公式声明をあの新聞に出したのは、君だってことだな？」

「もちろんよ」

「どうしてだ？」持ち前の単刀直入さでまさしく本質に切り込みながら、僕は言った。これで彼女を追い詰めたと思ったのだが、そうではなかった。

「あたし、レジーのために道ならしをしたの」

熱を帯びたひたいに、僕は手を走らせた。

「いつもは鋭い僕の聴覚に、なんだか故障が発生してるみたいなんだ」僕は言った。「君が〈あたし、レジーのために道ならしをした〉って言ったように聞こえたんだけど」

「そう言ったのよ。あたし、彼のために道をまっすぐに整えてあげたかったの。彼のためにお母様を軟化させるってことね」

僕はふたたび熱を帯びたひたいに手を走らせた。

「今度は君が〈彼のためにお母様を軟化させる〉って言ったように聞こえたんだが」

「そう言ってたの。ぜんぜん簡単な話なのよ。一言か一音節で言ってあげる。あたしレジーを愛してるの。レジーはあたしを愛してるのよ」

〈レジー〉は、もちろん二音節だ。だがその点はよしとすることにした。

「どこのレジーだ？」

「レジー・ヘリングよ」

僕はびっくりした。

「キッパーの奴のことか？」

「あなた彼のことをキッパーなんて呼ばなきゃいいのにって思うわ」

「ずっとそう呼んできたんだ。なんてこった」僕は熱を込めて言った。「イングランド南海岸の私立学校にヘリングなんて名前をぶら下げてやってきたら、そいつの同級生に他にどんな名前で呼びようがあるっていうんだ？　だけど君が奴を愛していて奴が君を愛してるってのはどういう意味だ？　君らは会ったこともないはずだろ」

「もちろん会ったことだったらあるわ。去年のクリスマスにスイスのホテルでいっしょだったの。あたしが彼にスキーを教えてあげたのよ」彼女の双子の星のごとき目に夢見るような輝きが差し入った。「初心者コースで彼が転んだ後、こんがらがってた彼の復旧作業を手伝ってあげたあの日のこと、あたし絶対に忘れないわ。彼ったら両脚が首にもつれてこんがらがっちゃってたのよ。あの時愛が目覚めたのね。彼を整理整頓してあげながらあたしのハートはとろけたんだわ」

「君は笑わなかったのか？」

「もちろん笑わなかったわ。あたし全身で同情と理解を表していたんだもの」

ここにおいてはじめてこの事態は僕にとって説得力を持ち始めてきた。ボビーは笑いを愛する女の子だ。それでスケルディングス・ホールにいた時、僕がいちど熊手の歯を踏んづけて、柄の方が飛び上がってきて僕の鼻先にぶち当たった時の彼女の反応の記憶は、僕の心の記念碑にいまだ深く刻まれている。彼女は七転八倒して笑い転げたのだ。そういうわけだから、レジナルド・ヘリングが両脚を首にこんがらがらせた姿と直面してもし彼女がバカ笑いをしなかったとするならば、彼女は奴にだいぶぞっこん夢中であるにちがいない。

「ふん、わかった」僕は言った。「君とキッパーがそういう具合だっていう君の言明は受け容れるとしよう。だが、それはそれとして、どうして君は世に広く問おうとするんだ――もし世に問うって表現で正しければだけど――君と僕が婚約してるってことをさ」

「言ったでしょ。お母様を軟化させるためだって」

「そんなのはいまわの際の妄言《もうげん》に聞こえる」

「この巧妙な戦略がわからないの？」

「理解までは何パラサング「古代ペルシアの距離単位」もはるか遠しだ」

「えーと、あなたのことお母様がどう思ってるかは知ってるわね」

「僕らの関係にはいくらかの懸隔《けんかく》がある」

「あなたの名前を聞いただけでお母様は身震いするの。だからあたし、あたしがあなたと結婚しようとしてるってお母様が思い込んで、それでそうじゃないってわかったら、あたしがどんなに幸運な逃亡を成し遂げたことかってどんなにか感謝して、それでレジーみたいに、素敵なワンダーマンなんだけど『デブリット貴族名鑑』には名前が載ってないし財政的にもそんなにはホットじゃない人でもお婿《むこ》に大歓迎してくれるはずって思ったの。お母様があたしの伴侶にって考えてる人はいつだって、お金のうんうんうなってる百万長者か、私的な収入のうんとある公爵様かどっちかなんですもの。それじゃあ、わかってくれたわね？」

「ああ、わかった。ちゃんと話は了解した。君はつまりジーヴスのするやつ、個々人の心理を研究してるってことだな。だけどそんなのでうまくいくと思ってるのかい？」

「うまくいかないわけがないの。類例を引くわね。あなたのダリア叔母さんがある朝新聞であなたが夜明け時に銃殺されるって記事を読むとするって考えてみて」

「そんなわけがない。僕はそんなに早起きじゃないんだ」

「だけどそうだったらって考えてみるの。おばさまはずいぶんとご心配されるんじゃなくって、どう？」

「ものすごく動揺するはずだ。だって叔母さんは僕のことを途轍《とてつ》もなく大好きでいるんだからな。彼女の僕に対する態度が時おり無愛想ぎりぎりだってことを否定するつもりはない。子供の時分には僕の横っ面《つら》をひっぱたいたりもしてくれたものだし、成長した後には一度ならず僕に、どうか首の周りにレンガを結びつけて菜園の池で入水してくれって懇願《こんがん》してよこした。だけど、にもかかわらず、彼女はわがバートラムを愛してるんだ。だから僕が夜明け時に銃殺されると聞いたら、彼女は、君が言ったとおり腫《は》れ歯ぐきみたいにじんじん胸痛めるはずなんだ。だけど、どうしてさ？それにどういう関係があるっていうんだ？」

「うーん、それからぜんぶが全部間違いで、銃殺隊とご対面しなきゃいけないのはあなたじゃなくって別の誰かだってわかったとしてみて。そしたらおばさま、嬉しがるんじゃなくって？」

「つま先立ちしてそこいらじゅうをダンスして回る彼女の姿が目に浮かぶな」

「まさしくそのとおり。おばさまあなたに夢中で、あなたのやることなすことぜんぶ我が目にはいささかも非はなしって見えるはずだわ。あなたが望むことなら何でもオッケーってことになるはずよ。それであたしが結局のところあなたとは結婚しないって知ったお母様が感じるのがそういうふうなの。お母様、とっても安心するはずだわ」

むろんその安堵《あんど》は途方もないことであろうと僕は同意した。

「だけど一、二日中にお母上には内幕を明かすんだろうな？」僕は言った。この点について確証が欲しかったからだ。『タイムズ』紙に婚約のお知らせが掲載中の男は、不安でいずにはおられぬものである。

「うーん、一、二週間中ってことにしましょう。急《せ》いてはことを仕損じるって言うでしょ」

「たっぷり身にしみてもらいたいってことだな？」

「そういうことね」

「それはそれとして、どういう方式で行くんだい？　折ふしにどっさりキスは欠かさないってことでいいのかなあ」

「だめ、そういうことはしないの」

「よしきたホーだ。僕の立場を知りたかっただけなんだ」

「時おり情熱を込めたまなざしを送るだけで十分よ」

「そうさせてもらう。それにしても、君とキッパー、というかレジーって言ったほうがいいんだったっけ、のことは嬉しいよ。奴くらい君といっしょに祭壇に向かって歩く姿を見たいと思う奴もいないな」

「そんなふうに言ってくださって、あなたってスポーツマンだわ」

「いや、とんでもない」

「あたし、あなたのことがすごく好きよ、バーティー」

「僕だって君が好きさ」

「だけどあたし、誰も彼もと結婚するわけにはいかないでしょう、そうじゃなくって？」

「僕ならそんな真似は慎むな。さてと、この件が解決したところで、僕としてはダリア叔母さんのところに〈ただいま〉を言いに行ったほうがいいんだろうな」

「いま何時？」

「五時ちょっと前だ」

「あたし、ウサギみたいに急がなきゃ。あたしがお茶の席を仕切ることになってるの」

「君がだって？　どうして君が？」

「おばさまお留守でらっしゃるのよ。昨日帰ってきたところで電報が届いて、息子さんのボンゾが学校で熱を出して寝込んでるって知って、それでお子さんに付き添うために急ぎおでかけになられたの。戻るまであたしが女主人代理をするようにって頼まれたんだけど、これからしばらくはそんなことはしてられないのよ。『タイムズ』のあれを見てから、お母様一時間おきにうちに帰って円卓会議に集《つど》えって電報をよこしてるの。すっとんとんって何のこと？」

「知らないなあ。どうして？」

「最新の電報であなたのことをそう呼んでたの。引用するわね。〈あのすっとんとん結婚を考えるなど理解不能〉引用終わり。脳たりんとだいたい同じ意味だと思うわ。その前の電報であなたのことをそう言ってたから」

「だいぶ有望そうだな」

「そうなの。大成功間違いなしって思うわ。あなたの後なら、レジーはお母様にとって稀少かつ爽《そう》快《かい》なる果実に見えるはずよ。お母様、彼のために赤ジュータンを敷いててくれるわ」

そして短い「わーい！」の声と共に、彼女は時速六十キロかそこらの速さで家の方向に駆け出していった。僕はもっとゆっくり後に続いた。つまり彼女は僕に思考の糧《かて》をだいぶ与えてくれたからで、僕は物思いに耽《ふけ》っていたのだ。

奇妙だ、と僕は感じたものだ。ウィッカム胸におけるこの強力なる親キッパー感情がである。つまりだ、事実を考慮せよである。第一級のエスピエグレリの持ち主たる彼女は、あちらこちらで長年にわたりきわめて広範なる層より求愛を受けてきた。そして何らの取引も成立していない。そういうわけだから求婚者の持つ何か特別に特別なものだけが彼女の規格に適うのであって、誰にせよいずれ彼女のハートを射止められる者とは男の中の王者であり、途轍もなくホットなシロモノであろうとは衆目の一致するところであったのだ。それがキッパー・ヘリングとご成約である。

よくお聞きいただきたい。わが旧友キッパーに対して、僕は何か批判めいたことを言おうとしているのではない。彼は地の塩である。だが容貌《ようぼう》に関して、奴のことをノックアウトするくらいに魅力的と言う者は誰もいまい。幼少期よりボクシングにだいぶいそしんできたがため、僕がダリア叔母さんに言ったように、奴はカリフラワー耳の持ち主である。またそれに加え、何かしらの見えざる手が奴の鼻をちょっぴりまっすぐじゃない具合にぶつけてある。要するに、たとえ他の出場者がボリス・カーロフ［フランケンシュタイン役で有名な英国人俳優］、キング・コング、そしてドローンズ・クラブのウーフィー・プロッサーであったとしても、美人コンテストで奴の勝ちに賭《か》けるのは危険きわまりないということだ。

しかしもちろん、容貌だけがすべてでないことを人は想起せねばならない。カリフラワー耳が金のハートを隠し持っているということだってありうるのだし、キッパーの場合がまさにそうだ。奴のハートはおよそ可能な限り最大限に金色である。また奴の脳みそも一役買ったのかもしれない。灰色の脳細胞をぎっしり持ち合わせているのでなければ、ロンドンの主要週刊雑誌の編集者ポストを維持できるものではないし、女の子はそういうことに感銘を受けがちである。またロバータ・ウィッカムがずっと肘鉄《ひじてつ》を食らわせてきた連中というのは、狩して銃を撃って釣りをしてというようなタイプで、「へ、なんだって？」と言って、狩猟用の鞭《むち》で脚をぴしゃりと打ったらもう一杯一杯というような男たちであったことを、想起せねばならない。キッパーは好ましき変化と見えたにちがいないのだ。

とはいえこの一件すべては、すでに述べたように思考の糧を提供してくれたし、家に向かって歩く僕はいわゆる夢想状態にあった。またその夢想状態はひどく深かったから、僕が遅かれ早かれ何かに衝突しないほうに最小オッズを出してやろうという私設馬券屋はいなかったはずである。それで長い話を短くすれば、僕がやったのがまさにそれだった。それは木であったかもしれないし、茂みであったかもしれないし、田舎風の腰掛けだったかもしれない。しかし現実には、それはオーブリー・アップジョンであった。曲がり角のところで僕は彼に出会い、ブレーキを掛ける前に正面衝突した。僕は彼の首の周りにしがみつき、彼は僕のお腹辺にしがみつき、そしてしばらくの間、僕たちはきつく抱擁《ほうよう》しあったまま二人して行ったり来たりよろめいたりしていた。それから、僕の目より狭霧《さぎり》が晴れ、いっしょにステップを踏んでいるのが誰かを理解するに至ったのだった。

　彼を着実に総体として眺《なが》むれば［マシュー・アーノルドの詩『友へ』］、と、ジーヴスが前に言っていたのを聞いた言い方をするならば、僕はただちに、彼が竹ステッキに手を伸ばしては何度か試しに振って肩慣らしをする様を心沈む思いにて打ち眺めたあのブラムレイ・オン・シー、マルヴァーン・ハウス校長室にてのご対面時代以来、この人物の外貌に起こった変化に衝撃を受けた。われわれが知り合いであったあの当時、彼は身の丈二六〇センチ、まなこぎらと燃え、唇は泡にまみれ、両の鼻孔からは炎《ほむら》吹くがっしりした体格の偉丈夫《いじょうぶ》であった。いまや彼の身長は穏当な一七〇センチ見当に縮まり、僕ならほんの一撃で楽々と打ち倒してやれそうなくらいだった。

　むろんそんな真似はしない。だがかつての戦慄《せんりつ》の跡形もなく、僕は彼を見た。こんなエビ男を歩行者および通行車両往来の危険だなどと考えられたことが、およそ信じられないことに思われた。

　思うに、その理由の一部には、われわれが最後にあい見《まみ》えてより十五年ほどの間のいつかどこかで彼が口ひげを生やしたという事実があろう。マルヴァーン・ハウス時代にあって、可塑《かそ》性に富んだわれわれの心に冷気を叩きつけたのは、彼のぶ厚い、むき出しの上唇であった。それは見るだに不快きわまりないシロモノで、ひくひくひくつく時にはとりわけ不快だった。口ひげが彼の顔を和らげたとは言わないが、しかしそれはセイウチとかスープ濾《こ》しタイプであったから唇をいくらか隠してはいて、そのことはまことに結構であった。その結果、出会った時にはそうなるだろうと予期されたように怖気《おじけ》づくかわりに、僕は人当たりよく屈託のない調子でいられた。おそらくは少々度が過ぎるくらいにだ。

「やあ、ハロー、アップジョン！」僕は言った。「ヤッホー！」

「君《フー》は誰《ユー》だ？」彼は応じた。逆こだまみたいにだ。

「名前はウースターです」

「ああ、ウースターか？」彼は言った。あたかも何か他のモノだったらよかったのになあと願っていたみたいにだ。きっと彼も僕のように、われわれは二度とあい見えることはないし、人生がどんな試練を彼がためにお取り置きしていようとも、少なくともバートラムは自分の行動領域からは完全排除されているのだとの思いを長年心の支えに生きてきたのであろう。可哀そうなこの親爺《おやじ》さんにとっては、僕が突然どこからともなく現れたのはいやらしい驚きであったにちがいない。

「お久しぶりですねえ」僕は言った。

「ああ」彼は陰にこもった声で同意した。また彼がもっとお久しぶりでいたかったと願っていることは明々白々であったから会話は盛り上がることなく、ティーテーブルが待つ芝生までの百メートルほどを歩く間に理性の饗宴魂の交歓「ポープの詩「ホラティウスの模倣」」といったようなことはあんまり起こらなかった。僕は「いい日和《ひより》ですねえ、どうです？」と言い、彼はううとうなったように思うのだが、それ以上のことは何もなしだ。

僕らが飼い葉桶のところに到着した時、その場にいたのはボビーだけだった。ウィルバートとフィリスはおそらくまだ青葉茂れる木立の空き地にいるのだろう。またクリーム夫人は、ボビーの言うところによると、毎午後は新作の背骨凍らせ話に取り組むのが常で、仕事を中断してお茶を飲みにくることはまずないのだそうだ。僕らは椅子に腰掛け、お茶を啜《すす》りはじめた。と、執事がフルーツの盛り合わせを持って家内より現れ、テーブル脇に立った。

うむ、僕が「執事」と言った時、僕はその語をゆるやかな意味で用いていた。彼は執事の服装をしていたし、執事らしく振舞ってはいた。しかしもっとも深くもっとも真実なる意味において、彼は執事ではなかった。

左から右に目を走らせてみれば、彼はサー・ロデリック・グロソップその人に他ならなかった。

4．謎執事グロソップ

ドローンズ・クラブほか僕の行きつけ各所にて、読者諸賢はバートラム・ウースターの自制心というかサンフロワ、としばしば呼ばれるところのものに関する論評をしばしばお耳にされることだろう。またそれが少なからぬものであるとは衆目の一致するところである。思うに、多くの人々の目には、僕は本で読むような冷硬鋼の男と映ることだろうし、またそうではないと否定するつもりは僕にはない。しかし、わが甲冑《かっちゅう》に割れ目を見いだすことはありうるし、またそういうことは執事の扮装せり高名なるキチガイ医者を突如僕の前に取り出《いだ》すことによって果たされ得よう。

フルーツを運び終え、ただいまは屋内にのんびり戻る最中のこれなる人物がサー・ロデリック・グロソップであると考える点で僕に誤りありなどということは問答無用であり得ない。あんなにも巨大な禿頭《とくとう》とあんなにもぼさぼさな眉毛を持った人物が二人と存在するわけがないし、また僕が動揺せずにいたと述べたなら、消費者各位を欺罔《ぎもう》することとなろう。この突然の出現の及ぼした効果ゆえ、僕は激しくビクッと跳《と》び上がり、また紅茶のなみなみ入ったカップを手に持ちながら激しくビクッと跳び上がった時にどうなるものかは万人の承知するところである。僕のカップの内容物は宙を飛び、オーブリー・アップジョン文学修士のズボン上に降着するに至り、その場を少なからず湿潤化させた。実際、いまや彼はズボンを穿《は》いていると言うよりは紅茶を穿いていたと言ったとてまったく事実の歪曲《わいきょく》とはならないようなありさまだった。

この不幸な人物が己《おの》が不幸を深く遺憾としてやまずにいることは見て取れたし、また彼がただ「アチチ！」と言うのみにて満足したことに僕は驚いた。しかし思うにこういう堅実なる市民というのは、言葉を慎めるよう研鑽《けんさん》を積んでいるものであるのだろう。つまりだ、彼らがもっと恵まれた立場にある人たちみたいに分別をなくして怒り狂い始めたならば、人に悪い印象を与えるだろうということだ。

しかし言葉が常に必要であるわけではない。彼が僕に向けた表情のうちに、僕は発されざる百の悪罵の言葉を読み取った。不定期貨物船の若い衆が、何らかの理由で彼の不興を喚起《かんき》した健康かつ頑丈な肉体を有する船員に向けるような表情である。

「君はマルヴァーン・ハウスでわしといっしょだった頃から、変わっておらんようだな」ズボンをハンカチでたたきながら、彼は恐ろしく意地の悪い声で言った。「しくじり屋ウースターと、みな彼を呼んだものでしたよ」彼は続けて言った。ボビーに向けて話しかけ、明らかに彼女の共感を得ようとしている。「カップを手に持つというような最も簡単な動作すら、破滅と災厄をあまねく振り撒《ま》かずには行えんときとりましてな。任意の部屋に椅子が一脚あるならば、必ずウースターがそれにけつまずいて転ぶとはマルヴァーン・ハウスの公理でありました。実に子供は」オーブリー・アップジョンは言った。「その者の父親でありますなあ［ワーズワースの詩「霊魂不滅のオード」］」

「たいへん申し訳ありませんでした」僕は言った。

「今更申し訳ながってもらったとてもう遅いわ。新しいズボンがだいなしになってしまった。白フランネルに付いた紅茶じみを落とせるものかは疑問だが、とはいえ、最善を祈らずばなるまいな」

　この時点で僕が彼の肩をぽんと叩いて「その意気だとも！」と言ったことの是非については、僕自身では判断しかねる。おそらく間違っていたのだろう。つまりそいつは彼の怒りを鎮めてはくれなかったようだったからだ。彼はまた例の目つきで僕を見、濃密なる紅茶の香りも高く、大股に歩き去ってしまった。

「あたしから一言言わせてもらっていいかしら、バーティー？」物思うふうに彼の後ろ姿を目で追いながら、ボビーが言った。「アップジョンがあなたといっしょに行こうって誘ってくれてた徒歩旅行はこれでなしだわね。今年はあの人からのクリスマスプレゼントはもらえない。今夜彼にベッドで寝かしつけてもらおうだなんて期待したってだめよ」

　僕は鷹揚に手を振り、それでミルク入れを転ばしてしまった。

「アップジョンとクリスマスプレゼントと徒歩旅行のことなんかどうだっていい。グロソップ親爺《おやじ》はここで執事の真似して何をやってるんだ？」

「ああ、あなたにそう訊かれるんじゃないかって思ってたの。いつかお話しするつもりだったのよ」

「今話してくれ」

「うーん、あの方の思いつきなの」

　僕は厳しく彼女をねめつけた。バートラム・ウースターはヨタ話に耳を傾けようとも不服は言わない。だがそんなのは精神病棟の保護房のブツブツしゃべりに他ならないように思われたのだ。

「あいつの思いつきだって？」

「そうなの」

「君は僕にサー・ロデリック・グロソップがある朝起き上がって自分の姿を鏡でながめ、ちょっぴり顔色が悪いなあって思って〈わしには変化が必要じゃ。しばらく執事にでもなってみるとするか〉と、そう自分で自分に言ったと、そういうことを信じろと言っているのか?」

「ううん、そうじゃないの。だけど……どう説明を始めたらいいのかしら、わからないわ」

「はじめから始めてくれ。よろしい、B・ウィッカム、始めてもらおうか」僕は言い、ケーキを一切れ、もったいぶったふうに取り上げた。

僕の口調の謹厳さは彼女の神経に障り、公共の福祉に対するこの朱色の髪の脅威のうちに常に眠れる炎を燃え立たせた様子だった。つまり彼女は不快げに顔をしかめると、お願いだから死んだオヒョウみたいに目をむくのはやめて頂戴と僕に言ったからだ。

「僕には死んだオヒョウみたいに目をむく完全な権利がある」僕は冷たく言った。「また僕は自分で適切と考える限りそうさせてもらうつもりだ。僕は相当な神経的緊張の下にあるんだ。君が係わり合いになるといつだってそうなるみたいに、人生は次々これでもかこれでもかって続くとんでもない事どもの連続だ。また僕が君に説明を要求することには正当性があると考える。では君の発言を待つとしようか」

「うーん、考えをまとめさせて」

彼女はそうした。そして短い休憩時間の後——その間に僕はケーキを食べ終えたものだ——発言開始した。

「アップジョンの話をすることから始めるのがいいわね。なぜってぜんぶあの人のせいで始まったんだから。わかるでしょ。あの人フィリスをウィルバート・クリームと結婚させようって画策してるの」

「画策すると言うと――?」

「画策するって意味よ。それでああいう男の人が画策するって時には、何かが起こらずにはいられないものなの。とりわけ女の子がいつだってパパァの言うとおりにするフィリスみたいなクズ娘だって時にはね」

「彼女に自分の意志ってものはないのか?」

「これっぽっちだってないわ。たとえば例をあげるわね。何日か前、あの男は彼女にチェーホフの『かもめ』の舞台を見せにバーミンガムまで連れていったの。そういうものは教育的だって考えたからよ。あたしにチェーホフの『かもめ』を見させようなんて人がいたら捕まえてあげるんだけど、フィリスはただうなずいて〈はい、パパァ〉って言うの。反抗しようなんて思ってもみないのよ。彼女が自分の意志をどれくらい持ち合わせているかってことが、これでわかるでしょ」

実にわかるというものだ。彼女の話に僕はきわめて深い感銘を覚えた。僕はチェーホフの『かもめ』を知っている。アガサ伯母さんが一度僕に彼女の息子トーマスをオールドヴィックの舞台鑑賞に連れて行かせたことがあるのだ。それでザリエチナヤとかメドヴィエンコとかいった登場人物たちの惹《ひ》き起こすばかばかしい話についてゆく緊張と、トーマスが広大な地平にこっそり逃げ出そうとするのを常に阻止せねばならぬ緊張とで、僕の経験した艱難辛苦《かんなんしんく》は苛烈《かれつ》をきわめた。フィリス・ミルズが常に「パパァは一番何でもご存じ」をモットーとする女の子であることを僕に説明するのに、これ以上の証拠は不要である。ウィルバートがプロポーズしさえすれば、アップジョンがそう望むのだからと彼女は点線上にご署名することだろう。

「あなたの叔母様はそのことでご病気になられるくらいに心配されていらっしゃるの」

「叔母さんは賛成じゃないのかい？」

「もちろん賛成じゃないわ。あなたあんなにニューヨークに行ってるんだから、ウィリー・クリームのことくらい聞いたことはあるはずでしょ」

「もちろんさ。奴の脱線行為のことは僕だって聞いてる。奴はプレイボーイなんだ」

「あなたの叔母様はキチガイだって思ってらっしゃるわ」

「僕の信ずるところ、プレイボーイの多くはそうだ。さて、そういうことなら叔母さんがウエディングベルを鳴らせたがらない理由はわかる。だけど」持ち前の的確さでことの本質を指し示しつつ、僕は言った。「それだけじゃどうしてグロソップの親爺さんが登場するかの説明にはならない」

「ううん、なるの。おばさまはウィルバートを観察させるために彼をここに呼んだの」

僕には皆目《かいもく》わからなかった。

「あいつを見張るってことかい？　じっと見てるってこと？　そんな真似して何になるっていうのさ？」

彼女は苛立《いらだ》たしげに鼻を鳴らした。

「専門的な意味で観察するってことよ。ああいう脳専門医がどういうふうに仕事をするかは知ってるでしょ。被験者をじっくり観察するの。相手を会話に誘い込むの。巧妙なテストを適用するんだわ。それで遅かれ早かれ――」

「わかってきた。遅かれ早かれ奴は不穏当な発言をしてその結果親爺さんはあいつをポーチドエッグ野郎だって考えて、するとー同はあいつを入れたいところにご入院させてやれると、そういうことだな」

「ええ、あの人何かしらそういうことをしてくれるはずなのよ。あなたの叔母様がこういう状況について愚痴をこぼしてらして、それで突然あたし、グロソップをここに連れてきたらいいってひらめいたの。あたしがどんなふうに突然ひらめくかは知ってるでしょ」

「知ってるとも。あの湯たんぽの一件だ」

「ええ、あれもそのひとつね」

「ハッ！」

「何て言ったの？」

「〈ハッ！〉って言っただけだ」

「どうして〈ハッ！〉なの？」

「なぜならあの恐怖の夜のことを思う時、僕は〈ハッ！〉って言いたくなるからだ」

彼女はこの発言に一理あることを認めた様子だった。キューカンバーサンドウィッチを食べるためにひと呼吸おいただけで、彼女は続けて言った。

「それであたしあなたの叔母様に言ったの。〈どうしたらいいか教えて差し上げるわ〉ってあたしは言ったのね。〈グロソップをここに連れてきたらいいの〉あたしは言ったわ。〈それで彼にウィルバート・クリームを観察させればいいでしょう。そしたらおばさま、アップジョンのところに行って、あの人の下からじゅうたんを引っぱり抜いてやれる立場に立ててよ〉って」

またもや僕には話がわからなくなった。僕の思い出せる限り、じゅうたんの話はこれまで出てこなかったはずだ。

「どういう意味だい？」

「うーん、それって当ったり前じゃなくって？〈グロソップを引っぱってらっしゃいな〉あたしは言ったのね。〈それで彼を観察させるの。そうしたらおばさまは〉あたしは言った。〈アップジョンのところに行って、イングランド一の精神科医サー・ロデリック・グロソップがウィルバート・クリームは頭が狂ってるって確信しているって言って、それであなたはいつ何時《なんどき》コルネイハッチ［十九世紀中葉にロンドン郊外に設立された巨大な精神病院］まで堂々と行進していって、あちらの会員リストに加えられるか知れない男を自分の継娘《ままむすめ》の婿《むこ》にする気ですかって言える立場に立てるわ〉って。いくらオーブリー・アップジョンだってそんな真似には尻込みするはずでしょ。ねえ、そう思わなくって？」

　僕はこの点を考量した。

「ああ」僕は言った。「君の言うとおりなんだろうな。アップジョンにも人間らしい感情ってものはおそらくきっとあるんだろう。とはいえ僕のイン・スタトゥ・プピラーリって言い方でよかったはずだけど、学生時代には、そういうところにはぜんぜん皆目気がつかなかったけどな。これでグロソップがブリンクレイ・コートにいるわけはわかった。でもわからないのは、どうして親爺さんが執事の真似なんかをしてるのかってところだ」

「だからあの方のアイディアだって言ったでしょ。あの人、自分はこんなにも高名な医師なんだから、本当の名を名乗ってここに来たら、クリーム夫人の疑念をかき立てることになるだろうって考えたの」

「君の言いたいことはわかった。奴がウィルバートを観察しているところを見たら、彼女はどうしてだろうって思い――」

「――そしていずれあちらとこちらを考え合わせて――」

「――そしたら、一体ぜんたいどういうお考えでいらっしゃるの、をやりはじめると」

「まさしくそのとおり。目の中へ入れても痛くない最愛の息子を女主人が脳みその専門家に観察させてると知ってうれしがる母親はいないわ」

「他方、もし執事が彼を観察しているところを彼女が見たとしたって、彼女は〈ああ、観察力の鋭い執事なのね〉と、ひとり言を言うだけだ。実に賢明だな。トム叔父さんとホーマー・クリームとの取引の件があるからには、どんなかたちであれ彼女の不興を買うことは致命的だ。彼女はホーマーをけしかけて、するとホーマーはすっくりと身を起こし〈こういうことがあったからには、トラヴァース、交渉は決裂と考えてもらうのがいいな〉と言い、かくしてトム叔父さんはどっさり大損をするってわけだ。ところで二人の取引ってのはいったいどういうものなんだい？　ダリア叔母さんは君に話してくれたの？」

「ええ、でもピンとこないのよね。あなたの叔父様がどこかに持ってらっしゃる土地に関係する何かで、クリーム氏はそれを買ってホテルだったか何だったかを建てようと思ってるってことなの。どっちにしたってそんなのはたいしたことじゃないわ。根本的に重要なのは、何があろうともクリーム先遣隊《せんけんたい》のご機嫌はとらなきゃだめってことよ。だから、このことは他言無用でいいわね」

「了解。バートラム・ウースターは口の軽いおしゃべり屋じゃあない。彼の口から秘密が漏《も》れることはないんだ。だけどどうして君はウィルバート・クリームはキチガイだってそんなに確信していられるんだい？　僕にはキチガイに見えなかったけどなあ」

「あなた彼に会ったの？」

「たった今会ったところさ。奴は青葉茂れる木立の空き地にいた。ミルズ嬢に詩を朗読してやってたんだ」

彼女はこれを重く受け止めた。

「詩を朗読してたですって？　フィリスに？」

「そのとおり。ああいう男があんなことをするだなんておかしいとは思ったんだ。リメリック［こっけいでナンセンスな五行詩］だったらありだ。もし奴が彼女にリメリックを朗誦してたんだったら、理解できるんだ。だけどあれは紫色のなめし革で装丁されてクリスマスに売られるような、そういう本だった。あえて宣誓してまでとは言えないけど、だがあれはものすごくオマル・カイヤーム［十二世紀ペルシアの四行詩集『ルバイヤート』の作者］みたいに聞こえたぞ」

彼女はこのことを重く受け止めつづけた。

「やめさせて、バーティー。やめさせるのよ！　一刻の猶予もならないわ。あなた今すぐ行ってやめさせなきゃだめ」

「誰？　僕がだって？　どうして僕が行かなきゃならないんだ？」

「あなたはそのためにここに来てるの。あなたの叔母様は説明してくれてなかったの？　おばさまはあなたにウィルバート・クリームとフィリスの後をそこらじゅう付きまとって、あいつにプロポーズする隙《すき》を与えないよう見張ってもらいたがってらっしゃるのよ」

「それじゃあ僕は連中の後を尾行してまわる、私立探偵の真似をしなきゃならないってことかい？　そういうのはいやだなあ」心もとなく僕は言った。

「気に入ってもらう必要はないの」ボビーは言った。「やればいいだけよ」

5．女流ホームズ登場

　異性のいいようにされるがままに、という表現でよろしいか、僕はでかけていってその件をやめさせた。だが心楽しくではない。感性の人たる男にとって、自分がおせっかい屋のツタ性植物とみなされていると知ることが快適であったためしはない。またウィルバート・クリームが僕をそういうものに分類していることは一目瞭然《りょうぜん》であった。僕の到着の瞬間、彼は詩の朗読を中断してフィリスの手をとり、何か親密かつ愛に満ちた性質のことを言っているか、あるいはまさにこれから言おうとしているところだった。僕の「ヤッホー！」を聞いて彼は振り向き、あわててその手を離すと、先ほどオーブリー・アップジョンが僕に向けたのとごく近似した表情を僕に向けた。彼は小声で誰かについて何かぶつぶつ言った。誰の名前かは聞き取れなかったが、その場に付きまとうよう金をもらっているとかいう誰かさんのことだ。

「ああ、また君か」彼は言った。

　うむ、むろんそのとおりだ。その点に異論はない。

「手持ち無沙汰《ぶさた》でいるってことか？」奴は言った。「どこかに良書を持っていって落ち着いたらどうだ？」

僕がやってきたのは大芝生でいま紅茶が供されていることを伝えるためだと僕は説明し、するとフィリスは心かき乱された体《てい》にてちょっぴりキーキー声をあげた。

「きゃあ、いけない！」彼女は言った。「わたし、走っていかなくちゃ。パパァはわたしがお茶の時間に遅れるのをお嫌いなの。そういうことは年長者に対して失礼だってパパァはおっしゃるのよ」

パパァがどこのどういうところにいるべきかに関する示唆と、年長者に対する敬意に関する自らの見解を提示しようとウィルバート・クリームの唇がふるえ、しかし猛烈な努力でもってそいつを思い止まるのが僕には見えた。

「僕はポペットを散歩に連れてゆくよ」ダックスフントにふんふん声をかけながら奴は言った。で、犬はというと僕の脚のまわりを嗅《か》ぎまわり、美味なるウースター香気にて肺をいっぱいに満たしていた。

「お茶はいらないのかい？」僕は言った。

「いらん」

「マフィンもあるんだぞ」

「けっ！」奴は絶叫した。もし絶叫という語で正しければだが。そして背の低い犬につき従われ、大股に歩き去っていった。この人物からもクリスマスプレゼントは期待できないとの確信を僕は得るに至った。彼の態度物腰全体が、そのささやかな友人の輪の中に僕は加えてもらっていないことを雄弁に物語っていた。ダックスフント相手にはそよ風のごとくうまくいったが、ウィルバート・クリーム相手に僕は大きくしくじったようだ。

芝生に到着すると、ティーテーブルのところにいたのはボビーだけで、そのことは僕たち二人を驚かせた。

「パパァはどこ？」フィリスが訊いた。

「突然ロンドンに行かれるご決心をなさったの」ボビーが言った。

「ロンドンに？」

「そうおっしゃってらしたわ」

「どうして？」

「説明はしてくださらなかったわ」

「わたしパパァに会ってこなきゃ」そうフィリスは言い、とっとと行ってしまった。

ボビーは考え込んでいる様子だった。

「あたしが何を考えてるかわかって、バーティー？」

「なんだい？」

「えーとね、アップジョンが今ここに来たとき、ものすごく興奮していたの。それで彼は今週号の『サーズデー・レヴュー』を手にしていた。きっと午後の配達で届いたのね。あの人、自分の本に関するレジーのコメントを読んだんだと思うわ」

それは説得力ある説であると思われた。わが友人知己《ちき》の中には幾人か作家がいる――ボコ・フィトルワースの名がまず最初に念頭に浮かぶ――し、また連中は自分の最新作をけなす書評を読むとみな一様にものすごく興奮するものだ。

「ああ、君はキッパーがどういうことを書いたか知ってるんだな？」

「ええ、彼、いっしょに昼食をした時にあれを見せてくれたもの」

「ひどく辛辣《しんらつ》なやつだと、奴からは聞いてる。だけどアップジョンがどうしてロンドンに行かなきゃならないのかがわからないな」

「きっと誰があれを書いたか編集長に訊こうと思ってるんだわ。そいつのクラブの入り口階段のところで馬の鞭《むち》にて懲《こ》らしめてやれるようにってね。だけどもちろんそんなことを編集部が教えるわけはないし、それにあれは署名記事じゃなかったんだし……あら、ハロー、クリーム夫人」

彼女が呼びかけた相手は長身痩軀《そうく》でタカのごとき風貌の、シャーロック・ホームズを思わせる女性だった。彼女の鼻の頭にはインクの染みがあり、それは彼女が現在執筆中のサスペンス小説の成果であった。鼻に何がしかのインク染みをつけることなくサスペンス小説を執筆することは事実上不可能である。アガサ・クリスティーでも誰にでもお訊きになられるがいい。

「いま一章書き終えたところなの。だからちょっとお茶を飲んで一休みしようと思って」この女流文筆家は言った。「あまり根をつめすぎるのもいけないでしょう」

「そうですわ。ゲームは勝っているうちにやめろってことですわね。こちらはトラヴァース夫人の甥御《おいご》さんのバーティー・ウースターさんですわ」僕にはあんまりにも弁解がまし過ぎると思われる口調で、ボビーが言った。もしロバータ・ウィッカムに他の欠点よりもはるかに顕著な欠点がひとつあるとしたら、それは僕のことを内々にもみ消してしまいたい何かみたいに人に紹介する傾向があるところだ。「バーティーはあなたのご本の愛読者なんですのよ」彼女はまったく要らぬことを付け加え、するとクリーム夫人は軍隊ラッパの音を聞いたボーイスカウトみたいに跳《と》び上がった。

「あら、そうですの?」

「貴女《あなた》のご高著を持って丸くなっている時くらいに幸せな時はありませんよ」僕は言った。どの本が一番好きかは訊いてこぬものと当てにしながらだ。

「あなたがここにいらっしゃるって聞いて、彼、感激で口もきけなくなったんですのよ」

「んまあ、それは素晴らしいわ。ファンに会うのはいつだってよろこびですのよ。あたくしの本のどれが一番お好きですの？」

それで僕が「えー」まで言って、あまり希望は持てなかったものの「全部好きです」でなんとかなるかなあと考えていたところで、ボビー宛の電報を盆に載せたグロソップ御大《おんたい》が我らがお仲間に加わった。彼女の母親からだろう、と僕は推測した。きっと僕のことを先の電報で言い忘れた別の言い方で中傷しているのだろう。あるいはもちろん、僕はすっとんとんであるとの確信を再表明しているのかもしれない。思うに、よくよく熟考する時間をとってみたところで、この言葉にはあほんだらとか抜け作とかに相通ずる何かがあると感じられたのかもしれない。

「ああ、ありがとう、ソードフィッシュ」電報を取り上げながらボビーは言った。

彼女がこう話すのを聞いた時、僕が手にカップを持っていなかったのは幸運だった。つまりサー・ロデリックがこんなふうに呼ばれるのを聞いたら、僕はビクッと跳び上がってそれで種蒔《ま》く人があちこち種を蒔いて歩くみたいに器の内容物をそこいらじゅうに撒《ま》き散らしていたにちがいないからだ。だが実際には、僕はただキューカンバーサンドウィッチを宙に舞わせただけだった。

「あ、すみません」僕は言った。というのはそいつは間一髪のところでクリームに当たらずに済んだからだ。

ここでボビーが余計なクチバシを入れてくるのは確実と僕は覚悟した。この娘にはうまいこと言って場をつくろってやろうという観念がない。「どうかお許しくださいな」彼女は言った。「前もってご注意申し上げておくべきでしたわ。バーティーは次のオリンピックで〈キューカンバーサンドウィッチ投げ競技〉に出場する準備をしてるんですの。いつだって練習してなきゃいけないんですのよ」

ママクリームのひたいに物思わしげにしわが寄った。あたかもいま起こったことについてそんな説明は受け容れられないと感じているかのようにだ。だが次なる彼女の言葉より、彼女が考えていたのは僕の活動ではなく、ただいまのソードフィッシュのことであったことが知れた。彼が視界から消えるのを鋭い一瞥《いちべつ》にて確かめると、彼女は言った。

「トラヴァース夫人のあの執事のことですけど、どちらで雇い入れたものか、あなたはご存じかしら、ウィッカムさん？」

「普通のペットショップでだと思いますけど」

「推薦状はあったのかしら？」

「ええ、ありましたわ。彼は脳専門医のサー・ロデリック・グロソップのところに何年もいたんですの。トラヴァース夫人が彼についてはサー・ロデリックがそれはそれはたいへんな推薦状を下さったっておっしゃってらしたのを憶えてますもの。おばさまはたいへんご感銘を受けておいでででしたわ」

ママクリームはふんと鼻を鳴らした。

「推薦状なんていくらだってでっち上げられますわ」

「ん、まあなんてことでしょう！　どうしてそんなことをおっしゃるんですの？」

「なぜならあたくし、あの男のことを考えると気が休まらないんですの。あの男、犯罪者顔をしているわ」

「うーん、バーティーの顔だってそうですわ」

「あたくし、トラヴァース夫人はご警戒なさるべきだと思いますの。あたくしの『漆黒《しっこく》の闇夜』では、執事が悪党仲間の一人で、連中が盗みに入る助けをするために送り込まれていたってことがわかるんですのよ。内通者と言われるやつだわね。このソードフィッシュがここにいるのもそのためだって、あたくし強い疑いを持ってますの。もちろんあの男が単独犯で仕事をしている可能性も十分ありますけど。とにかくあたくしが確信してますのは、あの男は本当の執事ではないってことですわ」

「どうしてそう思われるんですか？」既に大量の露に濡《ぬ》れていたひたい斜面をハンカチーフにて拭《ぬぐ》いながら、僕は訊いた。僕はこういう話の流れがぜんぜん気に入らなかった。このクリームのオツムに、サー・ロデリック・グロソップは執事であり、全面的に執事で執事に他ならず執事以外の何ものでもないことをしっかり叩き込んでやらないことには、大惨事が出来《しゅったい》することになる。彼女は探究し、捜査し、それで「ヤッホー！」も言えないうちに事実を完全に掌握《しょうあく》することだろう。そうしたらトム叔父さんのボロ儲《もう》けのチャンスはフイだ。それで僕が知る限り、そこいらじゅうを飛んでまわっている迷子の現金を捕まえそこねた時、いつだって叔父さんは青い鳥と音信不通になるのだ。叔父さんが金に卑しいというのではない。金が好きというだけのことだ。

そう訊いて下さってうれしいですわということを、彼女の態度は表明していた。

「どうしてそう思ったかをお話ししますわ。あの男はアマチュアっぽさをありとあらゆるかたちで露呈させていますの。今朝だってあたくし、あの男がウィルバートと長いこと話をしているのを目にしましたもの。本当の執事ならばそういうことは絶対にしませんわ。執事ならそういうことを僭《せん》越《えつ》だって思うはずですもの」

僕はこの発言に反論した。

「それでは」僕は言った。「僕はあなたのご見解に異を唱えさせてもらいましょう。もし異を唱えるという言い方で正しければですが。わが生涯の最良の時間の多くが、執事たちとおしゃべりすることで過ごされてきたものです。またそういう時のほぼすべての場合において、最初に仕掛けてきたのは彼らの方でした。彼らは僕を見つけ出しては持病のリューマチの話を始めるんです。ソードフィッシュは僕には大丈夫って見えますよ」

「あなたはあたくしのような犯罪学の学徒ではいらっしゃらないでしょう。あたくしには練達の目が備わっているし、またあたくしの判断が間違っていたことは一度もないんですのよ。あの男は何ごとか悪事をなさんとしてここにいるんだわ」

この全部がボビーをいらいら苛立《いらだ》たせていることが、僕には見て取れた。しかし彼女のうちなる分別が勝利を収め、怒り狂った反駁《はんばく》の言葉を押しとどめた。彼女はT・ポーターリントン・トラヴァースがとても好きである。彼女がかつて僕に語ってくれたところによると、今では明けの明星とともに天空に住まっているが、かつては彼女にとってとても愛しい存在であったワイアー・ヘアード・テリアに彼は生き写しなのだそうだ。そして彼がためクリームの意見は尊重されねばならず、手袋にて丁重に取り扱われねばならぬことを彼女は思い出した。話し始めた彼女の口調には、モリバトが他のモリバトに呼びかけて、金を借りられないかと期待している時のものの柔らかさがあった。

「ですけど、クリーム夫人、そんなことはあなたのご想像に過ぎないとは思われませんこと？　あなたは素晴らしい想像力にこんなにも富んだ方でいらっしゃるんですから。ついこの間もバーティーが、どうしてあなたにはこんなふうにお書きになれるのかわからないって言ってましたわ。あんなふうに恐ろしく想像力に富んだご本をあんなに書いていらっしゃって、って。ねえそうじゃなくて、バーティー？」

「まさしく僕の言ったとおりの言葉です」

「それであなたのような想像力をお持ちでいらしたら、ご想像なさらずにはいられないものでしょう。ねえ、そうじゃなくって、バーティー？」

「ひどく難しいことでしょうね」

彼女の蜜のごとき言葉は無益だった。このクリームはバラムのロバみたいに相変わらず頑固でいつづけた［『民数記』二二・二二］。なお、このバラムのロバについては必ずや皆さんご存じでおいでのことと思う。

「あたくしがあの執事が何か怪しげな真似を企んでいると考えるのは、たんなる想像じゃありませんわ」彼女は辛辣に言った。「またその何かが何であるかはきわめて明々白々であると考えねばなりません。あなた方、トラヴァース氏がイングランド有数の古銀器のコレクションをお持ちでいらっしゃることをお忘れでおいでのようですわね」

この指摘は正しい。その精神構造におけるなんらかの欠陥ゆえ、トム叔父さんは僕が小さい頃から古銀器を蒐集《しゅうしゅう》しており、それらをしまってある一階の部屋の中身の価値は相当な金額にのぼろう。叔父さんのコレクションについて、僕はすべてを知っている。高浮き彫りやら丸ひだ彫りの燭台やら葉状装飾やらリボン状円環装飾やらの問題に関する彼の話を何時間も否応《いやおう》なしに聞かされてきたからだけでなく、かつて彼のために十八世紀のウシ型クリーマーを盗み取り、それについていわば個人的利害を持ったことがあるがゆえにである。(長い話である。ここでそれに踏み込んでいる暇はない。記録文書のほかのところで見つけていただけるはずである)

「トラヴァース夫人にこの間コレクションを見せていただいて、ウィリーはとっても感動してましたわ。ウィリーも古銀器を蒐集しておりますのよ」

刻一刻と時間の過ぎる毎に、僕にはこのW・クリームの人格というものがますますわからなくなっていた。不規則走行者だ。と、そういう者がもしいるとしての話だが。つまり、最初はあの詩の一件で、今度はこれだ。プレイボーイというのはブロンドと冷えた酒のボトル以外にはまったく興味を持たぬものと、いつだって僕は考えてきた。これまた世界の半分は、残りの四分の三がどう暮らしているかまるで知らないということの証左となる一事であろう。

「トラヴァース氏のコレクションの中には、何と引き換えにしたって惜しくないようなものが幾つもあるってあの子が言ってましたわ。あの子がとりわけ欲しがっていたのは、十八世紀のウシ型クリーマーね。だからあの執事にはご注意なさいな。あたくしは注意するつもりでおりますわ。さてと」このクリームは席を立ちながら言った。「仕事に戻らなくっちゃ。あたくし、いつも一日の終わる前に次の章のアイディアを大まかに練っておきたいんですの」

彼女は立ち去ってしまい、しばらくの間沈黙が辺りを支配した。それからボビーが「ヒュー！」と言った。また僕もその「ヒュー！」がモ・ジュストというか、適語である点については同感だった。

「グロソップは急いでここを逃げ出したほうがいいぞ」僕は言った。

「どうしてそんなことができて？　そういうことはおばさまが決めることだし、おばさまはご不在なのよ」

「それじゃあ僕が逃げ出させてもらう。この界隈《かいわい》じゃあ僕好みというにはあんまりにも迫り来る運命がぶいぶい言ってい過ぎなんだ。かつては平和な田舎の邸宅だったブリンクレイ・コートが、今じゃあエドガー・アラン・ポーの小説から出てきた不吉なシロモノみたいなありさまだし、そのことは僕を怖気《おじけ》づかせる。僕は失礼させてもらうよ」

「おばさまがお戻りになるまでそんなことはできないわ。ここには主人とか女主人が誰かいなきゃならないもの。それであたしは明日うちに帰ってお母様に会わなきゃいけないのよ。あなたは歯を食いしばってここにいなきゃだめ」

「すると僕が耐え抜かなきゃならない激烈な精神的緊張はどうだってかまわないってことかい？」

「ぜんぜんかまわないわ。あなたの身体にいいのよ。毛穴を開いてくれるわ」

おそらく僕はこれに対してものすごく侮辱的なことを言ってやるべきだったんだろう。もし何か思いついたらば、であるが。だが思いつかなかったものだから、僕は何にも言わなかった。

「ダリア叔母さんの住所はどこだい？」僕は言った。

「イーストボーン、ロイヤル・ホテルよ。どうして？」

「なぜなら」もうひとつキューカンバーサンドウィッチを手に取りながら、僕は言った。「僕は叔母さんに、明日ぜったいに僕に電話してくれって電報を打つんだ。この地にてどういうことが出来中であるかを、彼女にお知らせできるようにね」

6．ブロードウェイ・ウィリーをめぐる問題点

どういうわけでそういう話になったものかは忘れたが、ジーヴスが前に眠りは心配事のもつれを解きほぐす［『マクベス』二幕二場］とか言っていたのを僕は憶えている。傷ついた心の鎮静薬、と、彼は言った。つまり僕はこう理解しているのだが、もしことが厄介な具合になってきたとして、八時間の睡眠をとった後だと事態はそんなには粘《ねば》っこくは見えなくなっていると、そういうことだと思う。

僕の意見を述べさせてもらうならば、ヨタ話である。僕に関してそんなふうな具合になってくれたためしは滅多にないし、今だってそうだった。僕はブリンクレイ・コートの現今の状況について陰気な見解を持ちながら床に就き、いわゆる新たな一日の目覚めを迎えた。すると僕の見解はいよいよ陰気になっていた。朝食のたまごにほとんど手もつけず押しやりながら、ママクリームが今すぐにも何事かを暴露しようものか誰にわかろう、と、僕は自問していた。また僕がいつまでも付きまとうのをこのまま続けたら、ウィルバート・クリームがいつ何時《なんどき》鼻を突き上げ歯と爪にて僕に攻撃を開始してこないとは誰に言えよう？　既に奴の態度はバートラム・ウースターとごいっしょすることにつくづくうんざりした男のそれであったし、後者がまたもや肘脇にいるのを見たら、奴はごくやすやすと適切な手続きを経て迅速な措置をとろうと決心するやもしれない。

こういう線でもの思いにふけりながら、アナトールが最大限に全力を尽くしてくれていたにもかかわらず、僕は昼食の際ほとんど食欲をなくしていた。あのクリームが食器棚のところでぶらついているグロソップ御大《おんたい》に鋭くうたぐり深い目を向ける度に、僕はビクリとした。また彼女の息子のウィルバート・クリームがフィリス・ミルズに向けっぱなしの長く愛に満ちたまなざしは、僕を骨の髄まで凍りつかせた。思うに食事が終了したらば、奴はこの女の子をあの青葉茂れる木立の空き地にふたたび誘い出すことだろうし、また、そこに僕がいっしょについていったとて彼の不興ないし立腹を買うことにはなるまいと考えようとしたところで、そいつは無駄というものだ。

幸運なことに、食卓から立ち上がりながらフィリスは自分はパパァの演説のタイプ打ちを仕上げに部屋に戻ると言い、僕の心は差しあたって安堵《あんど》した。いくらごく年少のみぎりよりブロンド娘をブラッドハウンド犬みたいに追っかけることに慣れ親しんで過ごしきたニューヨークのプレイボーイとて、そこまでついていって強引に求婚したりはするまい。

当面その方向でなすべき建設的なことは何もなしと理解した様子で、奴は浮かぬ声にて、僕はポペットを散歩させてくるよと言った。どうやらこれが奴には落胆の心の痛みを癒《いや》す不変の方法であるようだ。またもちろんあちこち歩いて見聞を広げたい犬の立場からしてみれば、まことに結構な話である。両者は地平線を目指して去り、視界から消えた。犬は跳《は》ね回り、奴は跳ね回らずに心高ぶった様子でステッキをひゅっひゅと振りながら。それで僕はというと、なさねばならぬとの思いにて、ダリア叔母さんの書棚よりママクリームの本を選び出し、それを持って外に出て芝生のデッキチェアーで読もうとしていた。またこのクリームは疑問の余地なく才能溢《あふ》れる筆を揮《ふる》っていたから、温暖なその日が第二章の真ん中で僕をやさしき眠りへと落とし込んでいなかったら、僕はこの本をたいへんな勢いで楽しんでいたことだったろう。

しばらくして目が覚め、わが心配事のもつれが編み繕《つくろ》われたかどうか——編み繕われた様子はなかったのだが——目を走らせてみたところで、電話だといって呼ばれた。僕は電話機器のところに急ぎゆき、そしてダリア叔母さんの声が電話線を伝い轟《とどろ》き聞こえ来《きた》ったのであった。

「バーティー？」

「バートラム参上」

「どうしてこんなに時間がかかったの？　あたしシュリューズベリー時計で［『ヘンリー四世第一部』五幕四場］一時間もこのクソいまいましい受話器にしがみついてたのよ」

「ごめん。足に翼をつけてとんできたつもりなんだけど。だけど電話が来たとき、僕は表の芝生にいたんだ」

「昼食後のお昼寝ってことね？」

「ほんの一瞬、まぶたを閉じてた時もあったかもしれない」

「あんたってのべつ食べてるんだものねえ」

「このくらいの時間には、いくらか滋養物を摂取するのがならわしだと思うけどな」僕はちょっぴりひややかに言った。「ボンゾの具合はどう？」

「よくなってきてるわ」

「何の病気だったの？」

「ドイツはしかよ。だけど危険な時期は過ぎたの。さてと、それで大騒ぎしてるのは何事なの？　どうして電話をよこせなんて言ってきたのかしら？　おばちゃまの声がそんなにも聞きたかったってだけ？」

「おばちゃまの声はいつだって聞きたいさ。だけどもっと重大で深刻な理由があるんだ。この家内に潜在する危機について貴女《あなた》はぜんぶ知ってるべきだって思ったんだよ」

「家内に潜在する危機ってのは何よ？」

「まず第一にママクリームだ。彼女は危険だ。彼女は疑ってるんだ」

「何をよ？」

「グロソップ御大だ。彼女は彼の顔が好きじゃない」

「んまあ、彼女の顔だってとりたててほめられたような顔じゃないでしょ」

「彼女は彼は本物の執事じゃないって思ってるんだ」

僕の鼓膜が半分に引き裂けそうになったという事実から、僕は彼女が陽気な笑いを放ったものと推論した。

「思わせときなさいな」

「心配しないの？」

「ぜんぜんまったくよ。彼女になんか何にもできやしないわ。いずれにしたってグロソップは一週間もしないうちに出てくはずよ。ウィルバートのことで確信を得るまでに、それより長くはかからないと思うって言ってらしたもの。アデーラ・クリームのことなんか、あたしは心配しないわね」

「うーん、貴女がそう言うなら。だけど僕は彼女は危険人物だって思ったんだ」

「あたしにはそうは見えないわ。他にも心配事はあるの？」

「ああ。例のウィルバート・クリーム／フィリス・ミルズの一件だけど」

「ああ、その話ね。そっちは重要よ。ボビー・ウィッカムはあんたに、ウィルバート・クリームになんとかよりも親しくくっつけって言ってくれた？」

「兄弟じゃない［『箴言』十八・二四］？」

「あたしは多孔質の絆創膏《ばんそうこう》みたいに、って言うつもりだったの。だけどあんたの好きなようでいいわ。あの子、事情は説明してくれた？」

「した。それでその点について僕は貴女と徹底的に討議したいんだ」

「徹底的に何をしたいですって？」

「討議だ」

「いいわよ。徹底的に討議を始めて頂戴」

少なからぬ間、この問題にウースター頭脳の精華を傾注してきていた僕は、このレスというか本質を頭の中ではっきり理解していた。僕はそれを注ぎ出しはじめた。

「ねえ、僕の愛するご先祖様。人生行路を歩みながらさ」僕は言った。「僕らはいつだって他人の立場に立ってものを見るようにしなきゃならない。で、現在懸案中の事例においてその他人とはウィルバート・クリームだ。ウィルバート・クリームの立場に立ってみて、四六時中あとをついてまわられるのはどんな気がするか考えてみようって了見は貴女には起こらなかったの？　そんなの奴にとってみればメリーさんになったようなもんじゃないか」

「なんて言ったの？」

「メリーさんになったようなもんじゃないかって言ったんだ。僕の記憶するところじゃ、メリーさんはどこにもついてこられるという経験を享有したんだった」

「バーティー、あんた酔っ払ってるでしょ」

「全然そんなことはない」

「『大英帝国憲法』って言って御覧なさい」

僕はそうした。

「それじゃあ今度は〈彼女は海岸側で客に貝殻を売却中〉って言ってみて」

銀鈴を振るがごとき声で僕はよどみなくそう言った。

「うーん、大丈夫みたいねえ」彼女はいやいや言った。「彼がメリーさんじゃないかってのはどういう意味よ？　どこのメリーさんのこと？」

「彼女に名字があったとは思わないんだけど、あったのかなあ？　僕が言っているのはかわいいヒツジを飼っててそのヒツジはメリーさんの行く所行く所どこでもついてくという、そういう子供のことだ。それで僕は自分がかわいいヒツジだとは言わないけれど、ウィルバート・クリームの行く所行く所どこでもついていってるんだから、その帰結はどういうことと相成るか、いささか興味をもって憶測せずにはいられないというものじゃないか。奴は僕が常にいっしょにいることを、不快に思っている」

「あの男がそう言ったの？」

「まだ言っちゃいない。だけど奴は僕をいやな目で見るんだ」

「そんなのは大丈夫よ。あたし怖くなんかないもの」

彼女は論点を捕らえ損ねていると、僕は理解した。

「だけど貴女には不気味に迫り来る危機が見えないの？」

「潜在する危機って言ってたと思ったけど」

「潜在するだけじゃなくって不気味に迫っても来てるんだ。僕が言いたいのは、もし僕がこの多孔質の絆創膏の真似をあくまでも続けたとすると、行動は言葉よりものを言うとの信念に基づき、奴が身を引いて構えて僕をぶん殴る時が不可避的に来るって、そういうことなんだ。そうなったら、僕には身を引いて構えて奴を一発ぶん殴るよりほかにしようがない。ウースター家の者には誇りがあるんだ。それで僕が奴をぶん殴ったら、日没まで乱闘継続ってことになるだろう」

彼女は霧笛みたいに咆哮《ほうこう》を放った。

「あんたぜったいにそんなことしちゃだめ。特別配達で叔母さんの呪《のろ》いをお宅の玄関先まで配達されたくなかったらね。あんたがあの男と乱闘なんかしでもしたら、あたしのイニシャルをあんたの胸に肉切り斧《おの》で刺青《いれずみ》してあげる。もう一方の頬を差し出すのよ、哀れなおさかなちゃんったら。あたしの甥《おい》が息子をぶん殴ったなんてことになったら、アデーラ・クリームは絶対にあたしを許さないわ。大急ぎで旦那のところへとんでいって――」

「――そしてトム叔父さんの取引はおじゃんになる、と。そこのところを僕は言いたいんだ。もしウィルバート・クリームが誰かにぶん殴られなきゃならないとしたら、それはトラヴァース家に縁もゆかりもない誰かがやるんでなくちゃならない。貴女は今すぐバートラムの代わりの者を雇わなきゃならないんだ」

「あたしに私選探偵を雇えって言ってるの?」

「〈私立探偵〉って言い方の方が普通だ。いや、ちがう、そうじゃない。だけど貴女はキッパー・ヘリングをこの地に招待しなきゃいけない。キッパーこそ貴女の必要とする男だ。あいつならウィルバートの一挙一動をつけまわす仕事に飛びつくだろうし、もしウィルバートが奴をぶん殴って奴がウィルバートをぶん殴ったとしたって何の問題もない。あいつは部外者なんだからな。だからってウィルバートはそんな真似をしようなんて夢にも思いやしないとは思うんだ。キッパーの外見だけで尊敬は勝ち取れようってものだからさ。奴の筋骨たくましき腕は鉄帯みたいに強靭《きょうじん》だし、それに奴はカリフラワー耳の持ち主でもある」

　しばらくのあいだ沈黙があった。また彼女が僕の言葉を検討中であると推測することは困難ではなかった。あれこれ速やかに知力を割り振りながら、と、ジーヴスが前に言うのを聞いた言い方をすればだが。彼女が話し始めた時、その声は少なからぬ畏敬の念に満ちていた。

「わかるかしらね、バーティー。時々だけど――そう、ごくごく稀《まれ》にだけど、確かに起こるんだわ――あんたの知性がほとんど人間並みになる時があるの。あんたの言うとおりだわね。ヘリングのことは全然考えてもみなかった。あの人、来られると思う？」

「ついおととい、自分の一番切実な願いはここの招待をおねだりすることだって言ってたところだ。奴の記憶のうちに、アナトールの料理はいまだ青々としているんだな」

「それじゃあ彼に電報を送って。郵便局に電話すればいいわ。あたしの名前で署名するのよ」

「よしきたホーだ」

「用事は全部放りだして、駆けつけるように言いなさい」

　彼女は電話を切り、それで僕は通信文を起案しようとしていた。と、猛烈な緊張から解放された後にしばしば起こることであるのだが、そのとき僕は何か軽く一杯頂きたいという切迫した欲求を覚えたのだった。おお、ビーカー一杯の暖かき南国の酒［キーツの詩「ナイチンゲールのオード」］、とジーヴスだったら言うところだ。したがって僕はベルを押し、椅子に沈み込んだ。そしてただいまドアが開き、禿頭でぼさぼさ眉毛の円形物体が登場し、僕をびっくり仰天させた。現今の状況下においてブリンクレイ・コートにてベルを押すことは、必然的にサー・ロデリック・グロソップを出現させることになるのを僕は忘れていたのだ。

脳専門医と執事の混合体と会話を始めるのはいつだって難しいことだし、また過去における彼との関係がそんなにはなかよしでなかったという時にはとりわけそうである。また僕はどう話を転がしたらいいものかわからずに途方に暮れてもいた。僕はその飲み物を雄鹿が小川のせせらぎを欲するごとく渇望していた［『詩編』四二・二］が、しかし執事にウィスキー・アンド・ソーダを持ってくるように言って、その執事がたまたま脳専門医でもあったという時、彼にはすっくりと立ち上がってひと睨《にら》みにてあなたをへなへなしおれさせてしまいがちな傾向があるものなのだ。すべてはそのとき彼のどちらの側面が有力か次第である。彼が親切げにほほえみ、バートラムと静かにおしゃべりする機会を明らかに歓迎している様子なのを見てとって、僕は安堵した。湯たんぽの件にさえ立ち入らなければ、すべては大丈夫らしい。

「こんにちは、ウースター様。ご内密にお話をしたいと願っておりました。しかしながらおそらくウィッカムお嬢様が事情をご説明されておいででございましょう？　おいでございましょうか？　であるならば事情はご理解されていらっしゃって、あなた様が不用意にわたくしが何者かを明かしておしまいになられる危険性はないということでございますな。わたくしがなぜここにいるかをクリーム夫人にはいささかも感づかれてはならぬということを、あなた様はしっかりご理解されておいでtogether でございましょうか？」

「ええ、してますとも。秘密と沈黙ですね、どうです？　もしあなたが彼女の息子の耳と耳の間がうすらぼんやりだってことを診断するためにここで観察してるって知ったら、彼女は立腹し、憤慨するすることでしょうね」

「まさしくそのとおりです」

「それでそっちの調子はどうなんです？」

「失礼、何と申されましたかな？」

「観察のことですよ。観察対象に何か頭のおかしいところは見つけられたんですか？」

「その表現を貴君がウィルバート・クリームの精神能力に関して何らかの確固たる見解を形成するに至ったかという意味でお使いならば、その答えはノーですな。私が観察対象者とほんの一言話した後、判断に至れないなどということはごくごく稀なのですが、クリーム氏の症例について私はいまだに確信が持てずにおります。その一方、彼には記録がある」

「悪臭弾のことですね」

「まさしくそのとおり」

「それにハジキを向けながら小切手を現金化するって話ですね？」

「まさしくさよう。その他いくつも精神的不均衡《ふきんこう》を示す点があります。ウィルバート・クリームが変人であることに間違いはない」

「だけど拘束衣の採寸をするまでには至っていないとお考えなんですね？」

「もっと観察を続けたいと考えております」

「ジーヴスがニューヨークにいるとき誰かにウィルバート・クリームのことを何か聞いたと言って

いました。重要なことかもしれません」

「その可能性は高いですな。どういった事柄でしたか？」

「彼には思い出せなかったんです」

「残念ですな。さてと、先ほどの話の続きに戻りますと、あの青年の記録は、精神分裂病とは言わないまでも、何らかの根深い神経症を示唆しているように見受けられます。しかしそれに対し、彼の会話からはさような兆候はいささかも見てとれないという事実があるのです。昨日の朝私は彼とずいぶん長いこと会話をしたのですが、彼は実に知的だった。彼は古銀器に関心があり、貴君の叔父上のコレクション中の十八世紀のウシ型クリーマーについてたいそう熱を込めて語っていました」

「彼は、自分が十八世紀のウシ型クリーマーだとは言ってませんでしたか？」

「まったくさようなことはありません」

「たぶん仮面をかぶっているだけですよ」

「失礼、どういう意味ですかな？」

「跳《と》び上がろうとして身をかがめてるところだってことです。あなたを安心させようとしてるんですよ。遅かれ早かれ何らかの方向で暴発するはずです。こういう根深い神経症の連中っていうのは、きわめて抜け目のないものなんです」

　彼は非難するように首を横に振った。

「性急な判断はなりませんぞ、ウースター君。偏見をもって臨んではなりません。いったん立ち止まって証拠を考量せずには、何事も得られたためしはありませんからな。貴君の精神の正常さについて、かつて私が性急な判断に達したことを、貴君もご記憶でしょう。寝室にいたあの二十三匹のねこたちのことです」

僕は盛大に赤面した。その出来事は何年か前に起こったことで、また死に去りし過去は死んだままにしておいてくれるほうがいい趣味だと僕は思った。

「その件については完全にご説明したはずです」

「まさしくそのとおり。私の誤りが証明されたのでした。であればこそ、ウィルバート・クリームの症例に性急に診断を下してはならないと私は申しておるのです。もっと別の証拠が出てくるのを待たねばなりません」

「そしてそれを考量するんですね」

「そのとおり。それを考量するのです。ところでウースター様、ベルをお鳴らしになられましたが、わたくしに何かご用でございましょうか？」

「あー、実をいうと、僕はウィスキー・アンド・ソーダがほしかったんですが、あなたのお手を煩《わずら》わすのは気が進まないんです」

「いやいやウースター様、あなた様はわたくしが、たとえ一時的であるにしろ、執事であり、また――願わくば――良心的な執事であるということをお忘れでいらっしゃいます。ただちにこちらにお持ち申し上げましょう」

彼が消え去るのを見ながら、クリーム夫人もまたちょっぴり証拠の考量というやつをやっているのだと彼に告げるべきか否かを僕は考えていたのだが、全体的に見れば言わないほうがよしと決めた。彼の心の平安をかき乱したってしょうがない。ソードフィッシュなんて名前に応えねばならぬだけでも彼には十分な負担である。考えることをあんまり与えたら、彼は思い悩んで蒼《あお》ざめてしまうことだろう。

彼は戻ってくると、僕がまっしぐらに飛びついたビーカー一杯の暖かき南国の酒だけでなく、午後の配達で届いたばかりだという僕宛の手紙をも持ってきてくれていた。のどの渇きを癒したところで封筒をちらりと見ると、それはジーヴスから来たものだった。僕はあまりわくわくしないでそいつを開けた。どうせ目的地に無事到着したと報せ、こうしている間も僕が元気一杯だとよいがとの希望を表明しているだけに過ぎまいと予期してのことだ。要するに、いつものおためごかしだ。

だがそいつはいつものおためごかしなんかじゃ全然まったくなかった。その中身を一瞥《いちべつ》すると、僕は激しくなんてこったをやってしまい、お陰でグロソップ御大が不審げに僕を見る次第となった。

「悪い報せでなければよろしいのですが、ウースター様?」

「どういうことを悪い報せと呼ぶかによりますね。これは確かに一面トップ級の大ニュースではあります。これは僕の従者のジーヴスから来た手紙です。今彼はハーン・ベイでエビ獲りをしてるんですよ。またこれはウィルバート・クリームの私生活に、目もくらむばかりの光を投じるものなんです」

「さようですか? それはたいへん興味深いことですな」

「まず第一に、ジーヴスが年に一度の休暇に出発する前に、このW・クリームのことが家庭内で話題にのぼったということから話を始めないといけないでしょう。ダリア叔母さんからクリームがこの在院者の一人だと聞き、彼のことについてわれわれはずいぶん長いこと話し合いました。こう言っておわかりいただけるようでしたら、僕はこう言い、またこう言ってご理解いただけるようならば、ジーヴスはああ言ったわけです。さてと、出発する直前に、ジーヴスは僕がたった今申し上げた重大な発言をしてゆきました。ウィルバートについて何か聞いたことがあるが忘れてしまった、というあれです。思い出したら連絡すると、彼は言っていたんでした。それでなんと、彼は思い出したわけです！　この書面中で彼が何と言ってきたかおわかりですか？　三回まであてずっぽで言っていいです」

「今は当てっこゲームなどをしている場合ではありますまい？」

「おそらくおっしゃるとおりでしょう。だけどとっても楽しいんですけどね、そうは思われませんか？　さてと、彼はこう言ってきました……ウィルバート・クリームは……何て言いましたっけ？」僕は手紙を参照した。「〈クレプトマニア〉です」僕は言った。「この語になじみがないようでしたら説明すると、つまり、手の出せるものなら何でもくすね盗《と》ってまわってあちこち動き回る男って意味です」

「何たること！」

「〈おやまあこりゃあびっくり！〉と言っていただいて結構です」

「まさかそんなこととは思いもしなかった」

「奴は仮面をかぶっているんだって言ったでしょう。きっと奴を追っ払おうっていうんで、外国に追い出したんですよ」

「疑問の余地はありませんな」

「イギリスにもアメリカと同じくらい沢山くすね盗るものがあるという事実を看過しながらですよ。何か思い当たられる点はおありですか？」

「もちろん思い当たりますとも。貴君の叔父上の古銀器のコレクションのことを私は考えておりました」

「僕もです」

「あの不幸な青年にとっては、深刻な誘惑物となることでしょうな」

「彼のことを不幸と呼んでいいものかは疑問です。彼はおそらく物をくすね盗ることを徹頭徹尾楽しんでいるんでしょうから」

「すぐにコレクション・ルームに行かねばなりませんぞ。何かなくなっているやもしれませんからな」

「きっと天井と床以外はぜんぶでしょうよ。そういうものを盗って逃げるのはたいへんでしょうからね」

われわれがコレクション・ルームに到着するのは一瞬の早業ではなかった。グロソップ御大はスピードよりは持続性向きにできていたからだ。だがわれわれはやがてそこにたどり着き、またざっと全体を見回して最初の印象は、どのガラクタもイン・スタトゥ・クオというか現状を維持しているようだという安堵だった。グロソップ御大が「ふう！」と言って急な道ゆきの後、ひたいを拭《ぬぐ》い始めた段になってようやく、僕はその欠落に気づいたのだった。

ウシ型クリーマーは、ご参集の皆さんの中にはいなかった。

7．消えたウシ型クリーマー

もしご関心をお持ちであれば一言しておくが、このウシ型クリーマーというのは銀製の水差しというかピッチャーというか何とお呼びになってもよろしいがそうしたようなもので、よりにもよって弓なりにそった尻尾と非行少年顔をしたウシ、すなわち次回乳しぼりの時には身を引いて構えて乳しぼり娘の下位肋骨に一発お見舞いしてやれと計画中でいるウシのような、そういう形状をしている。その背中は蝶番《ちょうつがい》で開くようになっており、尻尾の先は背骨に触れていて、それで家長がクリームを注ごうという時に何かしら手で持つ部分ができるわけだ。ドブで絶命しているところを発見されたとして、そのときに僕が持っていたくない物品リストの最上位に君臨するモノであるから、こんなむかむかするようなシロモノを欲しがる者がどうしているかはひとえに謎である。しかしどうやら十八世紀にはこういう水差しが好まれていたらしいし、もっと時代を下って現代にくると、トム叔父さんがそういうものを大好きだし、証人グロソップによれば、ウィルバートもそうなのだ。人の好みは十人十色であるし、昔からの言い習わしに言うようにある者にとってのキャビアが、別の者にしたら少将《メジャー・ジェネラル》であったりするものなのだ［『ハムレット』二幕二場。大衆（ジェネラル）にとってのキャビア］。

しかしながら、ああいうものがお好きであろうとなかろうとそれはそれとして、肝心なのはそいつが跡形もなく消滅したということである。そしてそのことをグロソップ御大《おんたい》に告げて彼の見解を訊こうとしたところで、ボビー・ウィッカムがわれわれの仲間に入ってきた。彼女はそれまで着ていたシャツとバミューダ・ショーツを脱ぎ、家路に向かう旅装に着替えていた。

「ハロー、みんな」彼女は言った。「調子はどう？　暑くて具合が悪いみたいね、バーティー。どうしたの？」

僕はこのニュースを穏やかに伝えてやろうとはしなかった。

「どうしたか教えてやろう。君はトム叔父さんのウシ型クリーマーは知っているだろう？」

「ううん、知らないわ。何それ？」

「一種のクリーム差しみたいなものだ。不気味だがすごく価値があるんだ。トム叔父さんの目に入れても痛くないメス仔羊だと述べたとて過言じゃあない。叔父さんはそいつをものすごく溺愛《できあい》しているんだ」

「おじさまに神のお恵みのありますように」

「叔父さんに神のお恵みを願ってくれるのはいいんだけど、そのクソいまいましいシロモノがなくなっちゃったんだ」

しんと静かな夏の大気は、罎《びん》からビールが注がれるがごとき音により、その静謐《せいひつ》を乱されていた。そいつはグロソップ御大がのどをゴボゴボ鳴らす音であった。彼の目はまん丸く見開かれ、彼の鼻はひくひくし、この新たな報せが稀少かつ爽《さわ》やかな果実としてではなく、濡《ぬ》れた砂をぎっしりつめた靴下で頭蓋骨基底部を打ちのめされるようなものとして彼の許に届いたことが容易に見て取れた。

「なくなったですと？」

「なくなりました」

「確信はあるのですか？」

　確信があるどころではないと僕は言った。

「見落としたということはあり得ませんかな？」

「あんなものはどうしたって見落としようのあるもんじゃありません」

　彼はまたゴボゴボとのどを鳴らした。

「しかしこれは恐ろしいことですぞ」

「これよりずっとマシなことはありますよね」僕は同意した。

「貴君の叔父上はたいそう動転されることでしょう」

「仔ねこみたいに動揺することでしょうね」

「仔ねこですと？」

「そうです」

「どうして仔ねこなのです？」

「どうして仔ねこじゃいけないんです？」

　この掛け合い漫才を聞きながら立っているボビーの表情から、この話の要点が彼女の頭を素通りしてしまっていることが見て取れた。意味不明、との印象を得ている様子だ。

「わからないわ」彼女は言った。「なくなったっていうのはどういう意味なの？」

「盗まれたってことだ」

「田舎の邸宅では、物が盗まれたりなんかはしないものよ」

「ウィルバート・クリームが家屋内にいるときは盗まれるんだ。奴はクレプトなんとかかんとかだったんだ」僕は言い、ジーヴスから来た手紙を彼女に押しつけた。彼女はそれを興味深げな目でもって熟読し、その内容を了解すると「んまあびっくり、あたしのファニーおばさんをゴムの木の上まで追っかけて」と言い、近頃は次から次へと何が起こるかわからないものだわと付け加えた。しかし、これにはよい面もあると彼女は言った。

「これで色々検討した結果あの男はクロガモみたいにキチガイだってご意見をお述べになれますわ、サー・ロデリック」

グロソップ御大がこの発言を考量する間、いっときの間《ま》があった。おそらく彼の専門家としての経歴中で過去に遭遇してきたクロガモたちのことを思い返し、そのイカレ加減をW・クリームのそれと比較検討しようとしていたのであろう。

「疑問の余地なく、彼の代謝作用は外的興奮の相互影響に起因するストレスを過度に感受しやすい状態にありますな」彼は言った。するとボビーが母性愛に満ちたふうに彼の肩をぽんぽん叩き――いくら僕たちの関係がかつてより友好的になったとはいえ、こんなのは僕には到底できない真似である――そして今のは実に名言だったと言った。

「あなたからそういうお言葉が聞きたかったんですのよ。トラヴァース夫人がお帰りになられたらそう言って差し上げなくっちゃいけませんわ。そしたらおばさま、ウィルバートとフィリスの件のことでアップジョンと立ち向かえる強力な立場に立てることになりますもの。このことを知ってたら結婚予告に断固として異議を申し立てられますわ。〈彼の代謝作用のことはどうするんですの?〉っておばさまおっしゃるのよ。そしたらアップジョンは、どこを見たらいいかわからなくなるわ。

これでみんな解決だわね」

「ぜんぶ解決だとも」僕は指摘した。「トム叔父さんが一匹お気に入りのメス仔ヒツジ不足になるって他はね」

彼女は下唇を噛《か》んだ。

「そうだった、そのとおりだわ。その指摘は正しいわね。その点については、あたしたちどう対処したらいいのかしら?」

彼女は僕を見、僕はわからないと言った。それから彼女はグロソップ御大を見、すると彼はわからないと言った。

「本状況はきわめて微妙であります。ご同意なされますかな、ウースター君?」

「途轍《とてつ》もなくですよ」

「このような事情下では、貴君の叔父上はあの青年に立ち向かって原状回復を要求はできない。トラヴァース夫人が私にあらん限りの強調を込めて印象づけていったところでは、けっしてクリーム夫妻を……」

「立腹させるな、と?」

「憤慨させるな、と私は言うところでした」

「おそらくどっちでもいいんでしょう。どちらでもたいして違いはない」

「自分の息子が窃盗《せっとう》犯のそしりを受けるとなったら、彼らは間違いなく憤慨することでしょう」

「連中はあわ立て卵みたいにあわてるはずです。つまり、盗んだのはウィルバートだってことがどれだけわかってたとしたって、それを人に言われたくはないものでしょう」

「まさしくさよう」

「如才《じょさい》のない人物だったら本人の前では口をつぐみますよね」

「まさしくそのとおり。であればこそ、どうしたものか見当もつかないのです。私は途方に暮れております」

「僕もですよ」

「あたしはそんなことなくてよ」ボビーが言った。

僕はびっくりしたなんとかかんとかみたいに震えた。彼女の声には陽気な響きがあって、それは僕のように経験豊富な耳には彼女がこれから何か始めるつもりだなということを告げていた。シュリューズベリー時計でほんの数秒のうちに――と、ダリア叔母さんならこう言うところだが――彼女が全人類を驚倒させるのみならず、月を鮮血に染め、誰かしら不幸な男性を――今回の件においてそれは僕であろうと強く疑われるところだ――シェークスピアが困難の海と呼んだところもの〔『ハムレット』三幕一場。ハムレットの独白〕――あれはシェークスピアだったか――の中にざんぶりと沈めてくれる、そういう計画ないし計略を思いついたことが僕には見てとれた。彼女の声のああいう響きを、僕は前に聞いたことがある。うちひとつを挙げるとすれば、あれは彼女がかがり針を僕の手に押しつけ、どこに行ったらサー・ロデリックの湯たんぽが見つかるかを教えてくれた、あの時のことだ。ハートフォードシャー、スケルディングス・ホール、故カスバート・ウィッカムとレディー・ウィッカムの息女ロバータは、野放しにされていてよい人物ではない。僕はそう考える思想の一学派にくみしている。

この女性とごくおおざっぱにしか知り合っておらず、また幼少のみぎりより彼女のモットーが

〈何でもあり《エニシング・ゴーズ》〉であることを知らないグロソップ御大は、ごく活気づいてもっとお話しくださいをやった。

「あなたは何かしら遂行可能な行動に思い至られたのですかな、ウィッカムさん？」

「もちろんですわ。腫《は》れた親指みたいに一目瞭然《りょうぜん》ですもの。ウィルバートの部屋がどこかはご存じでいらっしゃいます？」

彼は知っていると言った。

「それじゃあ田舎の邸宅で何かをくすね盗《と》ったとして、そのブツを隠せるのは自室以外にないという点にはご同意いただけるかしら」

彼は間違いなくそのとおりだと言った。

「それじゃあ、結構ですわ」

彼は彼女を、ジーヴスがさかんな憶測と呼ぶところの目で見た［キーツの詩「初めてチャップマン訳のホーマーを読んで」］。

「となると、つまり……あなたが示唆しておいでなのはすると……？」

「誰かがウィルバートの部屋に忍び込んで、物色すればいい、と、そうおっしゃるのね？　そのとおり。それで人民の選択が何かは明々白々ですわ。あなたが選ばれたわよ、バーティー」

ふん、僕は驚きはしなかった。すでに述べたように、どうせそうなることが僕にはわかっていた。どういうわけかはわからない。だが人生の岐路《きろ》にあって何かしら汚れ仕事がなされねばならないというとき、僕の周りのささやかな友人の輪にあっては、「ウースターにやらせよう」というのがきまりなのだ。この大惨事を回避しようとして何か言ったとて何事かがなされ得ようと期待はしていなかったのだが、それでも僕は反論した。

「どうして僕なんだ？」

「そういうことは若い人の仕事でしょう」

これで外堀も埋められたなとの思いを強めつつも、僕は反論を続けた。

「わからないなあ」僕は言った。「成熟し、経験を積んだ世知に長《た》けた人物の方が僕みたいな若造なんかよりも成果をあげられる可能性がずっと強いんじゃないかと僕は思う。僕なんか子供の時にはスリッパ探しがぜんぜん得意じゃなかったんだ。当然じゃないか」

「だめ、難しいことを言わないでね、バーティー。楽しくやれるはずよ」どこからそんな考えを思いついてきたものか、僕には皆目《かいもく》わからないが、ボビーが言った。「あなたは秘密諜報機関の一員で、奇妙な異国調の香を放つ謎めいたヴェール姿の女性によって盗まれた海軍盟約書を追跡中なんだって想像してご覧なさいな。一生一度の楽しいひとときが過ごせるわ。あら、何て言ったの？」

「僕は〈ハッ！〉と言った。誰かがひょっこり現れたらどうするんだ？」

「バカ言わないの。クリーム夫人はご高著をご執筆中でいらっしゃるわ。フィリスは自分の部屋でアップジョンの演説をタイプしてる。ウィルバートは散歩に出かけた。アップジョンはここにはいない。ひょっこり現れられるのはブリンクレイ・コートの亡霊だけよ。そいつらが出てきたら冷たい目でにらんであげて体内を通り過ぎてあげればいいの。そしたら用もないのに余計なくちばしを挟むもんじゃないって教訓を垂れてやれるでしょ、ホッホッホ」

「ハッハッハ」グロソップ御大も声を震わせ笑った。

彼らの陽気さは時宜《じぎ》をわきまえないものだし不謹慎だと僕は思った。それで大股に歩き去る態度物腰でもって、彼らにその点を理解させようとしてみた。つまりもちろん僕は大股に歩き去ったからだ。こうした異性との意志の衝突は、いつだって常にバートラム・ウースターが不可避のことに屈服するというかたちで決着してきた。しかし僕は陽気な気分ではいなかったし、ボビーが追いかけてきて僕のことをあたしの勇敢な人と呼び、あなたが勇気ある人だってことはいつだってわかってたわと言った時にも、僕はその発言を冷たく無視したのだった。

それは青空とほほえみかけてよこす太陽とブンブンいう虫たちとか色々がいっぱいの素敵な午後のことだった。大気を顔に感じ、何か冷たい飲み物を脇に置いて大自然の中でくつろぎたい、そういう午後である。そしてここなる僕は、ボビー・ウィッカムの願いをかなえてやるだけのために、比較的見知らぬ他人の寝室を捜索せんがため屋内の廊下を通行中でいるのだ。この仕事には床に這《は》いつくばってベッドの下を捜し回り、おそらくは塵《ちり》とか綿ボコリに被覆《ひふく》されることが含まれよう。その思いは苦々しいものであったし、またこんなにもうちょっとで「けっ！」っと言いそうだったことはいまだかつてなかったと僕は思う。こんなに無茶な真似を、ある女性がそれを望んだからというだけの理由でわが身に許したりなんかできることが僕には驚きだった。私利私欲で行動するには、われわれウースター家の者はあんまりにもバカみたいに騎士道精神に富んでいすぎるし、また過去においても常にそれはそういうふうだったのだ。

ウィルバートの部屋のドアに近づき、この難事に向けて勇気を振り絞る［『マクベス』一幕七場。マクベス夫人の台詞］——そういう言い方をジーヴスがするのを僕は聞いたことがある——のをちょっとやりながらこういう手続きが何かを思い出させるような気がして、そして突然なんだったかに思い当たった。古きマルヴァーン・ハウス時代にオーブリー・アップジョンの書斎に深夜、机の上の缶の中にしまい込んであるビスケットを求め忍び入った時とおんなじように僕は感じていたのだ。それで思い出したのだが、小枝一本踏みつけて音立てぬようにと気をつけながら、パジャマとガウン姿にて彼の聖域に侵入し、すると椅子に座ってビスケットをむしゃむしゃ食べているご本人おん自らに遭遇したことがあった。間の悪さに満ち満ちた一瞬が過ぎ、それに続いた、これはいったい全体どういうことかなウースター、と、翌朝の余波——一番痛いやつを急所に六発だった——のことは僕の心の手帖にいつも留められている。と、こういう表現で正しければだが。

廊下沿いの一室からタイプライターを叩く音がして、ママクリームが読者各位に血の凍る思いをさせようという自ら選んだ任務に勤《いそ》しんでいることを知らせていた他は、すべてはしんと静まり返っていた。僕はしばらくドアの前に立ち尽くし、「する」よりも「できぬ」の方を先にしていた『マクベス』一幕七場』。諺《ことわざ》のねこがそうすると、ジーヴスが僕に話してくれたようにだ。それからドアの取っ手をゆっくりと回し、押した——これまたゆっくりとだ——そして室内に進行してみると、自分がメイドのコスチュームを着た女の子とご対面していることに気づいたのだった。彼女は芝居に出てくる誰かみたいに手をのどにあて、天井方向に何センチも跳《と》び上がってみせた。

「きゃあ!」テラ・フィルマというか磐石《ばんじゃく》の大地にふたたび戻って息継ぎをすると彼女は言った。「びっくりしましたわ、旦那様」

「ものすごく申し訳ない、親愛なるメイド君」僕は誠意を込めて言った。「実を言うと、君も僕をびっくりさせたんだ。これでびっくりは合わせて二つだな。僕はクリーム氏を探しているんだが」

「わたしはネズミを探しているんです」

これは興味ある思考の方向性を開いた。

「この辺りにネズミがいると、君は思うのかい?」

「今朝掃除中に一匹見かけたんです。それでわたし、オーガスタスを連れてきたんです」

彼女は言い、そしてそれまで僕が気づかずにいた大型の黒猫を指差した。そいつがしばしば、僕はスクランブルドエッグに取り掛かり、彼はミルクの皿に取り掛かる、という具合に朝食をごいっしょする、なじみの旧友であることに僕は気づいた。

「オーガスタスがネズミにお仕置きしてくれますわ」彼女は言った。

さてと、容易にご想像いただけるように、そもそもの最初から、僕はどうやったらこのメイドをこの場から排除できるものかと考えていた。つまりもちろん彼女がここにい続けると、僕の計画が無効かつ無益となってしまうからだ。脇に家事使用人がいるときに部屋の捜索などできるものではない。しかしその一方、いやしくもプリュー・シュヴァリエというか勇ましき騎士たらんとする者にとって、衣服のたるみをつかんで彼女を放り出すなどという蛮行は不可能である。しかし、このオーガスタスがネズミにお仕置きをしてくれるという彼女の発言から、僕は着想を得たのだった。

「そいつはどうかな」僕は言った。「君はここに来たばかりだろう、ちがうかい？」

自分は先月ここに採用されたばかりであると述べ、彼女はその点を認めた。

「そうじゃないかと思ったんだ。でなきゃオーガスタスがネズミ捕りに関しては折れた葦《あし》とおんなじくらい頼りないってことを知ってるはずだからな。僕は奴とは長いこと知り合いだから、奴の心理だったら隅から隅までわかってるんだ。奴はほっそりした仔ねこ時代から、一ぺんだってネズミを捕ったことなんかない。食べる時以外は、寝るより他に何にもしないんだ。嗜眠《しみん》症って言葉が口を衝《つ》いて出るところだな。ちょっと見てくれれば、もうこいつが寝てるってことがわかるだろ」

「きゃあ！　本当だわ」

「一種の病気なんだ。ちゃんと科学的な病名もある。トラウなんとかだ。トラウマティック・シンプレジアだ、そうだった。このねこはトラウマティック・シンプレジアなんだ。素人《しろうと》向きに簡単な言葉で言い換えるなら、他のねこが八時間睡眠をとるところ、オーガスタスは二十四時間眠りを欲するんだ。もし僕の指示に従ってくれるようなら、君はこの計画をぜんぶ捨てて、こいつを台所に連れ帰ってくれたほうがいい。こんなことをしたって時間の無駄だからね」

僕の雄弁は無駄ではなかった。彼女は「きゃあ！」と言い、ねこを持ち上げ、またねこは僕には聞き取れなかったが何事かを眠たげに言い、そして出ていった。かくして僕は任務続行すべく、その場に残されたのだった。

8．ウシ型クリーマーを求めて

ようやく周囲を検分できるようになったところで僕が最初に気づいたのは、うちのトップ女性が、クリーム一家に取り入らんとする件についてはいかなる石をもひっくり返し残すまじとのポリシーを追求するにあたり、こと寝室に関してはウィルバートを実に手厚くもてなしてくれているという事実だった。ブリンクレイ・コートにご出勤されるにあたって奴が引き当てた部屋は、『青の間《ま》』として知られる部屋で、独身男子に与えられることはいちじるしい名誉であり、スター級の待遇に等しい。というのはブリンクレイにおいては、多くの田舎の邸宅におけるのと同じように、独身者代表団は古い部屋の片隅か穴ぐらでもあてがっておけばそれで十分と考えられているからだ。好例をあげれば、僕の部屋などは一種の隠者の小部屋で、ねこを振り回そうとしたって難しいことだろう。たとえオーガスタスより小型のねこであったとしたってである。むろん人はそうしばしばねこを振り回したがるものではない。つまり何が言いたいかというと、僕がダリア叔母さんのところにやってきたところで、彼女は「ミドウスウィート・ホールへようこそ、あたしのかわいい坊やちゃん！　あんたが気持ちよく過ごせるように、部屋は『青の間』にしといたわよ」と言って歓迎してくれたりはしないということだ。一度そこを使わせてくれないかと僕は彼女に示唆したことがあるのだが、ダリア叔母さんは「あんたが？」と言っただけで、話は別の話題に切り変わったのだった。

この『青の間』の家具装飾は重厚なヴィクトリアン様式であった。かつてこの部屋はトム叔父さんの今は亡き父上のGHQで、彼は物事すべからく実質的たるべしと望んだのである。四柱式寝台、大型化粧台、重量感あふれる書き物机、数個の椅子、壁には三角帽をかぶった男がモスリンのドレスを着た巻き毛の令嬢に向かい身をかがめている絵が掛かり、そして向こうの隅には死体を一ダースは隠せるくらいの戸棚というかアルモワールがある。要するに、物を押し込んでおくような場所やら物やらはいくらだってあり、それゆえ、ウシ型クリーマーをそこで探そうとその地を訪なったほとんどの人々が、「ああ、どうしたらいいんだ？」と言ってタオルを投げ入れ降参する、と、そういう場所だということだ。

しかし僕が普通の探し手とはちがう強みは、僕がたいへんな読書家だという点である。幼少期より、それらがサスペンス小説と呼ばれるはるか以前から、読者諸賢がお気づきでおられるよりもはるかに多くのミステリー小説を僕は読んできた。そしてそれらは僕に何事かを教えてくれた――すなわち、何かを隠そうとする者は皆一様にそれを戸棚――あるいはこう呼んだほうがよろしければ、アルモワール――のてっぺんに隠すものであるということだ。『ミストレイ・マナーの殺人』、『火曜日の三死体』、『銃持参ですみません』、『誰だ？』その他もっと有名な諸作品において、皆そうであったし、またウィルバート・クリームが定番方式から外れると考える理由はなかった。したがって僕が第一番目にしたことは、椅子をとってアルモワールに寄せることで、然《しか》る後に僕はそこに上り、戸棚上を精査に付そうとしていた。と、音なく忍び足で進入して僕の四十五センチ後ろで話し掛けてきたボビー・ウィッカムが、こう言ったのだった。

「調子はどう?」

いやまったく、近頃のモダンガールには時として絶望させられるというものである。このウィッカムは母親のひざの上で、誰かの部屋を捜索中で高度な神経的緊張状態にある男が一番聞きたくないのは、調子はどうかと耳の直近で訊ねてくる亡霊の声であることを学んでいるはずだと人は思おう。で、その結果、言うまでもないことだが、僕は石炭袋みたいにどさんと落っこちるに至った。脈拍は速まり、血圧は上昇し、またしばらくの間『青の間』は、僕の周りでアダージョ・ダンサーみたいにピルエットしていた。

理性が玉座に回帰した時、間違いなく轟《とどろ》きわたるこの衝突音の後ではどこかよそへ行ったほうが賢明だと感じたボビーは僕の許を去っており、気がつけばわれとわが身は椅子と密接にこんがらがっていたのだった。僕の状態はスイスにて両脚を首の周りにこんがらがらせていた時のキッパー・ヘリングにどこかしら似ていたともいえよう。何らかの強力な重機の助けでも借りずには自由の身とはなれないように、僕は感じた。

しかしながら、ああして引っぱってみたりこうして押してみたりしながら僕は前進を途げ、それで僕がもうちょっとで脱椅子化して、これから立ち上がろうとやっていたところで、今度は別の声がした。

「ん、まあ、なんてことでしょう!」その声は言った。それで見上げてみると、その言葉は一瞬考えたようにブリンクレイ・コートの亡霊の唇から発されたのではなく、ホーマー・クリーム夫人の唇より発せられていたことを僕は知った。彼女は僕のことを、サー・ロデリック・グロソップが最近ボビーを見たように、さかんな憶測にて見つめていた。彼女の態度物腰全体は、事態進行に遅れをとっている女性のそれだった。また僕は気づいたのだが、今回彼女はあご先にインク染みをくっつけていた。

「ウースターさん！」彼女はキャンキャン言った。

うむ、「ウースターさん！」と言われて答える時に言えることは「ああ、こんにちは」の他、そうはない。したがって僕はそう言った。

「間違いなく貴女《あなた》は驚かれたことでしょう」僕は続けて言い、と、また彼女が会話を独り占めして、(a)あなたはうちの息子の部屋で何をしているのか、(b)いったい全体あなたは自分が何をしているつもりでいるのか、と僕に問うた。

「後生《ごしょう》ですから」と、要点をよくよく強調しながら、彼女は付け加えた。

バートラム・ウースターが地に足を着けて考えることのできる男であるとはしばしば言われるところである。また、必要が生じた時には、四本の手足を地に着けて、オツムでもって考えることができる。ただいまの場合においては僕はすでにメイドとねこのオーガスタスとご会談する幸運を得ていた。つまり、それがフランス人の言うところのポアン・ダピュイ、すなわち起点を僕に与えてくれていたのである。襟髪《えりがみ》とこんがらがっていた椅子を一部除去しながら、僕にふさわしき虚心坦懐《たんかい》さにて僕はこう言った。

「僕はネズミを探していたんです」

もし彼女が「ああ、そうですか、なるほど。それでわかりましたわ。ネズミ、確かにそうですわねえ。そのとおりですわ」と答えてくれていたならば、すべては良好かつ順調であったはずであるが、彼女はそうは言わなかった。

「ネズミですって？」彼女は言った。「どういう意味ですの？」

うむ、無論もし彼女がネズミを知らないというのであれば、われわれの眼前には退屈な準備作業がずいぶんどっさり控えていることになるし、どこから始めてよいものか人は途方に暮れようというものだ。続く彼女の言葉より、「どういう意味ですの？」が質問ではなく、より魂の叫びといった性格に近いものであったことが判明し、僕は安堵《あんど》した。

「この部屋にネズミがいるなどと、どうしてお思いになられたんですの？」

「証拠によるとそうなんです」

「ネズミをご覧になったんですの？」

「実を言うとちがいます。フランス人が言うところのペルデュというか失われてしまいました」

「どういうわけであなたはここにいらしてネズミを探してらっしゃるんですの？」

「ああ、そうしようと思ったんです」

「それでどうしてあなたは椅子の上に立ってらしたんですの？」

「つまり鳥瞰《ちょうかん》を得ようとしていたということですね」

「あなたはよく他人の部屋に入り込んではネズミをお探しになられるんですの？」

「よくそうだとは言いません。時々気が向いたときだけです、そうでしょう？」

「わかりましたわ。さて……」

人があなたにこんなふうに「さて」と言う時、それはたいてい、あなたは長居をし過ぎでもう本日はこれまでにすべき頃合であると当該人物が考えていることを意味している。彼女がウースターは自分の息子の寝室に必要ではないと感じているのが僕には痛いほどよくわかったし、なるほどその点聞くべきところも多いとも思えたから、僕は立ち上がり、ズボンのひざのホコリを払い、彼女が現在執筆中の背骨凍りつかせ話がうまくゆきますようにとの礼儀正しい挨拶《あいさつ》を述べた後、その場を辞去した。ドアのところに到着した時たまたま後ろをちらりと振り返ってみると、彼女が僕を目で追っているのが見えた。例のさかんな憶測は十二気筒エンジンでもって大活動中だった。僕の行動が不審だと彼女が考えているのは明々白々だったし、またそれが不審でなかったと僕は言おうとするものではない。ロバータ・ウィッカムに指図されるがままに行為する人々の行動は、ほぼ常に必ず不審なのである。

この時点で僕が一番したかったのは、あのファム・ファタール娘と胸襟《きょうきん》を開いて話し合うことだった。それでしばらくあちこち歩き回った後、彼女が芝生の僕の椅子に座り、本事業開始時に僕が夢中で読書中であったママクリームの著書を読んでいるのを見つけた。彼女はほがらかな笑みにて僕を出迎え、こう言った。

「もう帰ってきたの？　あれは見つかった？」

猛烈な努力でもって僕は己《おの》が感情を抑制し、それへの回答は否定であることを無愛想ながら礼儀正しい言葉にて伝えた。

「いや」僕は言った。「見つけてない」

「ちゃんと探してないんじゃないの」

ふたたび僕は言葉を止め、たとえどんな挑発があろうとも、英国紳士たるもの椅子に座っている赤毛の女の子をつき飛ばしたりはしないものだと自分に言い聞かせることを余儀なくされた。

「ちゃんと探す時間がなかったんだ。背後に忍び寄って調子はどうかと聞いてきた間抜けな女子に、僕は活動を阻害されたんだからな」

「うーん、だって知りたかったんだもの」彼女の口許からクスクス笑いが洩《も》れた。「すっごい落っこち方だったわよねえ、そうじゃなくって？　いかに汝《なんじ》天国より墜《お》ちしか、夜明けの子ルシファーよ［『イザヤ書』十四・十二］、ってあたし思わず言っちゃったわ。あなたってひどく神経過敏だわよ、バーティー。もっとそんなにビクビクしないでいなきゃだめ。あなたに必要なのはいい神経強壮剤だわね。頼めばきっとサー・ロデリックがこしらえてくれるはずよ。で、それでそれはそれとして？」

「〈それはそれとして？〉ってのは、どういう意味さ？」

「あなたのこれからのご計画はどんななの、ってことよ」

「僕は君をその椅子から放り出して自分でそこに座ってその本を手に取り、これまで読んだ章はたいへん興味深かったから読書を再開してすべてを忘れようとしようと考えている」

「もういっぺん挑戦しようとは考えてないってこと？」

「いない。バートラムは終わった。そう報道関係者に伝えてもらっていい。そうしたけりゃだけど」

「だけどウシ型クリーマーのことはどうするの。離れ離れになったと知ったら、あなたのトム叔父さまの悲嘆と苦悩はいかばかりかしら？」

「トム叔父さんにはパンがないならお菓子を食べてもらえばいいじゃないか」

「バーティー！　あなた態度がおかしいわよ」

「ウィルバート・クリームの寝室の床に椅子を首に巻きつけて座ってる時にママクリームが入ってきたら、誰だって態度はおかしくなるんだ」

「んまあ！　あの人入ってきたの？」

「ご本人じきじきにだ」

「それであなたはなんて言ったの？」

「僕はネズミを探していましたって言った」

「もっとましなことは思いつかなかったの？」

「ああ」

「それで最後はどうなったの？」

「僕はそっと立ち去った。僕は頭がパアだって彼女に確信させたままでさ。そういうわけだから、ボビー君、君がもういっぺん挑戦と言った時、僕はただ苦く微笑《ほほえ》むのみだったんだ」僕はそう言い、それをやった。「あの不吉な部屋になんかぜったいもう入るもんか！　百万ポンド即金で小額紙幣で積まれたって、ぜったいにだめだ」

　彼女はムウと呼ばれると僕が信じるところのこと――誓ってまでとは言えないが――をした。こう言っておわかりいただけるかどうか、唇を合わせて突き出すのだ。僕が得た印象は、彼女はバートラムにもっと期待していたのに失望させられた、というものだった。またそれで間違いなかったことは次の彼女の発言により証明された。

「それが恐れ知らずのウースター家の者の精神なの？」

「ああ、今現在本日付けのね」

「あなた人間なの、それともネズミ？」

「僕の前で〈ネズミ〉という発言はご遠慮いただきたいな」

「あなたならもういっぺんやれるって思うのよ。タールを惜しんでヒツジを死なせちゃいけないわ」

「ハッ！」

「前にもそのお言葉を聞いたことがあったかしら？」

「まだまだ聞けるって信用していてもらって構わない」

「だめよ、だけど聞いて、パーティー。あたしたちが協力すれば、できないことなんて何もないの。クリーム夫人は今度は来たりなんかしないわ。稲妻は同じ場所には二度落ちないって言うでしょ」

「そんな決まりを誰がつくった？」

「それにもし彼女が来たとしたって……あたし、こうすればいいと思うのよ。あなたが部屋に入って探し始める。あたしは部屋の外で立って見張る」

「そんなことで大した助けになるだろうって君は思うのか？」

「もちろん助けになるわ。もしあの人が来たら、あたし歌を歌うんだもの」

「もちろんいつだって君の歌を聞くことは喜びだよ。だけどそれでどうして緊張が楽になるっていうんだい？」

「んもう、パーティー、あなたってほんとに底知れないバカだわね。わからないの？　あたしが突然歌いだすのが聞こえたら、危険発生ってことがあなたにわかるし、そしたら窓から急いで脱出する時間が十分とれるでしょう」

「それで僕はだいじな首を骨折するわけだ」

「どうして首なんて骨折しなきゃいけないの？　『青の間』の外にはバルコニーがあるでしょ。あたし、ウィルバート・クリームがあそこに立って〈デイリー・ダズン〉体操をやってるのを見たことがあるもの。あの人深呼吸してそれから身体を蝶々結びに折り曲げてそれで――」

「ウィルバート・クリームの余計な話は結構」

「お話をもっと面白くしようと思っただけよ。肝心なのはあそこにバルコニーがあってそこに行っちゃえばもう大丈夫ってことなの。その端には雨どいがあるからそこに行って滑り降りて逃げればいいんじゃない。ジプシーの歌を歌いながらね。雨どいを滑り降りることに異論があるなんて言うつもりはないでしょ。いつだってあなたはそうしてるってジーヴスが言ってたわ」

　僕は考え込んだ。若かりし頃、僕はずいぶんとたくさんの雨どいを滑り降りてきたものだ。状況のめぐり合わせでそういう行為が不可避的となることが間々あったのだった。湯たんぽ事件の後、午前三時にスケルディングス・ホールを立ち去ったのも同ルートを経由してのことであった。したがって僕は雨どいを滑り降りている時が一番幸せだと言ったらばそれは言い過ぎであろうが、しかしそうすると考えたところでさほどたいした苦痛ではなかったのだ。彼女が提議中の――提議中という言葉で正しければだが――この計画には、聞くべきところがあるように僕は思いはじめていた。

　事のなりゆきを決したのはトム叔父さんのことを考えたがゆえだ。叔父さんのウシ型クリーマーへの愛は誤ったものかもしれない。しかし彼があのいやらしいシロモノに深い愛着を抱いているという事実からは逃れようがないのだ。それで叔父さんがハロゲートから帰ってきて「さてと大事なウシ型クリーマーちゃんを見て元気を出そうかな」と言って見てみたらばそれがそこにないことを知った、と考えるのはうれしいことではない。それは彼の人生から陽光を拭《ぬぐ》い去ることだろうし、愛情あふれる甥は叔父の人生から陽光が拭い去られるのを途《と》轍《てつ》もなく嫌うものだ。僕が「トム叔父さんにはお菓子を食べてもらおう」と言ったのは事実である。しかし本心からそう思ったわけではない。僕がブラムレイ・オン・シーのマルヴァーン・ハウスにいた時、この姻戚は時には一〇シリングにも及ぶ郵便為替をしばしば送ってくれたものだった。要するに、彼は僕に公正な振舞いをしてくれていたわけで、僕が彼に公正な振舞いをしてやれるかどうかは僕次第、ということなのだ。

　それでそういうわけだから、それから五分ほどの後、僕はボビーを傍らに伴い、ふたたび『青の間』室外に佇《たたず》むに至った。また彼女はただいまは荒野にてひとり歌ってはいないものの、ママクリームがアッシリア人に範を得たる戦術でヒツジの群れに襲い掛かる狼のごとく襲い来《きた》りなば［バイロンの詩「セナケリブの破壊」冒頭］、歌い始める覚悟でいる。むろん神経系の具合はいささか標準以下ではあったものの、可能な限り最悪というほどまでに恐ろしく標準値を下回っていたわけではない。ボビーが歩哨勤務についているとわかっているだけで、すべては大違いだった。どんな悪漢とて、見張り番がいていつでも「サツが来た、ずらかれ！」と言ってくれるならば、これから金庫を爆破しようというときの緊張と不安は大いに軽減すると語ってくれよう。

　ウィルバートがハイキングからまだ戻ってきていないことを確認するために、僕はドアをノックした。何も起こらなかった。沿岸に敵なしと僕はボビーに告げ、室内は笛くらいに空っぽだと彼女は同意した。

「それじゃあおさらいよ。あなたの理解が正しいかどうか確かめてみるわね。あたしが歌い始めたら、あなたはどうするの？」

「窓からあわてて逃げる」

「それから――？」

「雨どいを滑り降りる」

「そして――？」

「地平線の彼方目指して一目散に逃げ去るんだ」

「いいわ。じゃあ押し入り開始よ」彼女は言い、僕は部屋に入った。

懐かしきその部屋は僕が出ていった時そのままだった。またむろん僕が第一にしたことは、別の椅子を調達してきてアルモワールのてっぺんをもういっぺんチェックすることであった。そこにウシ型クリーマーがないことがわかったのは痛手だった。思うに、こういうクレプトマニア連中というのは、ひとつふたつは物を承知しており、そういう当たり前な場所に贓物《ぞうぶつ》を隠匿《いんとく》したりはしないものであるのだろう。となれば他で徹底的な捜索を開始するより他にしょうがなく、一節の歌に耳をすましつつ、僕はそれを開始した。収穫は何もなかった。礼節をわきまえたウースター家の精神でもって僕はこれの下を見てあれの後ろを覗《のぞ》き込み、そして探索追求がため鏡台の下に腹ばいになってもぐりこんでいたのだが、ちょうどその時、『青の間』においてはああも頻繁に聞かれるところの姿なき亡霊の声が聞こえ、よって僕は頭をひどくいやな具合にごんとぶつけてしまった。

「いったい全体！」と、その声は言った。それで僕がフォークの先のたまねぎの酢漬けみたいになって出てくると、またもや愉快な訪問者、ママクリームがそこにいるのを目にしたのだった。彼女は繊細に整ったその顔にいったい全体何事か表情を浮かべ、その場に立ち尽くしていた。また僕は彼女を責めない。息子の寝室に入ってみて見知らぬズボンのお尻が鏡台の下から突き出ているのを見つけたら、女性たるものびっくり仰天して当然というものだ。

僕らはお決まりの一連の手続きを開始した。

「ウースターさん！」

「ああ、こんにちは」

「また、あなたですの？」

「ええ、そうなんです」僕は言った。つまり当然ながらまったくそのとおりであったからだ。そして変な音が彼女から発された。しゃっくりだとは言い切れないがしゃっくりでないともまた言い切れないようなやつだ。

「あなたは先ほどのネズミをまだお探しでいらっしゃるんですの？」

「そうなんです。そいつの下をネズミが走るのが見えたように思ったんで、年齢性別に関わらず何とかしてやるところだったんですね」

「どうしてここにネズミがいると思われたんですの？」

「いや、人にはそういう気がするものですよ」

「あなたはよくネズミ狩りをなさるのかしら？」

「まあまあ頻繁にですかね」

彼女には思い当たったことがあったようすだった。

「あなた、ご自分のことをねこだとは思ってらっしゃらないわね？」

「ええ、その点についてははっきり理解してます」

「それでもネズミを追いかける、と？」

「ええ」

「そう、それはたいへん興味深いですわねえ。ニューヨークに帰ったら精神科の主治医に訊いてみなければ。このネズミ固着は何かのシンボルだってきっとおっしゃるにちがいありませんわ。頭がおかしな気分はなさらなくて?」

「そんな気はしますね」頭をぶつけた衝撃はだいぶ強烈で、まだおでこがズキズキしていたのだ。

「そうじゃないかと思ってましたの。ある種の燃えるような感覚でしょう。それじゃああたくしの言うとおりになさってくださいな。ご自分のお部屋に行って横になって、リラックスして。少し眠るようになさってみて。おそらく濃い紅茶を一杯いただくとよろしいんじゃないかしら。それで……あたくしこちらでたいそう評判の精神科医のお名前を思い出そうとしているのだけど。ウィッカムさんがその方のことを昨日お話しでいらしたのよ。ボッサムだったかしら? ブロッサム? グロソップ、それだわ。サー・ロデリック・グロソップだったわね。あなたその方の診察をお受けになられるべきだと思いますわ。あたくしのお友達がその方のクリニックにかかっていて、とても素晴らしい方だと言ってらっしゃいましたもの。どんなに頑固な症例でも治療なさるんですって。それはそれとして、休息が大切ですわ。十分お休みになってくださいね」

　このやりとりの初期段階において、僕はドアに向かいにじり寄りを開始していた。今、僕はそのドアをにじり通り抜けた。どこかの砂浜の内気なカニがくま手を持った子供の関心を避けようとしてやるみたいにだ。だが僕は部屋に行ってリラックスなさったりはしなかった。僕は炎の息吐きつつボビーを探してまわった。美しきメロディの奔流の不存在という問題について、僕は彼女と話し合いがしたかった。つまりだ、何かしらのヒット曲のほんの数小節かがありさえすれば、骨を水に変え、首から上の毛を白髪《はくはつ》に転ずる経験はなしで済んだことを鑑《かんが》みれば、その数小節がどうして出てこなかったものかについて説明を要求する権利が僕にはあると、僕は感じたのだ。

僕は正面玄関前で車の運転席に着いている彼女の姿を見つけた。

「あら、ハロー、バーティー」彼女は言った。氷の上の魚にだってこれよりクールには話せなかったことだろう。「ブツは手に入れた？」

僕は一、二度歯ぎしりをし、情熱を込めて腕を振りたてた。

「いや」スウェーデン式の体操をするのになぜ今この瞬間を選ぶのかという彼女の質問を無視し、僕は言った。「見つけちゃいない。だがママクリームは僕を見つけた」

彼女の目は拡がった。彼女はちょっぴりキーキー声を上げた。

「あなたがかがみ込んでるところを彼女がまた見つけただなんて言わないで？」

「かがみ込んでると言ったらその通りだ。僕は鏡台の下に半分もぐり込んでたところだったんだ。歌うだなんて言ってくれて、ちゃんちゃらおかしいじゃないか」僕は言った。また僕が「けっ！」という語を付け加えなかったかどうかは定かでない。

彼女の目はまた更に拡がった。また彼女はもういっぺんキーキー声を発した。

「ああ、バーティー、ごめんなさい、とても残念なことだったわ」

「僕も残念だった」

「わかって。あたし電話で呼ばれたの。お母様がかけてらしたのね。お母様はあなたのことを能天気の三太郎だってあたしに言いたかったの」

「どういうところでそういう表現を見つけてくるものか、僕は本当に不思議に思うよ」

「お母様の文学友達からだと思うわ。お母様にはたくさん文学者のお友達がいるから」

「語彙《ごい》が豊富になって結構なことだな」

「そうなの。あたしが帰るって言ったらお母様よろこんでらしたわ。じっくりと話し合いがしたいんですって」

「もちろん僕についてだな？」

「そうね、あなたのお名前が飛びだすことでしょうね。だけどあたしこんな所であなたとおしゃべりなんかしてられないんだわ、バーティー。いま出ないと、懐かしき住家に夜明けまでに着けないの。あなたがそんなヘマをやったのは残念だったわ。かわいそうなトラヴァースおじさま。きっとご悲嘆に暮れられることでしょう。だけど誰の人生にだって雨は降るんだわ」彼女は言い、四方八方に砂利《じゃり》を撒《ま》き散らかしながら走り去っていった。

もしジーヴスがここにいてくれたら、僕は振り返って彼を見て、「女ってものは、ジーヴス！」と言ったことだろうし、また彼は「さようでございます、ご主人様」か、あるいは「おおせのとおりでございます、ご主人様」と言ったことだろう。そしてその言葉は傷ついた精神をある程度は慰《い》撫《ぶ》してくれたことだったろう。だが彼はそこにいなかったわけだから、僕は苦笑いをして、芝生に向かって歩き始めた。ママクリームの鳥肌立て本が、脈動する神経節の鎮静化に何かしら役立ってはくれまいかと思ったのだ。

それでまたそのとおりだった。さして長くは読み進まぬうちに、僕の身体を眠気が襲い、疲れたまぶたは閉じられ、それから数回時計の針がチクタク言う間に、僕は夢の国へと誘《いざな》われ、ねこのオーガスタスみたいにぐっすり寝入っていた。目が覚めてみると二時間ばかりが経過していた。それで手足を伸ばしている間に、キッパー・ヘリング宛の、ここに来て仲間に加われと招待する電報をまだ打ってなかったことを思い出したのだった。僕はダリア叔母さんの書斎に行き、いい耳鼻科にかかった方がよさそうな郵便局の誰かしらに通信文を電話で伝えてこの懈怠《けたい》を履行した。以上が完了したところで、僕は戸外へとふたたび向かい、読書を続けんとの目的もて芝生に近づいていった。と、後方より聞こえるエンジン音を耳にし、その方向を一瞥《いちべつ》せんと振り返ったのだが、僕が見たのがただいま玄関前に付けた車より降り立つキッパーその人でなかったら、僕のことを激しくぶん殴っていただきたいところだ。

9．心の友、キッパー

ロンドンからブリンクレイ・コートまでの距離はおよそ百六十キロであるし、僕があの電報を送ってからまだ二分と時は経過していないはずだから、奴が今ブリンクレイの正面玄関前にいるという事実は、ずいぶんと出前迅速であるように思われた。これではキャッツミート・ポッター＝パーブライトがドローンズ・クラブのスモーキングコンサートで時々やる自動車コントに出てくる男の記録だって更新である。そいつは相方に、自分はこれからグラスゴーまで車で行ってくると言うのだ。すると相方が訊く。「そこはどんだけ遠いんだい？」男は答えて言う。「五百キロだい」相方は「そこに着くまでどんだけかかる？」と訊く。すると男は、「ああ、だいたい半時間、半時間だい」と言うわけだ。そういうわけで、奴に向かって歩み寄りながら、僕が奴の頭上後方に向けて放った「ヤッホー！」の挨拶《あいさつ》は、いささか当惑の色を帯びていた。

この懐かしき声を聞いて、奴は熱いレンガの上のねこの敏捷《びんしょう》さでもってくるりとこちらを振り向いた。そして常ならば陽気な奴のかんばせが、いたんだカキを呑《の》み込みでもしたみたいに怒りにゆがんでいることを僕は知ったのだった。奴を刺激しているのが何事かをいまや理解し、僕は持ち前の微妙な笑《え》みを放った。奴の頰にはもうじきバラ色を取り戻してやれるはずだと、心の中で僕は言った。

奴はちょっと咽喉《のど》をごっくんとやって、それから降神術の集会に出てくる幽霊みたいにうつろな声で話し始めた。

「ハロー、バーティー」

「ハロー」

「そうか、お前ここにいたのか」

「ああ、ここにいたんだ」

「お前に会えやしないかって願ってたんだ」

「お前の夢がかなったってことだな」

「ああ、お前ここに滞在するって言ってたからな」

「そうだとも」

「色々調子はどうだ？」

「とっても順調さ」

「お前の叔母さんは元気か？」

「元気だとも」

「お前も元気なんだな？」

「まあまあだ」

「たいへん結構。ブリンクレイに来るのは久しぶりなんだ」

「ああ」

「前とだいたい同じに見えるな」

「ああ」

「つまり、何も変わってないようだってことだ」

「ああ」

「そうさ、そういうものなんだな」

奴は言葉を止め、もういっぺん咽喉をごくんとやった。これから話が肝心要《かなめ》のところに向かうのだと、僕には理解できた。これまでのところはいわゆるプールパルーレというか予備会談に過ぎない。つまりあごひげをむしり取って本題に取り掛かる前に執《と》り行われるものすごく友好的な雰囲気の会談で、政治家がやりとりするおためごかしに過ぎないのだ。

僕の思ったとおりだった。奴の顔が一個目のいたんだカキを呑み込んだ後にもっとスピンのかかった二個目のいたんだカキを呑み込んだみたいに作動し、そして奴は言った。

「『タイムズ』のあれは見た、バーティー」

僕はしらばっくれてみせた。おそらく、奴の顔にバラ色を取り戻す件については今すぐ取り掛かって然《しか》るべきなのだろうが、しかしこの哀れなアホをしばらくからかってやるのも面白いような気がしたのだ。そういうわけだから、僕は仮面をかぶり続けた。

「ああ、そうか。『タイムズ』のあれだな。あれか。その通り。お前はあれを見たのか、ああそうか」

「クラブで、昼飯の後だ。俺は自分の目が信じられなかった」

ふむ、僕だって自分の目が信じられなかった。だがその点には触れずにおいた。この計画遂行にあたり、奴にこれっぽっちも何一つ知らせることなくすべてを自分の一存で済ませたこういうやり方が、なんとボビーらしいことかと僕は考えていたのだ。ついうっかり忘れていたのだろうか、それとも何らかの不可解な彼女なりの理由で、おくびにも出さず伏せていたのだろうかと僕は思った。彼女はいつだって不可思議な仕方で驚異を実現してくれる女の子なのだ。

「それでどうして俺のこの目が信じられなかったかを教えてやろう。こう言っても絶対に信じてはもらえないだろうが、ほんの数日前、彼女は俺と婚約したばかりだったからだ」

「まさか！」

「ほんとだ、本当のことだ」

「お前と婚約したんだって、えっ？」

「徹底的に婚約した。それでその間終始、彼女はこんな恐ろしい背信行為のことを考えていたにちがいないんだ」

「ちょっとあんまりすぎるな」

「これよりあんまりすぎることがあるようだったら、よろこんでその話を聞かせてもらいたい。これで女ってものがどんなもんだかわかるじゃないか。恐るべき性だ、バーティー。法律があって然《しか》るべきだ。女性がもはや存在を許されない時代の到来を俺は望む」

「そんなことになったら人類の繁栄に支障が生ずるんじゃないか、どうだ？」

「ふん、誰が人類の繁栄なんか望むっていうんだ」

「お前の言いたいことはわかる。ああ、むろん聞くべきところは多いな」

奴は通りがかりのカナブンを不機嫌にけとばし、しばらく顔をしかめ、また話を再開した。

「俺にとって衝撃なのは、このことの非情かつ冷酷な残忍さだ。俺をお店にご返品しようなんて考えてる様子はこれっぽっちだってなかったんだ。つい先週、いっしょに昼食を食べたとき、彼女はものすごく熱を入れてハネムーンの計画を話してくれた。それで今がこれだ！　一言たりとも警告なしにだ。一人の男の人生をずたずたに破滅させた女の子は、そいつにちょっとは連絡をくれそうなもんだって思うだろう。たとえ葉書一枚だってさ。だがどうやらそういう発想は彼女にはなかったらしいんだ。彼女はただ朝刊にてそのニュースを俺に知らせただけだった。俺は愕然《がくぜん》としたんだ」

「そうだったにちがいない。すべてが真っ暗になったんだな」

「真っ暗だ。その日一日俺はそのことを考え続けた。そして今朝、会社から休みをせしめて車を出し、ここに来てお前にこう言ってやろうと……」

奴は言葉を止めた。激しい感情に圧倒された様子だった。

「何だ？」

「お前にこう言おうとここに来た。どういうなりゆきになろうと、そのことで俺たちの友情が壊れるようじゃいけない、って」

「もちろんだとも。とんでもないことだ」

「俺たちは、とっても古い友達なんだからな」

「これより古い友達もないさ」

「俺たちはガキの頃からのダチなんだ」

「イートン・ジャケットに、ニキビ顔でな」

「その通り。それで何よりかにより兄弟みたいなものなんだ。俺のとっておきのアーモンドバーを、俺たちは二人で半ぶんこした。お前は酸味ドロップの最後の一袋を、俺と二人で半ぶんこしてくれたんだ。お前がおたふく風邪になったとき、俺はお前からそいつをうつされた。俺がはしかになったとき、お前はそいつを俺からうつされた。互いが互いを助け合ってたんだ。だから俺たちは何があったってずっとこのまま、何にもなかったみたいにしてなきゃならない」

「まったくその通り」

「いつもと変わらず昼飯をいっしょに食ってさ」

「ああ、そうだとも」

「土曜日はゴルフをやって、たまにはスカッシュもやる。それでお前が結婚して落ち着いたら、俺はお前のうちにたびたび寄らせてもらってカクテルをいただく」

「ああ、そうさ」

「そうだとも。たとえあのパイ顔の大嘘つきのバートラム・ウースター夫人、旧姓ウィッカムにシェイカーを投げつけてやりたい気持ちを抑えるには、どれほどか鉄の自制心が要るといえどもな」

「お前、彼女のことをパイ顔の大嘘つきと呼ぶのか？」

「なんだ、お前、これ以上にひどい話を思いつけるっていうのか？」奴は言った。いつだって話に乗せられやすい男の雰囲気丸出しでだ。「お前、トーマス・オトウェイは知ってるか？」

「知らないと思う。お前の友達か？」

「十七世紀の戯曲作家だ。『孤児』の作者だ。その劇にこういう台詞《せりふ》がある。〈女によって果たされなかった巨悪があったろうか？　カピトリウムを裏切った者は誰だ？　女だ。マーク・アントニーに世界を失わせたのは誰だ？　女だ。十年に亘る長き戦の原因となり、トロイを灰燼《かいじん》に帰さしめたのは誰だ？　女だ。欺瞞《ぎまん》的で、地獄に堕《お》つるべき、破滅をもたらす、女だ［『孤児』三幕一場］」。オトウェイは自分が何を言ってるかわかってた。奴のものの見方は正当だ。奴がもしロバータ・ウィッカムを個人的に知っていたとしたって、これよりうまい表現はできなかったはずだ」

僕はもういっぺん微妙な笑みを浮かべた。こいつはめっぽう面白いと、僕は感じていた。

「僕の気のせいかどうかわからないんだが、キッパー」僕は言った。「だがただいまのところお前はボビーにあんまり夢中じゃないって印象を僕は得たんだが」

奴は肩をすくめた。

「いや、俺はそうは言わない。あの詐欺師娘の咽喉を素手で絞め殺して鋲釘《びょうくぎ》付きの靴でもって死体の上で跳《は》ねまわってやりたいと思ってるほかは、俺は彼女のことを別にどうとも思ってやしない。彼女は俺よりお前を選んだ。その件について言うべきことは何もない。大事なのはお前と俺の間は、ぜんぶ大丈夫だってことだ」

「お前、わざわざここまでそのことを確認しに来てくれたのか？」感動して僕は言った。

「うーん、心のどこいらか辺には、マーケット・スノッズベリーの〈ブル・アンド・ブッシュ〉に一部屋予約する前に、アナトールの料理のご相伴にあずかれるかもしれないとの思いがちらほらしてたかもしれないな。近頃アナトールの料理はどんな具合だ？」

「これまでに増して見事だとも」

「相変わらず口の中でとろけるんだな？　彼の料理をいただいてから二年になるが、あの美味はいまだ記憶より消え去らずだ。何たる芸術家だろうなあ！」

「ああ！」僕は言った。また帽子をかぶっていたら、脱帽してみせたことだったろう。

「夕食のご招待にはあずかれるかな、どうだ？」

「親愛なるわが親友よ、もちろんだとも。われらが戸口より困窮者の追い返されることのなかりけりだ」

「なんと！」

「たいへん結構。そしたら夕食の後、俺はフィリス・ミルズに結婚を申し込むんだ」

「そうだとも。お前が何を考えてるかはわかってる。彼女はオーブリー・アップジョンと親密に関係していると、そう言いたいんだろう。だがな、バーティー、そんなのは彼女のせいじゃない」

「非難されるよりは、哀れまれるべきだとお前は思うんだな？」

「まさしくそのとおりだ。偏狭な了見でいちゃいけない。彼女は愛すべき、心やさしき女性だ。あえて名は伏せるがどこかのまっかっか頭のデリラとはちがう。それに俺は彼女のことがとっても好きなんだ」

「お前は彼女のことなんか、ちょっと知ってるだけだと思ってた」

「いや、知ってるんだ。スイスでずいぶん顔を合わせた。俺たちゃとっても仲良しなんだからな」

こういう表現でよかったと思うのだが、エクスからガントへ朗報を運ぶべき時は来れり［ブラウニングの詩「彼らがエクスからガントへ朗報を届けた次第」］と僕には思われた。

「フィリス・ミルズにプロポーズするのは、僕ならやめとくなあ、キッパー。そんなのはボビーの気に入らないだろう」

「だからこそそうするんだ。シチューの中のタマネギは彼女だけじゃないし、彼女が俺を嫌いでも、そういうふうには思わない連中も他にいるってことを証明してやるんだ。どうしてお前、ニタニタ笑ってる？」

　実のところ僕は微妙な笑みを浮かべていたのだが、その点はよしとした。

「キッパー」僕は言った。「驚くべき話を、僕は伝えなきゃならない」

　読者諸賢におかれては、もしやゴードン博士の胆汁マグネシアを服用されたことがおありかどうか僕は知らない。そいつは肝臓の不調の際、即座に苦痛を除去し、魔法のように効果をあげ、内臓に心地よい満足感を与えてくれるのだ。僕は飲んだことはない。つまり僕の肝臓はいつだっておおよそ絶好調でいてくれるからだ。しかしその広告は見たことがある。そこには服用前、服用後の患者が描かれ、前者はやつれた顔とうつろな目と今にもあの世におさらばしそうな人物の全体的印象を湛《たた》えている。で、後者においては、元気ハツラツ気分爽快《そうかい》、フランス人言うところのビアンネートルに満ち満ちている、というわけだ。さてと、僕が言おうとしているのは、僕の驚くべき御物語がキッパーに対し、同薬の成人一日服用量とまさしく同じ効果をあげたということだ……奴は動いた。奴は揺れた。奴は踵《きびす》に生命の湧き上がりを感じているようだった［ロングフェローの詩『船の建造』］。また僕の話が進行する間、奴の体重が実際に何キロも増えたとは思わないが、浴槽に入れる前に空気を入れて膨《ふく》らますゴムのアヒルみたいに奴の身体が膨張するかのような錯覚を僕は確かに覚えたものだ。

「うーん、まいった！」僕が事実をつまびらかにし終えると、奴は言った。「うーん、完全にまいった！」

「そうなるんじゃないかって思ったんだ」

「可愛いあの子の利口なハートに祝福あれだ！　あれだけ仕事のできる灰色の脳細胞を持った女の

子は、そうはいないとも」

「とっても数少ないことだろうよ」

「なんという伴侶だ！　奉仕と協力とは、まさにこのことだ。ことの進捗具合はどんなか、お前は知ってるのか？」

「なかなかうまいこと行ってると思うな。『タイムズ』紙の結婚のお知らせを読んで、ウィッカム母はヒステリーを起こしその場に卒倒した」

「彼女はお前が好きじゃないんだな？」

「そういう印象を僕は得てる。つづいて続々と到着したボビー宛の電報で彼女は僕のことをすっとんとんの脳たりんと呼び、よってその印象は確固たるものになった。彼女はまた僕のことを能天気の三太郎であるとも考えている」

「うん、それはいい。じゃあお前の後なら俺は彼女の目には……何だったっけ、口の端まで出かかってるんだが」

「稀少かつ爽快な果実と映る、か？」

「まさしくその通り。もし賭《か》けてもいいならさ、レディー・ウィッカムが俺を腕にかき抱いてひたいにキスし、かわいい娘をあなたが幸せにしてくれることが、わたくしにはわかっておりましたのよって言うのに五シリング賭けたら一〇シリングになるぞ。うひゃああ、バーティー、彼女が――ボビーのことだ、レディー・ウィッカムじゃない――間もなく我がものとなり、そこなる陽の沈みし後、アナトールのディナーを腹に詰め込めるって考えるとき、俺はサラバンドを踊れるくらいだ。ところで、ディナーの話をすればだが、もてなしは寝台の提供にまで及ぶんだろうか。〈ブル・アンド・ブッシュ〉は『オートモービル・ガイド』誌では高評価なんだが、俺はどうもこういう田舎のパブってもんにはちょっぴり食傷気味《しょくしょうぎみ》なんだ。俺としてはブリンクレイ・コートに滞在させてもらったほうがうれしい。そこはかくも幸福なる思い出の地なんだからな。お前の叔母さんにうまいこと言っておねだりしちゃあもらえないかな？」

「叔母さんはいま留守なんだ。彼女はいまドイツはしかを患《わずら》ってる息子のボンゾの面倒を見にいってる。だけど叔母さんは今日の午後電話してきて、お前に電報を打って長期滞在するよう伝えろと僕に指示してきた」

「お前、俺を担《かつ》いでるんだろ？」

「いいや、これは公式談話だ」

「だけどどうしてお前の叔母さんが俺のことなんかを思いつくんだ？」

「彼女がお前にやってもらいたがってることがあるんだ」

「何でもお望みどおりにいたしますともだ。わが王国の半分だって与えよう［『エステル記』五・六］。いったい全体彼女は俺に何を……」奴は言葉を止めた。警戒の表情が奴の顔に差し入った。「ガッシーみたいに、マーケット・スノッズベリー・グラマー・スクールで表彰式をしろってことじゃ、ないよな？」

奴が言及していたのはガッシー・フィンク＝ノトルなる名前の僕たちの共通の友人のことだ。そいつは前年の夏、同任務を遂行せよと齢《よわい》重ねた親戚に言いくるめられた挙句、べろんべろんに酔っ払ってたいそう見事に大恥をさらしてくれたのだった。いかなる未来の雄弁家とて、絶対に到達し得ない至高の里程標を打ち立ててくれたものだ。

「いや、ちがう、ちがう。そんなんじゃない。今年の表彰式のプレゼンターはオーブリー・アップジョンがやるんだ」

「そりゃあよかった。ところで奴の様子はどうだった？　もちろん会ったんだろう？」

「ああ、会った。僕は奴にお茶をちょっとこぼしちゃったんだ」

「この上なく結構な振舞いだったな」

「奴は口ひげを生やしている」

「それで気持ちが楽になった。あの男のむき出しの上唇を見るのは楽しみじゃあなかったからな。あれを俺たちに向けてピクピク引きつらせたとき、俺たちがどんなに怖気《おじけ》づいたもんだったかを思い出せよ。元生徒一人じゃなくて元生徒二人にご対面するとなったら、奴はどんな反応を示すだろうなあ。それもよりにもよって、過去十五年間夢にうなされ続けたコンビのおでましとあっちゃな。たった今、あいつの目の前に俺様をご紹介してもらうようでかまわないぞ」

「奴はここにいないんだ」

「いるって言ったじゃないか」

「ああ、いたし、いずれいることになる。だが今はいないんだ。ロンドンに行ってる」

「ここには誰もいないのか？」

「いるとも。フィリス・ミルズがいる」

「いい娘だ」

「それとニューヨーク州、ニューヨーク市在住ホーマー・クリーム夫人と、その息子ウィルバートだ。それでまあ、ダリア叔母さんが彼女のためにお前にやってもらいたいことの詳細になるんだが」

ウィルバート＝フィリス事情を説明し、奴が果たすべき役割を明かしても、奴が大統領拒否権を行使しないのを見て僕はよろこんだ。奴は知的に状況を理解し、僕が話し終えたときには、もちろんよろこんでお引き受けしようと言ってくれた。ダリア叔母さんのことを自分くらい尊敬してやまない男にとって、また二夏前、あれほど豪勢にもてなしてくれた時以来、何か自分にできることでこのご恩を返したいとずっと熱望してきた男にとって、そんなのはたいしたことじゃないと、奴は言った。

「俺にまかせてくれ、バーティー」奴は言った。「証拠によると完全に頭のイカれてること間違いなしって男とフィリスを結び付けるわけにゃあいかない。俺はそのクリームって奴のベッドの周りやら食卓の周りやらにまとわりついて、そいつのやることなすことにクチバシを突っ込んでやる。あの可哀そうな女の子を青葉茂れる木立の空き地に誘い込もうってする度に、俺はその場にいて、野の草花の後ろにひたと身をひそめ、奴が感傷的になろうとしてる気配をほんのちょっとだって察したら、飛び出していって奴のもくろみを封じてやる。それじゃあさてと、俺を部屋に案内してくれたら、ひと風呂浴びて身支度して、晩餐《ばんさん》に備え爽《さわ》やかに甘美に装ってやる。アナトールはまだあのタンブル・ド・リ・ド・ヴォー、トゥールーズ風をこしらえてくれてるのかなあ？」

「それにシルフィード・ア・ラ・クレーム・デクレヴィスもだ」

「彼ほどの者はいない、いるもんか」唇を舌先で湿しながら、ロシア人農夫をたった今見つけたオオカミみたいな風情《ふぜい》にてキッパーは言った。「彼は唯一無比だ」

10・パーティー危急存亡の秋

どの部屋が空いていてどの部屋が空いていないのか、僕には皆目《かいもく》知る由もなかったから、キッパーを部屋に落ち着かせてやるためには必然的にベルを鳴らしてグロソップの親爺《おやじ》さんを呼び出すことが必要となった。僕はボタンを押し、すると彼が現れた。入室の際、秘密結社の臨時秘書が会員の友人に向けるような、ある種共犯者めいた一瞥《いちべつ》を僕に向けながらだ。

「ああ、ソードフィッシュ」共犯者めいた一瞥をお返しに彼に向けながら、僕は言った。つまり人はいつだって礼儀正しくありたいと願うものだからだ。「こちらはヘリング氏だ。我々のささやかな集《つど》いの中にお仲間入りにいらっしゃった」

彼はウェストを折り曲げてお辞儀をした。とはいえ彼にそんなにウェストがあったわけではないのだが。

「ようこそいらっしゃいました、旦那様」

「ヘリング氏はしばらくの間ご滞在でいらっしゃる。どの部屋を使っていただいたらよろしいかな？」

「『赤の間《ま》』がよろしかろうかと存じます、旦那様」

「お前は『赤の間』にご滞在だ、キッパー」

「よしきたホーだ」

「僕は去年あそこにいたんだ。〈井戸ほどには深からず、教会扉ほどは広からず、されどじゅうぶん用足りん［『ロミオとジュリエット』三幕一場］〉、だ」ジーヴスのギャグを思い出しながら、僕は言った。「ヘリング氏をそちらへご案内してもらえるかな、ソードフィッシュ？」

「承知いたしました、旦那様」

「ヘリング氏のご案内が済んだら、君のパントリーでちょっぴり話がしたいんだが」僕は言った。共犯者めいた一瞥を彼に向けながらだ。

「かしこまりました、旦那様」彼は応えて言った。僕に共犯者めいた一瞥を向けながらだ。

今宵は共犯者めいた一瞥が大流行《おおはや》りの夜らしい。

パントリーにてたいして待ちもしないうちに、彼が敷居を越えて進行してきた。また僕の最初の行動は、彼の技術の優秀さを讃《たた》えることだった。僕はこの「かしこまりました、旦那様」やら、「承知いたしました、旦那様」やら、ウェストから身体を折り曲げたお辞儀やらにひどく感銘を受けていたのだ。僕はたとえジーヴスその人といえども、これほど見事にこれだけの台詞《せりふ》は言えまいと言い、また彼は慎ましやかににこっと笑い、人は自分の執事より、こういう業界の特殊技能を入手するものなのだと言った。

「ああ、ところでだが」僕は言った。「そのソードフィッシュって名前は、どこから持ち出してきたんだ？」

彼はおかしくてしかたがないというふうに笑った。

「こちらはウィッカムお嬢様のご提案でございます」

「そうじゃないかと思ったんだ」

「お嬢様はわたくしに、いつの日かソードフィッシュという名の執事にめぐり会うことを夢見ていたとお話しくださいました。チャーミングなご令嬢様でいらっしゃいます。たいそうお茶目でいらっしゃって」

「彼女にとっちゃお茶目で済むんだろうが」僕は持ち前の苦い笑みを湛《たた》えながら言った。「だけど彼女があんなにも情け容赦《ようしゃ》なくスープの中に放り込む不幸な鋤《すき》の下のカエルたちにしてみたら、そんなに面白い話じゃあないんだ。今日の午後君に下がってもらってから何が起こったかを話させてくれないか」

「はい、大層お聞き申し上げたく存じております」

「それじゃあ耳をしっかり開けてよく聞いてくれ」

こう言ってよろしければ、僕はいかなる細部をも省略することなく一連の物語を見事に語った。それは終始彼をして、〈なんたること！〉と言わしめ続けた。そして僕が語り終えると、彼はチッチッチと言って、それは僕にとってはたいそうご不快であったにちがいないと言い、また僕は〈ご不快〉なる言葉は、ソーセージの皮みたいにぴたりと事実を覆い尽くすと述べたのだった。

「しかしながらわたくしがあなた様のお立場でありましたならば、あなた様ご在室の説明として、ネズミ探しよりはもっと即座に得心しうる説明を考え付いたことであろうかと拝察いたします」

「例えばどんなだ？」

「とっさの思いつきで申し上げることは困難でございます」

「うむ、僕はとっさの思いつきでそう言わざるを得なかったんだ」僕はいくらか熱を込めて返答した。「君の後方座部が鏡台の下から突き出してるって時に、シャーロック・ホームズみたいなご婦人にその息子の部屋にて取りおさえられたってことになったら、会話文を磨き上げたりプロットの不具合を取り除いたりしてる時間はないんだ」

「なるほど。まさしくさようでございますな。しかしながらわたくしが思いますに……」

「どう思うんだ？」

「わたくしはあなた様のご感情を傷つけたくはございません」

「いいから言ってくれ。僕の感情はもうじゅうぶんに傷ついてるんだからな。今更ちょっぴり足したからって、たいした違いはないんだ」

「率直に申し上げてもよろしゅうございましょうか？」

「どうぞ」

「しからば、さてと、わたくしが思いますのは、かようにきわめて繊細微妙なる作戦行動を、あなた様のごときご若年の方のお手に委ねたことは果たして賢明であったか否か、ということでございます。あなた様がウィッカムお嬢様と本件についてお話し合いをされていた折にあなた様がご提示されたご見解について、わたくしはお話し申し上げようと存じておりました。ご記憶でおいでならば、あなた様はこのような計画は成熟し、経験を積み世知に長《た》けた人物の手に委ねられるべきであり、子供の折スリッパ探しの達人であったためしのない未熟な若造に任されるべきではないとおおせでいらっしゃいました。わたくしは、ご同意いただけますように、成熟しておりますし、また幼少の頃には、スリッパ探しの達人として少なからぬ賞賛を勝ち得ておりましたものでございます。

わたくしが招待されたクリスマス・パーティーの女主人は、わたくしを少年ブラッドハウンド犬におたとえあそばされたことでございました。むろん大げさな賛辞ではございましょう。しかしその方はそうおっしゃられたのでございます」

　僕はさかんな憶測にて彼を見た。彼の言葉には唯ひとつの意味しか付し得ないように思われたのだ。

「君は自分でやってみようって考えてるんじゃあるまい？」

「それこそまさしくわたくしの意図するところでございます、ウースター様」

「うひゃあ、アヒルもびっくりなんてこったただ！」

「さような表現は耳慣れぬものでございますが、しかしながらあなた様におかれましてはわたくしの振舞いを奇矯《ききょう》とお考えでおいでと理解申し上げてよろしゅうございましょうか」

「いや、そこまでは言わない。だが自分がどういう目に遭おうとしているかってことが、君にはわかっているのかなあ？　君はママクリームに会っても楽しくはないはずだ。彼女は何とかみたいな目の持ち主だ……ああいう目を持ってるのは何だったけか？　バシリスク［息や眼光で人を殺したとされる伝説上の怪物］だ。僕が探してたのはそういう名前だった。彼女はバシリスクみたいな目を持ってるんだ。君はあの目が君のことをたちどころにお見通しする可能性のことを、ちゃんと考えているのか？」

「はい、さような危険につきましては想定済みでございます。しかしながら、ウースター様、わたくしはこれまで起こったことを一つの挑戦であると考えております。わたくしの血は熱くたぎっておるのでございます」

「僕のは冷たく凍りついている」

「またあなた様におかれましてはご信用いただけないこととは存じますが、わたくしはクリーム氏のご寝室を捜索するとの展望を、きわめて愉快痛快と考えておりますのでございます」

「愉快痛快だって？」

「はい。不可思議にも、それはわたくしに青春を回復してくれるのでございます。わたくしの小学校時代の、夜ともなると校長室にビスケットを盗みにしばしば忍び込んだ、あの頃のことが思い起こされるのでございます」

僕はびっくり仰天した。僕は彼のことを燃えるまなざしにて見つめた。深淵は深淵に呼ばわり〔『詩編』四二・八〕、心のひだが温まった。

「ビスケットだって？」

「校長先生はそれを缶にしまって机の上に置いていたのです」

「君は本当にそういうことを小学校時代にやったのかい？」

「たいそう昔のことでございます」

「僕もやったんだ」もうちょっとで「わが兄弟！」と言ってしまいそうになりながら、僕は言った。

彼はぼさぼさの眉毛を上げた。彼の心のひだも温まっていることが見て取れた。

「さようでございますか？　なんたることでしょうか！　わたくしはさような着想はわたくしの創案にかかるものと思ってまいったのでございますが、しかしながらきっとイングランド全土において、次代の若者たちが同じことをしているのでございましょう。するとあなた様もアルカディアにかつてあられたのでございましょうか？　あなた様の召し上がられたビスケットは何味でございましたか？　わたくしのはミックス味でございました」

「ピンクと白の砂糖衣が載ってるやつだな？」

「多くの場合はさようでございましたが、付かぬものもございました」

「僕のはジンジャー・ナッツだった」

「無論それもまたたいへんけっこうでございました。とはいえわたくしはミックス味を一層好んだものでございます」

「僕だってそうさ。だけどあの頃は手に入るもので満足しなきゃならなかったんだ。君はとっつかまったことはあるかい？」

「幸運なことに一度もございません」

「僕はいっぺんつかまった。霜の降りる凍りつくような日には、まだ古傷が痛むんだ」

「それは残念なことでございました。しかしながらさようなことは起こり得るものでございます。ただいまの冒険に着手するにあたり、もし最悪の事態となり取り押さえられた場合、昔はかような言い方をしておりましたものなのですが、椅子にかがまされて一番痛いやつを六発お見舞いされることはないのだから、と考えてわたくしは蛮勇を奮《ふる》っておりましたところでございます。さようでございますとも、あなた様はこの件一切をわたくしにおまかせあそばされて大丈夫でございます、ウースター様」

「僕のことはバーティーと呼んでもらいたいな」

「結構ですとも、結構ですとも」

「僕は君をロデリックと呼んでかまわないかな？」

「よろこんでお願いいたします」

「それともロディがいいかな？　ロデリックじゃちょっと言いにくいだろう」

「いずれなりともお好みのほうでよろしゅうございます」

「それで君は本当にスリッパ探しをしようっていうんだな？」

「わたくしはさようように決意を固めております。わたくしはあなた様の叔父上様に対し最大限の敬意と愛情を持っておりますし、あの類いまれなるお品がコレクション中より永久に失われたならば、どれほどあの方のお気持ちが深く傷つくことかをじゅうじゅう理解いたしております。あの方の所有物奪還にあたり、もしわたくしがいかなる……何と申しましたか……ことを潔《いさぎよ》しとせぬような体《てい》たらくでおりましたならば、わたくしはこの身を一生許さぬことでございましょう」

「君が言いたいのは、いかなる石をもひっくり返し残さず、ということだな？」

「わたくしが申し上げようとしておりましたのは、いかなる小径《こみち》も探求し残さず、でございました、わたくしは全――」

「全筋肉を緊張させ、か？」

「わたくしは全神経を緊張させ、と申し上げるつもりでおりました」

「同じくらいにジュストだ。もちろん君は時節の到来を待たなきゃならない」

「もちろんでございます」

「そして好機を伺うんだ」

「まさしくさようでございます」

「チャンスは一度しかノックしてくれない」

「さようとわたくしも理解いたしております」

「ひとつ情報をやろう。ブツは戸棚というかアルモワールの上には載っていない」

「ああ、それはたいそう有益でございます」

「もちろんあれから奴がそいつをそこに置いてなけりゃだがな。ともかく、幸運を願う、ロディ」

「ありがとう、バーティー」

　もし僕がゴードン博士の胆液マグネシアを定期的に服用していたとしても、彼の許を去ってママクリームの本をダリア叔母さんの私室の書棚に戻さんため、同書を取りに芝生に向かったときほどの五臓六腑の心地よい満足感を覚えることはかなわなかったろう。僕はロディの雄々しき精神を賞賛すること果てしなかった。彼はすっかり老境にある。五十歳くらいであろうか。しかしあの年老いた老犬のうちにあれほどの生の息吹があると考えることは僕をわくわくさせた。それでわかろうというものだ……うむ、何がわかろうものかはわからない……だが何かがだ。気がつくと僕はビスケット泥棒時代にグロソップ少年がどんな子供であったかことかと考えていた。だがその頃頭は禿《は》げていなかったはずだという他には、まったくなんにも想像がつかなかった。年長者のことを考える時、僕はしばしばこんなふうになる。タフな親爺さんで人間性のひとかけらも感じられない僕のパーシー伯父さんが、かつてはコヴェント・ガーデン・ボールから放り出された回数では首都圏一の記録保持者であったと知って、どんなにか驚いたことかを僕は憶えている。

　僕は本を手に取り、ダリア叔母さんの書斎に着いたところで晩餐《ばんさん》の支度に着替えるまでにはまだ二十分あると判断し、読書を再開した。ママクリームが両手を唾で湿し、顧客の皆さんを同情と恐怖で満たしてやろうと取り掛かったところで、僕は読書を中断しなければならなかった。ほんの二、三の手掛かりと、ほんのぱらぱらの血しぶきしか手にしていないところで、ドアがばたんと開き、キッパーが姿を現したのだった。それで奴の姿を見るにつけ、僕の心もまた同情と恐怖で満たされた。つまり奴のひたいは紅潮し、奴の態度物腰は錯乱していたからだ。奴はジャック・デンプシーがジーン・タニー〔デンプシーを下し、一九二六〜二八年、世界ヘビー級チャンピオンとなった。引退後はイェール大学で講師としてシェークスピアを講じた〕との初の対戦を終了した時——つまりその時というのは、ご記憶でおいでなら、彼がひょいと頭を引っ込め忘れた時のことである——みたいに見えた。

奴は一刻一秒も無駄にせず、しゃべりに突入した。

「バーティー！　俺はお前を屋敷じゅう探してまわってたんだぞ！」

「ソードフィッシュとパントリーで話をしていたんだ。何かあったのか？」

「何かあったんだ！」

「『赤の間』が気に入らなかったのか？」

「『赤の間』だって！」

奴の態度物腰から、自分の寝室について文句を言いに来たのではないのだと僕は理解した。

「それじゃあお前のちっちゃな困りごとってのは何なんだ？」

「俺のちっちゃな困りごとだと！」

こういうことは元から断たないといけないと僕は感じた。ディナーの支度の着替えまであとたった十分だ。この調子でいったら何時間経《た》ったってこのままだろう。

「聞くんだ、このクランペット頭」僕はいら立って言った。「お前が僕の友人のレジナルド・ヘリングなのか、それともスイスの山のこだまなのかはっきりしろ。僕の言う言葉をいちいち繰り返し続けるつもりなら……」

と、この瞬間にグロソップの親爺さんがカクテルを持って入室してき、僕らはにこにこのやりとりをした。キッパーは一口でグラスを空にして幾らか落ち着いた様子だった。ロディが退室してドアを閉めると、奴は自由に話せるようになり、理路整然と話し始めた。もう一杯飲み干したところで、奴は言った。

「バーティー、途轍《とてつ》もなく恐ろしいことになった」

こう聞いて心はちょっぴり沈んだものだと述べて過言ではない。以前、ボビー・ウィッカムとの会話の際、僕はブリンクレイ・コートを、故エドガー・アラン・ポーが書いたような家と比べた。もし彼の作品をご存じでおいでなら、そこではカントリーハウスに滞在中の人々にいつも過酷なことが起こることをご記憶だろう。滞在客たちはいつ何時《なんどき》血まみれのシーツをぐるぐる巻きにした歩く死体に遭遇するかしれないのだ。ブリンクレイ・コートの現状況はおそらくそこまでは過酷でないにせよ、しかし、この場の雰囲気は否定のしようなく不吉な陰影を湛《たた》えている。そしてここなるキッパーは、ことは加熱しているという一般的感覚を深める話を伝えたいとほのめかす以上のことをしてくれているのだ。

「何がどうしたんだ?」僕は言った。

「何がどうしたか話してやる」奴は言った。

「そうさ、話してくれ」僕は言い、奴はそうした。

「バーティー」三杯目をやっつけながら、奴は言った。「『タイムズ』紙のあの婚約のお知らせを見たときに、俺の気が完全に動転していたってことはわかってくれるな?」

「ああ、わかるとも。当然そうだろう」

「俺の頭はぐらぐらし、そして――」

「ああ、その話は聞いた。そしてすべてが真っ暗になったんだったな」

「あのまま真っ暗でいてくれたらよかったんだ」奴は苦々しげに言った。「だがそうじゃなかった。やがて霧は晴れ、俺は怒りに震えつつ座っていた。それからしばらくして怒りに震え終わったところで、俺は椅子からやおら立ち上がり、ペンを手に取り、ボビーに絶縁状を書いたんだ」

「うひゃあ！」

「俺は持てるかぎりの精魂をその手紙に傾注した」

「ひゃあ、なんてこった！」

「俺は、俺より金を持ってる男とうまいこと結婚するために俺を振ったと言って彼女を責めた。俺は彼女のことをニンジン頭のイゼベル〔『列王記下』九に登場する悪女〕と呼び、そんなものを厄介払いできて有難いと言った。俺は……ああ、他になんて言ったかは思い出せない。だが、とにかく言ったとおり、そいつは絶縁状だったんだ」

「だけどさっき会った時、お前そんなこと一言だって言ってなかったじゃないか」

「『タイムズ』のあれがただの策略で、彼女は俺のことをまだ愛していると知って有頂天になったあまり、そういうことは一切合財すっぱり消えてたんだ。それでたった今そいつを思い出した時には、濡《ぬ》れた魚で目の上をばしんとひっぱたかれたみたいな気がした。俺はよろめいた」

「よよと泣いた？」

「よろめいたんだ。俺は完全に骨なしになった気分だった。だが電話のところまでよろよろたどり着くだけの気力はまだあった。俺はスケルディングス・ホールに電話をかけ、すると彼女がちょうど到着したところだと言われたんだ」

「彼女は酔っ払いの自動車レーサーみたいに運転してったにちがいないな」

「きっとそうにちがいない。女の子ってのは女の子だからな。とにかくだ、彼女はそこにいた。彼女は陽気な声で、玄関ホールのテーブル上に俺からの手紙が届いてるのを見つけたところで、早く開けたくてたまらないと言った。震える声で、俺は開けるなと言った」

「それじゃあお前は間に合ったわけだ」

「間に合っただと、けっ！　だ、バーティー。お前は世事に通じた男だ。お前だって色んな異性と付き合ってきたんだろう。手紙を開けるなと言われて、女の子がすることは何だ？」

　奴の言いたいところはわかった。

「開けるってことか？」

「まさしくその通り。俺には封筒を破る音が聞こえた。そして、次の瞬間……だめだ、考えたくない」

「彼女は腹を立てたのか？」

「そうだ。それで俺を怒鳴りつけた。お前がこれまでインド洋のタイフーンに遭遇したことがあるかどうかは知らないが」

「ない。あっち方面には行ったことがないんだ」

「俺だってない。だが人の言うところによると、それから起こったことはそういうものに遭遇するのと物凄《ものすご》く似てたにちがいないんだ。彼女はおそらく五分間ほどはしゃべりつづけた——」

「シュリューズベリー時計でか？」

「なんだって？」

「なんでもない。彼女はなんて言ったんだ？」

「俺にはぜんぶは言えないし、もし言えたとしたって絶対に言いたくなんかない」

「それでお前はなんて言ったんだ？」

「俺はぜんぜん一語も挟めなかったんだ」

「そういう時はあるな」

「女ってものは途轍もなく早口だからな」

「その点僕も身にしみてる。それで最終得点はどういう具合になったんだ？」

「彼女は俺に厄介払いしてもらって本当にうれしい、なぜなら自分でも俺を厄介払いできて大いに安堵《あんど》しているところだから、また俺のお陰でいまやお前と結婚できることになって本当にうれしい、なぜならいつだってお前と結婚することが彼女の一番の望みだったんだから、と言った」

　僕が精読していたママクリームの総毛立ち本には、傷顔のマッコールという名のギャングが出てくるのだが、そいつはある朝自分の車に乗ってキーを回したところで、同業他社が車のエンジンに爆弾を仕込んであったせいでバラバラに吹っ飛ばされてしまった。それで読みながら僕はしばらくの間、彼はどんなふうに感じたことかと思いを馳《は》せたものだ。今の僕にならわかる。奴と同じように、僕は椅子から吹っ飛んだ。僕はドアのところにとんでゆき、するとキッパーが眉を上げた。

「俺の話に飽きがきたのか？」奴はちょっとよそよそしく言った。

「ちがう、ちがう。だけど僕は車を取ってこなきゃならないんだ」

「お前車ででかけるのか？」

「そうだ」

「だがもうすぐディナーの時間だぞ」

「ディナーなんか要らない」

「どこへ行くんだ？」

「ハーン・ベイだ」

「どうしてハーン・ベイなんだ？」

「なぜってジーヴスがそこにいるからだ。この問題は一刻の遅滞なく彼の手に委ねられなきゃならない」

「ジーヴスに何ができる？」

「何ができるかは」僕は言った。「わからない。だけど何かしてくれる。もし彼がたくさんさかなを食べていて、つまり海浜リゾート地で彼はきっとそうしてることだろうし、そしたら彼の脳みそは絶好調の状態になってくれてることだろう。それでジーヴスの脳みそが絶好調だっていうときには、人はボタンを押して、彼が出動する間、邪魔にならないようによけて立ってるだけでいいんだ」

11. ジーヴス、いざ鎌倉

ブリンクレイ・コートからハーン・ベイまではずいぶんある。つまり一方はウースターシャーのど真ん中にあり、他方はケントの海岸沿いにあるわけだから。また最善のコンディション下においてすら、これだけの移動は一瞬にしてしてのけられるものではない。ただいまの場合、僕のアラブ馬が蒸気発作に襲われ車庫まで牽引されて医療措置を受けなきゃならなくなったせいで、僕が旅路の果てに到着できた時には深夜をゆうに過ぎていた。それで翌日ジーヴスの住所に車で到着した僕は、彼は早朝でかけたきりで、いつ戻るかわからないと告げられた。ドローンズ・クラブにいるから電話してくれるようにとメッセージを残し僕は帝都へと戻り、喫煙室にて食前の一杯をいただいていたところで、僕は彼からの電話を受け取ったのだった。

「ウースター様でいらっしゃいますか？　こんばんは、ジーヴスでございます」

「ぜんぜん出前迅速じゃなかった」僕は言った。長い別離の末、ようやっとお母さんヒツジを草地の向こうに見つけた迷子の仔ヒツジの感情を言葉に表しつつだ。「いったいずっと、どこへ行ってたんだ？」

「フォークストンにて友人と昼食を共にする約束があったのでございます、ご主人様。またそちらにおります間に、海辺の水着美人コンテストの審査員に加わるべく滞在を延長するよう説き伏せられましたゆえ」

「えっ、ほんとうか？　生きててよかったなあ、どうだ？」

「はい、ご主人様」

「どんな具合だった？」

「きわめて満足のゆく次第でございました、ご主人様。有難うございます」

「優勝者は誰だった？」

「ブリックストンのマレーネ・ヒギンズ嬢でございます、ご主人様。トゥルス・ヒルのラナ・ブラウン嬢とペンジのマリリン・バンティング嬢が名誉表彰をお受けでございました。いずれもたいそう魅力的なお若いご令嬢でございました」

「スタイル抜群か？」

「きわめて抜群でございました」

「ふん、教えてやろう、ジーヴス。またこの点はよくよく肝《きも》に銘じて君の帽子に貼《は》り付けといてもらっていいんだ。スタイル抜群だけがこの世のすべてじゃない。実のところ、時に僕は思うんだが、異性というものはより曲線的で柔軟機敏であればあるほど、地獄の大地を鳴動させる傾向がより強いんだ。僕はものすごく八方ふさがりでいる。一度、君が僕に誰かが誰かに自分はそいつに幾らか物を考えさせるようなことを何か言えるって言った話をしてくれたのを憶えてるかなあ。僕の記憶によると、手編みのソックスとヤマアラシ《ポーキュパイン》が出てきてた」

「あなた様はおそらくデンマーク国王子ハムレットのお父上君の亡霊にご言及されておいででいら

っしゃるところと拝察いたします、ご主人様。息子に呼びかけ、先王はかように述べました。〈私の語る物語は、その言葉のうちの最も軽きところすらそなたの精神をかき乱し、そなたの若き血を凍りつかせ、両の目を、星々のごとく天空より飛び立たせ、編んだ髪の房を猛り狂ったポーペンタインの針毛のように一筋一筋逆立たせるであろう［『ハムレット』一幕五場］〉」

「そのとおりだ。髪の房でソックスじゃあない。ポーキュパインと言うべきところをポーペンタインと言ったのは不思議だったがな。きっと舌が滑ったんだろう。亡霊にそういうのはよくあることだからなあ。ふん、そいつだって僕にはかなわないんだ、ジーヴス。僕がこれから打ち明けようとしているのはまさしくおんなじ性質の話なんだ。聞いてるか？」

「はい、ご主人様」

「それじゃあ気をしっかり持って、一言たりとも聞き逃さないでいてくれ」

　僕が打ち明け話を終えた時、彼は言った。「あなた様のご懸念は容易に理解されるところでございます。おおせのとおり、本状況は不安を数多《あまた》はらんでおります」これはジーヴスとしては大げさな言いようである。いつもなら彼はただの「きわめて不快でございます、ご主人様」でやり過ごすのが決まりだからだ。

「ただちにブリンクレイ・コートに参上いたします、ご主人様」

「本当に来てくれるのか？　君の休暇を邪魔するのはいやなんだが」

「滅相《めつそう》もないことでございます、ご主人様」

「あとで再開してもらってかまわないからな」

「承知いたしました、ご主人様。それにてあなた様のご便益に適いますならば」

「だが今は――」

「まさしくさようでございます、ご主人様。慣用的表現を用いてよろしければ、今こそ――」

「善人集《つど》いて朋友《ほうゆう》の助けをすべき時は来《きた》りぬ、だな？」

「わたくしがただいま申し上げようとしておりましたのも、まさしくその文言にほかなりませぬ。明朝可能な限り早い時間にあなた様のお住まいに参上いたします」

「そしたら二人して車に乗って現地へ向かおう。よし」僕は言い、質朴《しつぼく》なれど健康的な夕食の卓へと向かった。

翌日の午後ブリンクレイに向けて出発したときの僕のハートは……それほど上向きだったわけではない……半分くらいに上向きハートと言ってよろしいか。ジーヴスが僕の傍らにいて、さかなをたくさん補給済みの脳みそ使い放題でいてくれるとの思いは、嵐雲の合間にきらりと見える一筋の光明ではあったものの、でもやっぱりそんなのはほんの一筋の光明《こうみょう》でしかなかった。つまりいくらジーヴスといえども、ここにこうして醜悪な鎌首をもたげているこの問題の解決策は見いだせないのではあるまいかと、僕は自問していたのだ。なるほど彼は切り離されたハートをつなぎ合わせるにあたっては熟達の専門家であるかもしれないが、しかし彼とてここなるロバータ・ウィッカムとレジナルド・ヘリングのリュート内の亀裂［テニスンの詩「マーリーンとヴィヴィアン」］くらいに徹底的な亀裂に立ち向かったことはないのではあるまいか。また僕は前にジーヴスが言うのを聞いたことがあるのだが、「成功をほしいままに司《つかさど》るは死を免れぬ人の技にあらず［アディソン『ケイトー』一幕二場］」ではないか。そして彼が任務遂行に失敗したら、どういう次第となるものかと考える時、僕はアスピック寄せの何かみたいにふるふると震えたのだった。ボビーがキッパーに帽子を渡して愛想尽かしした際に、僕を祭壇に向

かい引っぱり歩き、聖職者にひと仕事してくれとの合図出してやらんとの意図を明確に表明している
ることを、僕は忘れることはできない。そういうわけで、運転中の僕のハートは、すでに述べたよ
うに中程度の上向き加減でしかなかったのだ。

車がロンドンの交通圏を脱出し、バスやら通行人やらにぶつかることなく会話できるようになったところで、僕は検討会を開始した。

「昨日電話で話したことは忘れていないな、ジーヴス？」

「はい、ご主人様」

「君は主要な論点をその頭脳に記録していることだろうな？」

「はい、ご主人様」

「それらについては既に考量中でいるか？」

「はい、ご主人様」

「何かアタリはあったか？」

「いいえ、まだでございます、ご主人様」

「ああ、まだだろうとは思ってた。こういうことはいつだって時間のかかるものだからな」

「はい、ご主人様」

「問題の核心は」通りがかりのメンドリを避けるべくハンドルを回しながら、僕は言った。「ロバータ・ウィッカムが相手となると、僕らは誇りも気位もお高い女の子に対処しなきゃならないってことだ」

「はい、ご主人様」

「それで誇りも気位もお高い女の子っていうのはちやほやしてやる必要があるんだ。そういうことは彼女をニンジン頭のイゼベル呼ばわりすることによっては果たされ得ない」

「はい、ご主人様」

「もし誰かが僕をニンジン頭のイゼベル呼ばわりしたら、僕はまず第一に憤慨することだろう。ところでイゼベルってのは誰だったかな？　その名に憶えはあるような気がするんだが、どこの誰だか特定できない」

「旧約聖書の登場人物でございます、ご主人様。イスラエルの女王でございます」

「もちろんそうだった。今度は自分の名前まで忘れちゃうんじゃないかな。犬に食われたんだったっけか、そうじゃなかったか？」

「さようでございます、ご主人様」

「彼女にとっては、気持ちのいいことじゃなかったろうなあ」

「おおせのとおりでございます、ご主人様」

「とはいえ、物事のなりゆきなんてのはそんなものだ。犬に食われると言えばだが、ブリンクレイにはダックスフントがいて、初めて会う時には、君を三度の食事の間の軽いおやつにしようと計画してるんだなっていう印象を与えることだろう。無視して構わない。ぜんぶ見かけ倒しなんだ。奴の好戦的態度はたんに――」

「何事も意味せぬ騒音と怒りに過ぎぬ［『マクベス』五幕五場］、でございましょうか、ご主人様？」

「それだ。まじりけなしの見かけ倒しだ。二、三言、礼儀正しく言葉を交わせば、奴は君に首ったけなんだ……君が使ってた表現はどういうんだったかなあ？」

「鋼《はがね》のたがにて我を彼が魂にうち繋《つな》ぎ［『ハムレット』一幕三場］」、でございましょうか、ご主人様？」

「ものの二分でそれだ。奴はハエ一匹殺しやしない。だが奴としては格好を付けてなきゃならないんだ。なぜって奴の名前はポペットなんだからな。明けても暮れてもポペットって呼ばれ続けてる犬の気持ちは、理解できるってもんじゃないか。でかい顔してぶいぶい言わしてなきゃいられないって気になるにちがいないんだ。奴の自尊心がそれを要求するんだな」

「おおせのとおりでございます、ご主人様」

「君はポペットが気に入るはずだ。いい犬だ。耳を裏返しにくっつけてる。どうしてダックスフントってのは耳を裏返しにくっつけてるんだ？」

「わたくしには申し上げかねることでございます、ご主人様」

「僕にもだ。いつも不思議に思ってたんだ。だけどこんなことをしてちゃあだめだ、ジーヴス。ここで僕らはイゼベルやらダックスフントやらについてあれこれおしゃべりしている。僕らが頭を集中させてなきゃならないのは……」

　僕は唐突に言葉を止めた。僕の目は路傍の宿屋に釘付けにされたのだ。いや、本当のところは路傍の宿屋そのものにではなく、その外に止まっていたものにだ――すなわち、真紅のロードスターで、一目でボビー・ウィッカムの所有にかかる物件とわかるやつだ。何が起こったかはわかった。母親と幾晩か過ごした後、ブリンクレイへと車にて戻る道すがら、道中ちょっと暑苦しいわと彼女は一杯やりにこの旅館に立ち寄ったのだ。またそれはきわめて賢明な振舞いである。暑い夏の午後、ちょっぴりの鯨飲《げいいん》くらいに元気回復に宜《よろ》しいことはない。

　僕はブレーキをかけた。

「ちょっとここで待っててもらって構わないかな、ジーヴス？」

「かしこまりました、ご主人様。ウィッカムお嬢様とのご会談をご希望でいらっしゃいましょうか？」

「ああ、君もあの車に気がついたんだな？」

「はい、ご主人様。きわめて個性独特でございますゆえ」

「所有者同様ってことだ。甘い言葉のひとつふたつで、不和調停方面で何かしらの成果が得られるんじゃないかって気がしてるんだ。やってみる価値はある、そうは思わないか？」

「疑問の余地なきことでございます」

「こういう時には、いかなる道をも探究し残したくはないものだ」

路傍の宿屋――〈フォックス・アンド・グース〉だ、たいした問題ではなかろうが――の内部は、ありとあらゆる路傍の宿屋と同じく、暗く、涼しく、ビールとチーズとコーヒーとピクルスと、たくましき英国農民の匂いがした。店内に入ると、壁にはタンカード・ジョッキが掛けられ、椅子とテーブルがあちこちに散在する居心地のよい隠れ家がそこにあった。そうしたテーブルのひとつの、そうした椅子のひとつに、グラスとジンジャーエールの壜《びん》を前に置き、ボビーは腰掛けていた。

「んっまあ、なんてことかしら、バーティー！」僕がヤッホーを言いながら近づくと彼女は言った。

「いったいどこから湧《わ》いて出てきたの？」

僕はロンドンからブリンクレイに車で帰る途中なのだと説明した。

「誰かに盗まれないように気をつけなさいな。ぜったいあなたキーを挿したままに決まってるもの」

「ああ挿したままだとも。だけどジーヴスが車で監視監督を務めてくれているんだ、って、こういう言い方でよかったんだと思うけど」

「あら、あなたジーヴスを連れてきてるの？　あの人休暇中だったと思ったけど」

「たいそう親切にも、休暇を中止して来てくれたんだ」

「それはずいぶんと封建精神に富んでらっしゃること」

「そうだとも。すぐさま僕の傍《かたわ》らに来て欲しいと告げた時、彼は躊躇《ちゅうちょ》することなかった」

「どうしてあなた、彼に傍らに来てもらう必要があったの？」

甘い言葉を発すべき時は来た。僕はないしょ話用に声を落とした。だがあなた喉頭炎を患《わずら》ってらっしゃるのと彼女に訊かれ、また声のトーンを上げた。

「彼は何かできるんじゃないかって考えてるんだ」

「何のために？」

「君とキッパーのためにだ」僕は言った。そして肝心要《かなめ》の問題へと、慎重に話を進めようと開始したのだった。つまり僕には、慎重に言葉を選ぶ必要があることがわかっていたからだ。誇りと気位のお高い女の子を相手にする時には、足の運びに気をつけなければならない。その子がボビーみたいな赤毛の持ち主である場合はとりわけだ。軽率な物言いをしていると思われたなら、憤慨がそれに続く。そして憤激のあまりジンジャーエールの壜に手を延ばしてそいつで僕をばしんと打つと、そういうことは容易に起こりうる。彼女がそうすると言うのではない。だが、そういう可能性は考慮に入れて行動しなければならない。そういうわけで僕は行動計画にそっと着手開始したのだった。

「君とキッパーが電話で話したことについては、キッパー目撃証人――いや、聴取証人と君なら言うところだろう――から完全な報告を僕は得ている、と告げるところから話を始めなきゃならない。また間違いなく君は、そういうことは自分の胸だけにそっとしまっておくのがいい趣味だと言いたいところだろう。だが君は、僕たちは子供のときからの友達だってことを思い出してくれなきゃいけないし、子供のときからの友達に当然男はないしょ話を打ち明けるものなんだ。とにかくだ、いずれにせよ奴は僕に魂のたけを打ち明けてくれた。そしてたいして打ち明けてもくれないうちに、奴が骨の髄まで打ちのめされていることが僕にはわかった。奴の血圧は上昇し、奴の目はいわゆる激しい逆上のあまりぐるぐる回り、そして奴は途轍《とてつ》もなく猛烈に〈死よ汝の棘《とげ》はどこにあるのか［『コリント人への手紙一』十五・五五］〉をやっていた」

僕は彼女が震え、ジンジャーエールの壜に厳しい目を注ぐのを見た。しかしたとえ彼女がそいつを振り上げてウースター頭に打ち下ろしたとて、彼女の唇から発された言葉から僕が受けたほどの衝撃は得られなかったことだろう。

「可哀そうな仔ヒツジちゃん！」

僕はジン・アンド・トニックを注文してあった。いま僕はそいつを一部こぼしてしまった。

「君、可哀そうな仔ヒツジちゃんって言ったかい？」

「ええ、あたし可哀そうな仔ヒツジちゃんって言ったわ。とはいえ〈可哀そうなおバカちゃん〉って言ったほうがおそらくもっといい表現なんでしょうけど。あたしが言ったことをぜんぶ大真面目に受け取っちゃったなんて、考えてもみて。あたしがそんなつもりじゃなかったって、わかってるべきだったんだわ」

僕は要旨をつかみかねていた。

「口だけだったってことかい？」

「うーん、ガス抜きをしてたの。だって、女の子って時にはガス抜きをしたっていいんじゃなくって？　本当に彼が狼狽《ろうばい》するだなんて夢にも思わなかったんだもの。レジーっていつだって何でも言葉通りに真に受けるんだから」

「それじゃあ愛の神は笑いながら従前どおりに持ち場についてるって、そういうことでいいのかな？」

「ビーバーみたいにせっせとね」

「実のところ、斬新な言い方をするなら、君たち二人はまだ恋人よってことかい？」

「もちろんよ。あたし、あの時は言ったとおりのことを思ってたかもしれないけど、そんなのほんの五分くらいの間だったわ」

僕は深く息を吸い込んだ。そして一瞬の後、そんなふうにしなきゃよかったと思った。なぜなら僕がそれをやったのは、ジン・アンド・トニックの残りを飲んでる際中だったからだ。

「キッパーはそのことを知ってるのかい？」むせ返り終えたところで、僕は言った。

「まだよ。彼に話しに行く途中なんだもの」

僕はとりわけ確認したかった論点を提起した。

「すると要するに――僕のためにウエディング・ベルは鳴らないってことだな？」

「残念ながらそういうことね」

「ぜんぜん構わないんだ。君のお心のままにだ」

「あたし、重婚罪でなんか捕まりたくないの」

「そりゃそうだ、わかるよ。それで君の本日のおすすめはキッパーなんだな。僕は君を責めない。理想の伴侶だ」

「あたしもそう思ってるわ。彼って最高じゃなくって？」

「途轍もなく最高さ」

「あたしのところにサルと象牙と孔雀を連れてきたって［『列王記上』十・二二］、ほかの誰とも結婚しない。ねえ、彼が子供のときどんなだったか話して」

「ああ、ほかの皆《みんな》とおんなじふうさ」

「バカ言っちゃだめ！」

「もちろん、燃えさかる建物から人々を救出し、碧《あお》い目の子供が逃げ出した暴れ馬に踏みつぶされそうなところを救い出してたほかはさ」

「彼ってそういうことをずいぶんしていたの？」

「ほぼ毎日だったな」

「彼は〈我が校の誇り〉だった？」

「ああ、そうさ」

「だからって学校としちゃ誇りにできることなんかたいしてあったわけじゃないのよね。彼が話してくれたことからすると。ドスボーイズ・ホール［ディケンズの『ニコラス・ニクルビー』に出てくる学校］みたいなものだったんでしょ？」

「オーブリー・アップジョン指導下の状況はかなり過酷だった。我らが思いはとりわけ日曜日のソーセージに立ち戻るんだ」

「レジーったら、それですごく面白いことを言ったのよ。彼、あれは満足したブタから作られたんじゃなくって、皆に惜しまれながら鼻疽《びそ》菌、ボツリヌス菌、結核菌で死んだブタから作られたんだって言ってたわ」

「そうさ、それで公平な記述だって言えるだろうな。あれ、君はもう行くの？」僕は言った。彼女が立ち上がったからだ。

「もう一分だって待てないの。あたし、レジーの腕の中に飛び込みたいんだもの。今すぐ会えなかったら、あたし死んじゃうんだわ」

「その気持ちはわかる。『ヨーマンの結婚の歌』に出てくる男もだいたいおんなじ線で思考してたんだった。ただ彼はそこのところをこういうふうに表現したんだ。〈ディンドン、ディンドン、ディンドン、われ急ぎゆく〉前はよく村のコンサートでこいつを歌ったもんなんだ。それでグランドナショナルのベッチャーズ・ブルック並みの難所があってそいつは〈なぜなら今朝は我が婚礼の朝だから〉ってところなんだ。なぜって婚礼の〈れい〉ってところを十分間くらい伸ばしてなきゃいけなくって、そいつは肺活量をものすごく酷使するんだな。教区牧師が一度僕にこう言ったのを憶えてるんだけど――」

ここにて僕の発言は中断された。『ヨーマンの結婚の歌』に関する僕の見解を披露していると中断されることがごく頻繁にあるのだが、ここで彼女は、あたしあなたの話を聞きたくて死にそうなくらいなんだけど、その話はあなたの自伝を入手できる日まで待つことにするわ、と述べたのだった。僕たちはいっしょに外に出た。そして彼女を見送った後、僕はジーヴスが車内で不寝番をしてくれていた地へと戻った。全面的に笑顔に満ち満ちながらだ。僕が笑顔に満ち満ちていた、という意味だ。ジーヴスではない。彼のこれまでの最高は、唇の片端——大抵は左側だ——をほんのわずか引きつらせただけにすぎない。僕は類いまれなる心的状態にあり、ハートの高さは新記録を樹立していた。結局のところ結婚しなくてもよくなったとわかるくらいに、人の気持ちを高揚させるものがあるかどうか僕は知らない。

「待たせて悪かった、ジーヴス」僕は言った。「退屈してなきゃよかったんだが」

「いえ、ご主人様。さようなことはございません。わたくしはスピノザと共に幸福でおりました」

「へっ？」

「あなた様がいくらか前にご親切にもわたくしにご恵投くださいました、スピノザの『倫理学』でございます」

「あ、そうか、ああ、思い出した。面白い話か？」

「きわめて興味深く存じます、ご主人様」

「最後は犯人は執事ってことで終わるんだろうな。さてと、ジーヴス、すべて事は大丈夫になったと聞いて、君は喜んでくれるはずだ」

「さようでございますか、ご主人様？」

「ああ、リュートの中の亀裂は修繕され、ウエディング・ベルはいつ何時《なんどき》にも鳴り響きかねないんだ。彼女は考えを変えた」

「ヴァリウム・エト・ムタービレ・センペル・フェミナ［女心は常にうつろい易し。ウェルギリウス『アエネアス』三巻三五九行］、でございます、ご主人様」

「驚いたことじゃないな。それではさてと」車に乗り込み、ハンドルを握ると僕は言った。「ウィルバートとウシ型クリーマーの話を披露するとしよう。そいつが君の編んだ髪の房をいくらか天空へと飛び上がらせなかったら、僕個人としては大いに驚くところだ」

12．恋人たちの迷宮

静けき黄昏時《たそがれどき》にブリンクレイに到着し、愛車を車庫に入れながら、僕はダリア叔母さんの車がそこにあるのに気づき、愛する齢《よわい》重ねた親戚がこの界隈《かいわい》にふたたび戻ってきているものと了解したのだった。また僕の推測に誤りなしだった。書斎にて紅茶とクランペットを飲食中の叔母の姿を僕は見つけた。彼女は耳つんざくヴュー・ハローの声にてあいさつしてくれた。彼女はこういう挨拶《あいさつ》を、かつて精力的な英国キツネの駆り立て屋であった時代に狩場で習得したのだ。そいつはガス大爆発みたいな音響で、僕の身体髪膚をつらぬいた。僕は一度も狩をしたことはない。だが消化不良のジャングルの生き物みたいな音を立てれば戦いは半分済んだも同然と僕は理解しているし、また最盛期のダリア叔母さんは、たとえ畑二つと雑木林ひとつによって隔てられていようとも、ひと声にて〈クウォーーン〉や〈ピッチリー〉の狩仲間を馬の鞍《くら》から飛び上がらせることができたろうと僕は信ずる。

「ハロー、ブサイクちゃん」彼女は言った。「また来たのね、どうよ?」

「ただいまこの瞬間にゴールテープを切ったところさ」

「ハーン・ベイに行ってたんでしょ。ヘリングの若いのが話してくれたわ」

「ああ、ジーヴスを連れ戻しにいってたんだ。ボンゾの具合はどう?」

「ブツブツ顔だけど、元気だったわ。ジーヴスに何の用だったの?」

「うーん、実のところ、彼に来てもらう必要はなかったんだ。でもそのことがわかったのは半分来てからだったからなあ。僕が彼をここへ連れてきたのは長考する……いや、長考するじゃない……調停する、それだ、ボビー・ウィッカムとキッパーの間を調停してもらうためだ。二人が婚約してるのは知ってた?」

「ええ、あの子が話してくれたわ」

「彼女が僕と婚約したっていうあれを『タイムズ』紙に掲載する件については、彼女何か話してた?」

「あの子が一番最初に相談してくれたのがあたしよ。お陰でずいぶんと笑わせてもらったわ」

「キッパーよりも大笑いしたってことだな。なぜってあのマヌケの脳たりん娘には、奴に相談しとこうって頭がなかったんだ。あのお知らせを読んだ時、奴はよろめき、すべてのものは真っ暗になったんだ。そいつは奴の女性に対する人間同胞としての信頼を叩きつぶした。それでしばらく怒りと興奮で煮えくり返った後、奴は腰を降ろしてトーマス・オトウェイ調で手紙を書いたんだ」

「誰調ですって?」

「トーマス・オトウェイを知らないんだね? 十七世紀の戯曲作家で、異性に対して辛辣《しんらつ》な皮肉を言うことで世に知られていた。『孤児』という劇を書いていて、そこにはそういう皮肉が満載なんだ」

「それじゃああんたも、お笑い以外に何か読むってことなのね?」

「うーん。実を言うと僕はそれほどトーマスの作品にどっぷり浸かってるってわけじゃない。だけどキッパーが彼について話してくれた。彼は女性は災厄だって見解を持ってて、それでキッパーはそういう情報をいま言ってた手紙でボビーに伝えたんだ。そいつは絶縁状だったんだな」

「それできっとあんたにはあの子に説明してやろうなんて考えはこれっぽっちも思い浮かばなかったんでしょうね？」

「もちろん説明したとも。だけどその時にはもう彼女は手紙を受け取っていたんだ」

「どうしてあのバカは開けるなってあの子に言わなかったのよ？」

「最初にそう言ったさ。〈あなたから手紙が来てるのを見つけたわよ、ダーリン〉彼女は言った。〈ああ、絶対にそいつを開けちゃだめだ、エンジェル〉奴は言った。それでもちろん彼女はそいつを開けたんだ」

彼女は唇をすぼめ、首をこっくりさせてうなずき、憂鬱《ゆううつ》げにクランペットをひとつ食べた。

「それであの男は死んださかなみたいな顔してこの界隈を歩き回ってるってわけなのね。ロバータは婚約を解消したんでしょうね」

「息継ぎなしの五分間ぶっ通しスピーチでね」

「それであんたは仲裁役にジーヴスを連れてきた、と？」

「そういうことさ」

「だけど事がそこまで行ってるとすると……」

「ジーヴスといえども断絶を調停できるかどうかは怪しい、って言いたいんだろ？」僕は彼女の頭のてっぺんをパタパタと叩いた。「涙を止めて、ご先祖様。もう調停完了なんだ。ここに来る途中のパブで彼女に会った。そして彼女は、いま話したようなふうにかっとなったほぼ一瞬後に考えを変えたって話してくれた。彼女は今でも奴のことを、何よりかにより煮えたぎる油に一番近いような情熱でもって愛している。それで僕たちは別れ、彼女は奴にその点を伝えに車を飛ばして出発したんだ。今ごろはもうまたハムとたまごぐらいに仲よしになってるにちがいないさ。僕の胸からは巨大な重荷が落っこちたんだ。なぜってキッパーと仲たがいしたところで、彼女は僕と結婚しようとの意図を宣言していたんだからな」

「あんたにとっちゃ、ちょっとした幸運じゃないのって思ったんだけど」

「とんでもない」

「どうして？　あんた前はあの子にぞっこんだったじゃない」

「だけどもうちがうんだ。高熱は過ぎ去り、僕の目からはウロコが落ちた。それで僕らはただのいい友達でいるんだ。この恋愛って問題の厄介なところはさ、ねえ、齢重ねたわがご親戚様、第一当事者がしばしば間違った第二当事者と係わり合いになっちゃうってことなんだ。第二当事者の圧倒的な魅力に冷静な判断力を奪われてさ。こういう言いかたをしてみようか。男性はウサギと非ウサギに区別され、女性は突撃屋とヤマネに分類される。それで問題は男のウサギは女性の突撃屋（本来男性の非ウサギ向きである）に惹《ひ》きつけられる傾向があって、それで自分は気立ての穏やかで優しいヤマネに関心を集中してるべきだったんで、ヤマネとだったら平和に落ち着いてレタスをちびちび齧《かじ》っていられたのになあって気づいた時にはもはや遅しなんだ」

「要するに、すべてはちょっとした勘違いってこと？」

「その通りさ。僕とボビーを例にとろう。彼女のエスピエグレリを高く評価するにおいて僕は誰に一歩たりとも譲るものではない。だけど僕はウサギの仲間だし、いつだってそうだった。他方彼女はかつて突撃した連中の中でもこれ以上はなしって突撃屋だ。僕が好きなのは平穏な暮らしだし、ロバータ・ウィッカムにはウォータークレスを巻いて皿によそって出してやったって平穏な暮らしなんか目に入りやしない。何かしら人類を驚倒させようと予想されることに着手してなきゃ、日も暮れないんだ。要するに彼女には導きの手が必要で、そいつを僕には提供してやれない。一方キッパーからだったら彼女はそういうものをどっさり受け取れるんだ。奴はタフな非ウサギの仲間で細君にどこかで分をわきまえさせるなんて真似は児戯にも等しいところなんだからさ。この二人の結婚が僕の支持と是認を得るのはそういうわけだし、彼女があのパブですべてを話してくれた時、僕がバック・アンド・ウィング・ダンスを踊りたくなったってのはそういうわけだ。キッパーはどこだい？　あいつと握手して、背中をぽんぽんはたいてやりたいんだからさ」

「ウィルバートとフィリスといっしょにピクニックにでかけたわ」

その発言の重大性を僕は捕らえそこねなかった。

「つきまといをやってるってことかい？　ちゃんと仕事中ってことなのかな？」

「ウィルバートは常時あの子の監視下にあるわ」

「常時監視の必要性のある男が誰かいるとしたら、それこそ上述クレプトマニア野郎にほかならないな」

「クレ何ですって？」

「聞いてないの？　ウィルバートには盗癖《とうへき》があるんだ」

「盗癖があるってどういう意味よ？」

「奴は物を盗んでまわるんだ。釘で打ちつけてない物なら何でも、奴の儲《もう》けの種なんだ」

「バカ言わないでよ」

「バカなんか言ってないさ。あいつはトム叔父さんのウシ型クリーマーを持ってるんだよ」

「知ってるわ」

「知ってるの？」

「もちろん知ってるわよ」

彼女の……何と言ったか……冷静沈着、でよかったか？……何かしらの四字熟語だ……は、僕を驚かせた。僕としては彼女の若き……いや、中年の、か……血を凍りつかせ、パーマ頭を気難しいポーペンタインの針毛みたいに逆立てることを期待していたのだ。それなのに彼女は筋一本動かしていない。

「なんてこった」僕は言った。「貴女《あなた》はずいぶん平然と受けとめてくれるんだね」

「ふん、何を騒ぎ立てることがあって？　トムは彼にあれを売ったのよ」

「なんと！」

「ウィルバートがハロゲートにいるトムに連絡して付け値を言ったの。それであれを彼に渡すようにってトムがあたしに電話してきたんだわ。これで例の取引がトムにとってどれほど大事かわかろうってもんじゃない。トムにしたら糸切り歯を抜かれるほうがまだましだったはずって思うのよ」

僕は深く息を吸い込んだ。今度は幸運にもジン・アンド・トニック抜きで。僕はおおいに心かき乱されていたのだ。

「ってことはつまり」僕は言った。僕の声はコロラトゥーラ・ソプラノの声みたいにわなないていた。「僕がああいう魂を打ち砕かれるがごとき経験をしたのは、ぜんぶ無駄だったたってこと?」

「誰があんたの魂なんか打ち砕いたのよ?」

「ママクリームだ。あのクソいまいましいブツを求めてウィルバートの部屋を探し回ってるとひょっこり姿を現してさ。僕は当然あいつがあれをかっぱらってあそこに隠したと思ったんだ」

「それで彼女はあんたを捕まえたの?」

「一度ならず二度もだ」

「あの人何て言った?」

「彼女は僕にロディ・グロソップの治療を受けるようにって勧めた。精神病患者を治療する彼の技能に関してはきわめて良好な報告を聞いてるんだそうだ。どうして彼女がそんなふうに思ったか、わかろうってもんじゃないか。あの時僕の身体は半分鏡台の下にあって、間違いなく彼女は変に思ったにちがいないんだ」

「バーティー! なんて断然面白おかしい話なんでしょ!」

〈面白おかしい〉という形容は不適切な選択だと思ったし、また僕はそうも述べた。しかし僕の発言はただいま彼女が突入中のバカ笑いの奔流にまぎれて消えてしまった。人があんなにも腹の底から大笑いする様を、僕は見たことがない。熊手を踏んづけてその柄が僕の鼻先にぶち当たった時のボビーと比べたってだ。

「その場にいられたなら、あたし五〇ポンド払ったってよかったわ」声帯が機能可能となったところで、彼女は言った。「あんた鏡台の下に半分もぐり込んでたんですって、ねえ?」

「二度目の時はね。最初の遭遇の時には、首に椅子を巻きつけて床に座ってたんだ」

「エリザベス朝時代のひだ襟《ラフ》みたいにね。トーマス・ボトウェイがしてたみたいにだわね」

「オトウェイだ」几帳面《きちょうめん》に僕は言った。すでに述べたように、僕は物事はきまり正しくあるのが好きだからだ。それで僕が彼女に、血縁者に僕が期待していたのは同情と慰めであり、そういう植木鉢の下で棘草《いらくさ》がパチパチ言うようなバカ笑い〔『コヘレトの言葉』七・六。愚者の笑いは棘草のはぜるがごとし〕じゃあなかったと言おうとしたところで、ドアが開き、ボビーが入ってきた。

彼女に一瞥《いちべつ》を向けた瞬間、彼女の顔つきにはどこかおかしなところがあるように僕は感じた。いつもだったらこの娘は、この世界がすべての可能的世界の中で最善でないなら、もっといいやつが来るまでこれでじゅうぶんやっていけるわと考えている女の子の姿かたちを世に問うている。活力、とか、活気とか、そういうようなものぜんぶだ。だがいま彼女の周りには倦怠《けんたい》があった。それもねこのオーガスタスの倦怠ではなく、もっとルーヴルにある絵に描かれた女の人寄りの倦怠である。ジーヴスが僕を引っぱってそいつをちょっと見せにいった際、これが世界の終わりが皆訪れる頭だと言ったものだ〔ウォルター・ペイター『ルネッサンス』〕。彼女のまぶたの疲れた様に彼が僕の注目を喚起《かんき》したことを憶えている。ボビーのまぶたから、おんなじような疲れの印象を僕は得た。

たった今レモンを齧《かじ》ったばかりだとでもいうみたいに硬く一直線にむすんだ唇をひらき、彼女は言った。

「先ほど読んでいたクリーム夫人のご本をお借りしたくて伺いましたの、トラヴァース夫人」

「勝手に取ってってもらっていいのよ、かわい子ちゃん」ご先祖様は言った。「この界隈で彼女の読者が増えれば増えるほど結構なの。それで話もうまく進むってもんだわ」

「じゃあ無事到着してたんだな、ボビー」僕は言った。「キッパーには会ったのかい?」

彼女が鼻をフンと鳴らしたとは言わない。だが彼女は鼻をクンとさせはした。

「パーティー」冷蔵庫から直送声で彼女は言った。「お願いがあるんだけど、聞いてくれる？」

「もちろんだとも。なんだい？」

「あのドブネズミ男の名前をあたしの前で口にしないでいただけるかしら」彼女は言い、出ていった。まぶたは依然疲れたままでだ。

僕は当惑して内なる意味を探り求めていた。またダリア叔母さんの目のぎょろつく様から、彼女もまたこのわけを皆目把握《かいもく》できずにいることが見て取れた。

「さてと！」彼女は言った。「いったい全体何なの？　あんたあたしに、彼女は煮えたぎる油の情熱もてヘリングの若造を愛してるって言ったと思ったけど」

「彼女がそう言ったんだ」

「油は煮えたぎるのをやめたみたいね。了解、もしあれが愛の言葉だとしたら、あたしあたしの帽子を食べてあげるわ」と、わが血縁は言った。また僕は、彼女が庭仕事用の麦わら製の考案品を指してそう言っているものと理解した。それについて僕に言えるのは、そいつはトム叔父さんのシャーロック・ホームズ型鹿撃ち帽と同じくらいに汚らわしいってことで、またそいつはウースターシャー中のどの帽子よりもたくさんカラスを脅《おびや》かしてきたということだ。「あの二人、喧嘩《けんか》したにちがいないわ」

「確かにそんな様子だ」僕は同意した。「で、わからないのはどういうわけでそんなことの起こりようがあるのかってことなんだ。僕と別れた時、彼女の目には愛の光が宿っていて、また彼女がここに着いてからまだ三十分と経《た》ってやしないってことを考えればさ。人は自問する。かくも短時間に愛とジンジャーエールに満ち満ちた女の子を、愛する人を〈あのドブネズミ男〉呼ばわりして、その名前を聞くのも嫌がる女の子に変えうるものとは何ぞや、と。水底は深いな。ジーヴスを呼んでくるべきかなあ?」

「一体ぜんたいジーヴスに何ができるのよ?」

「うーん、そう言われてみれば僕にはわからないってことを認めないといけない。事があらぬ方向に向かったら――って言い方でよければだけど――いつでもジーヴスを呼んでこようって、そういう習性が身についちゃってるって、それだけのことかな。スコットランド風の言い方だったっけか? あらぬ方向に向かうってのは。スコットランド風らしく聞こえるよね。しかしながらだ、その点はそれでよしとしてだ、内部情報が欲しかったら情報源を訪ねて馬の口から直接手に入れなきゃならない。キッパーならばこの謎が解決できるはずだ。ちょっくらでかけて奴を見つけてくるとしよう」

しかしながら、ちょっくらでかける手間はなしで済んだ。というのはこの瞬間に奴が左手中央に登場したからだ。

「ああ、ここにいたのか、バーティー」奴は言った。「戻ってきたって聞いたんだ。お前を探してたところなんだ」

奴の声は低くかすれていて、墓場から聞こえてくるみたいだった。また奴がごく最近ごくごく直近で爆弾の爆発に遭った男の特徴を余すところなくあらわしていることを、僕は今や見て取った。奴の肩はがっくりと落ち、奴の目はどんよりと生気を失っていた。要するに、奴はゴードン博士の胆汁マグネシアを飲み始めていない男みたいに見えていたわけで、僕は前置き抜きで本題に切り込んだ。上品ぶって気がつかないふりをしている場合ではない。

「お前とボビー関係の緊張はいったい全体どういうわけなんだ、キッパー？」僕は言った。そして奴が「いや、何でもないさ」と言った時にはテーブルを激しく叩き、遠慮はやめて全部吐いちまえとすごんだのだった。

「そうよ」ダリア叔母さんが言った。「何があったのかしらね、ヘリング君？」

一瞬奴は尊大にすっくりと身を起こし、お差し支えなければ自分の私事について語ることは控えさせてもらいたいと言おうとしたのだと僕は思う。だが言いかけたところでダリア叔母さんの目と目が合い、第一姿勢に戻ったのだった。ダリア叔母さんの目というのは僕のアガサ伯母さん――また彼女というのはいたいけな子供をむさぼり食らい、満月の夜には人身御供を捧げることで名高い人物であるのだが――の目とは到底同じ等級に属するものではないものの、しかし大いに権威を帯びていた。奴は椅子に深々と腰を下ろすと、すごく落胆したふうに座っていた。

「うん、知りたきゃ言うが」奴は言った。「彼女は婚約を解消した」

それでは何にも進捗《しんちょく》はない。そこまでは想定済みだった。愛がいまだ消えていない時、人は相手のことをドブネズミ男呼ばわりはしないものだ。

「だけど、ほんの一時間前なんだぞ」僕は言った。「〈フォックス・アンド・グース〉って宿屋の前で僕が彼女と別れたのは。それで彼女はお前にべた惚《ぼ》れだって通告をしたばっかりのはずだ。何がいけなかった？　お前あの子に何をしたんだ？」

「いや、何もしてないさ」

「おい、おい！」

「うーん、こういう具合だったんだ」

ここで奴が濃いウィスキー・アンド・ソーダをいただけたら百ポンド払うんだがと言う間がちょっとあったが、しかしそれをするにはベルを鳴らしてパパグロソップを呼び、地下貯蔵庫まで行って取ってきてもらうための大幅な遅延が生ずるのだから、ダリア叔母さんはそんな言葉は一顧《いっこ》だにしなかった。所望の飲み物の代わりに彼女は奴にクランペットを勧め、それを奴は丁重に断り、また彼女はさらに話を続けるようにと奴を促した。

「俺がしくじったのは」奴は言った。先ほど来の低くかすれた、カタルを患《わずら》っている幽霊みたいな声でだ。「フィリス・ミルズと婚約しちまったってところだ」

「何だって?」僕は叫んだ。

「何ですって?」ダリア叔母さんは叫んだ。

「ひゃあ」僕は言った。

「いったい全体あんたそんな真似をなんでしたのよ?」ダリア叔母さんは言った。

奴は落ち着かぬげに椅子の上で身体をもじもじさせた。パンツにアリが入って困ってる男みたいな具合にだ。

「あの時にはいい考えだって思えたんだ」奴は言った。「ボビーは電話で俺に、俺とは今生《こんじょう》でも来世でも絶対に口もききたくないって言った。またフィリスからはウィルバート・クリームの暗い過去を思うと心はおじけるのだけど、彼に激しく惹かれていてもし求婚されたらそれを拒絶できるとは思えないって話を聞かされていた。それで俺としては奴が求婚するのを阻止する任務を負ってたわけだから、俺が自分で彼女と婚約しちまえば一番話は簡単だって思ったんだ。それで俺たちはその件について話し合って、これはただの策略に過ぎなくってお互いを拘束《こうそく》するもんじゃないって点について徹底的に合意した上で、俺たち二人の婚約成立をクリームに宣言した」

「たいそう賢明だったこと」ダリア叔母さんは言った。「あの男はその報せをどう受けとめた?」

「奴はよろめいた」

「この件に関しちゃ、よろめくのが大流行《おおはや》りみたいだな」僕は言った。「憶えてるかなあ。あの手紙をボビーに書いてたってことを思い出した時、お前はよろめいたんだった」

「それで俺がフィリスにキスしてるところに、彼女が突然どこからともなく姿を現した時にも、俺はまたよろめいたんだ」

僕は唇をすぼめた。この展開はちょっぴりお下劣になってきたように思われたのだ。

「お前、そんなことまでする必要はなかったんじゃないか」

「おそらく必要はなかった。だが俺はクリームに対して、ことを自然に見せたかったんだ」

「ああ、わかった。思い知らせてやるってことだな?」

「そういうことだ。ボビーが考え直して事態は従前どおり変化なしってことにしたいと思ってるってことがわかってたら、もちろんそんな真似はしなかったさ。だけど俺は知らなかったんだ。人生の小さな皮肉ってやつのひとつだな。トマス・ハーディーに似たような話がある」

奴の言っているT・ハーディーのことを僕はまったく知らなかったが、だが奴の言わんとするところはわかった。サスペンス小説でいつだって起こってることとおんなじだ。そこでは女の子たちが「わかってさえいたら」とか言いながら歩き回っているのだ。

「お前、説明はしなかったのか?」

奴は僕を哀れむように見た。

「お前今まで濡《ぬ》れたメンドリよりも怒り狂ってる赤毛の女の子に説明しようとしたことがあるのか？」

僕は奴の言いたいことを理解した。

「それからどうなった？」

「ああ、彼女は実に貴婦人然としていた。フィリスがいなくなるまではあれこれ感じよくおしゃべりしてさ。それから始まった。彼女はここまで愛にあふれ返ったハートでもって大急ぎで疾走してきた、俺の腕に抱《いだ》かれたくって、するとその腕が別の女をぎゅうっと抱きしめてるところに遭遇するだなんて何てとっても素敵な驚きだったことでしょうとかなんとか……ああ、だいたいそんな線でどっさりだ。問題は、彼女はいつも俺とフィリスのことをちょっぴりうさんくさげな目で見てたってことなんだ。スイスにいるとき俺たちゃちょっぴり仲良しすぎたって見解を彼女は持ってるんだな。もちろん何にもありゃしないのにさ」

「ただのいい友達なんだな？」

「そのとおり」

「さてと、あたしがどう思ってるか知りたいなら教えてあげるけど」ダリア叔母さんが言った。

だがわれわれが彼女の見解を知ることはなかった。というのは、この瞬間に、フィリスが部屋に入ってきたからだ。

13. イゼベルの魔手

入室してきたこの女の子をあらためてしみじみと見るにつけ、彼女とキッパーのこんがらがりに遭遇してボビーがなぜこれほどまでに騒ぎ立てたのかが僕にはよくよく理解できた。むろん僕自身は『サーズデー・レヴュー』誌のスタッフと恋愛中の理想主義的な女の子ではないし、過去においてそうであったことだって一度もないのだが、とはいえもし僕がそういう女の子だったとしたら、このオーブリー・アップジョンの継娘《ままむすめ》くらいに容姿端麗な女の子と奴が抱擁《ほうよう》し合い接吻していると ころを見つけたならば、いささか激しい頭痛に悩まされることだろう。つまり彼女というのは、IQ方面では不振ながら、身体的には第一級のべっぴんさんだったからだ。彼女の目は頭上の空よりもはるかに碧《あお》かったし、彼女が着ていたシンプルなサマードレスは彼女の体型の優美な輪郭を、隠すというよりはむしろ強調していた。と言っておわかりいただければだが。だから彼女を見たウィルバート・クリームが、ただちに詩の本を手につかんで最寄りの青葉茂れる木陰にまっしぐらに突進したとて驚いたことではないのだ。

「あら、トラヴァース夫人」ダリア叔母さんを見つけて彼女は言った。「わたしパパァと電話でお話ししてきたところなの」

この発言は一瞬にしてわがご先祖様の心を、それまで全関心を傾注していたキッパー／ボビー枢軸の紛糾問題から引き離した。また僕はその点を不思議と思わない。近在中の勇者と美女が一堂に会する大式典、マーケット・スノッズベリー・グラマー・スクールの表彰式がわずか二日後に迫っているというこの時、より広い世界の理想と人生について若き学生たちに演説する予定の大人物の不在が続いていることを、彼女はきわめて不穏と感じていたにちがいないのだ。もしあなたがある学校の理事職にあり、一年の晴れがましき日の演説者の手配を請け負ったという時、当の雄弁家がいつ戻るとも書き置かず帝都目指してぶらりと出かけたきり戻るかどうかだって知れないとなったら、いくらか苛《いら》ついたとて仕方があるまい。彼女にしてみれば、おそらくアップジョンは休日気分にうかされ、無期限にて大通りをほっつき歩き続けようと計画中なのだと思っていたことだろうし、またもちろんそういう祝賀の席に主役の弁士がやってこないくらいに不面目なこともあり得ない。そういうわけで当然ながらただいま彼女は六月の薔薇《ばら》のごとく咲き誇り、あの野郎はいつ帰るか何か言っていたかと訊ねたのだった。

「パパァは今夜お帰りですって。ご心配されてないようならよろしいけどって言ってらしたわ」

今は亡き僕の父の妹は火薬庫大爆発に匹敵するような勢いでフンと鼻を鳴らした。

「あら、そう？　あたくしあの方にお知らせしたいことがありますのよ。あたくし、心配しておりましたんですの。なんでこんなに長いことロンドンにいる必要があったのかしらねえ？」

「パパァは『サーズデー・レヴュー』誌を名誉毀損《きそん》で訴える件について弁護士さんとご相談してらしたの」

この言葉を聞いてキッパーは何センチ跳《と》び上がったものかと、僕は時々自問するのだ。ある時には二十五センチくらいだったと思い、いいや十四センチくらいに過ぎなかったろうかとも思う。だがいずれにせよ奴が椅子のシートから座り高跳びの競技をしているアスリートみたいに跳び上がったことに間違いはない。傷顔のマッコールだってこれよりすばやくはすっとべなかったはずだ。

「『サーズデー・レヴュー』誌ですって?」ダリア叔母さんは言った。「それってあんたのとこのカス雑誌じゃなくって? あの人を怒らせるようなこと、何をしたっていうの?」

「パパァが私立学校について書いた本のことなの。パパァは私立学校について本を書いたのね。パパァが私立学校について本を書いたことはご存じ?」

「ぜんぜん知らなかったわ。誰も何にも言ってくれないんだもの」

「えーと、パパァは私立学校について本を書いたの。それは私立学校についての本なのね」

「私立学校についてってことね?」

「ええ、私立学校についてなの」

「その点がやっとはっきりしてくれて有難いこと。じゅうぶんに探究すれば、何かしらにたどり当たるんじゃないかって気がしてたのよ。それで——?」

「それで『サーズデー・レヴュー』が何か名誉毀損になるようなことを言ったの。それでパパァの弁護士さんは少なくとも五千ポンドの支払いを陪審は認めるはずだっておっしゃるの。だって名誉を毀損したんですもの。それでパパァはロンドンでずっと弁護士さんとお話ししてらしたの。だけど今夜は帰ってくるのよ。だって表彰式があるし、わたしはちゃんと演説原稿をタイプしてあるんですもの。あら、あたしのかわいいポペットちゃんだわ」遠くで吠《ほ》え声が聞こえると、フィリスは言った。「あの子晩ごはんのおねだりをしてるのよ。かわいいエンジェルちゃん。わかりましたよ、かわい子ちゃんったら。ママが行ってあげますからね」彼女は囀《さえず》るように言うと、救難の使いへと旅立っていった。

彼女が立ち去った後、短い沈黙があった。

「あんたたちがなんて言おうと構わないけど」とうとうダリア叔母さんが、いくらか挑戦的に言った。「脳みそだけがすべてじゃないの。あの子はかわいいいい子だわ。あたしはあの子を自分の娘みたいに愛してるし、あの子のことを間抜けだなんていう連中なんかクソくらえって思ってるわ。あらあら、ハロー」椅子に倒れ込んでだらりと落ちた下あごを引き上げようとしては失敗しているキッパーを見て、彼女は続けて言った。「あんたどうしたのよ、ヘリング君?」

キッパーが話のできるような状態じゃないのは見てわかったから、僕が説明を引き受けることにした。

「ちょっと面倒なことになったんだよ、齢《よわい》重ねたご先祖様。P・ミルズがポペットの世話をしに行く前に言った話は聞いたろ。あのことなんだ」

「どういう意味よ?」

「事実は容易に説明できる。アップジョンがその薄っぺらい本を書いた。そいつは、もしご記憶なら、私立学校についての本だ。それでキッパーの話だとその中には、そこで過ごした時は僕たちの人生でもっとも幸福な時間だって書いてあるんだそうだ。編集長様がそいつにコメントを頼むってキッパーに渡した。それでこいつは、ブラムレイ・オン・シー、マルヴァーン・ハウスにてこいつと僕とが辛酸をなめ尽くした、あの暗黒の日々を思い出し、手加減なしでこきおろしたんだ。それでいいか、キッパー?」

奴は言葉を見つけた。というか、沼地から足を引っこ抜いているバッファローみたいな音を立てることを言葉を見つけると呼んでよければだが。

「だけどさ、コン畜生」もうちょっとは物を言えるようになって、奴は言った。「あれは完全に正当な批評だった。むろん俺は言葉を加減しやしなかったが――」

「加減しなかった言葉がどんなだったか知っとくのは興味深いわね」ダリア叔母さんは言った。

「その中に、あんたんとこの経営者にえり抜きの五千ポンドを支払わせる原因があるらしいんだから。バーティー、あんたの車を出してマーケット・スノッズベリー駅まで行って売店に今週の……待って、やめやめ。ちょっと待っててね。今の注文取消しよ。すぐに戻ってくるから」と、彼女は言い、部屋を出ていった。彼女がどうするつもりか皆目《かいもく》わからない状態でわれわれをとり残したままでだ。叔母さんというものは、どうするつもりか推測容易であったためしはないのだ。

僕はキッパーに顔を向けた。

「まずいな」僕は言った。

奴が身をよじる様から、ことにこれ以上悪化しようがあろうとは思えないと考えているのがわかった。

「週刊雑誌の編集者がボスに名誉毀損で巨額の賠償金を支払わせたら、どうなるんだ？」

奴はその問いには答えられた。

「そいつは首を切られて、それだけじゃなく、別の就職先を見つけるのが途轍《とてつ》もなく難しくなる。ブラックリストに載せられるんだ」

奴の言う意味はわかった。こういう週刊雑誌の経営者たちというのは小金の出入りには気を配るものだ。彼らは入ってくるものは全部取りたいし、またもし誰かスタッフの構成員の無分別な行為の結果、金が流れ込んでくる代わりに流れ出しはじめたとなったら、彼らが当の構成員にしてやりたいことは随分ある。キッパーの会社は何かしらの理事会やらシンジケートやらの出資を得ているんだったと思うが、しかし理事会とかシンジケートというのも個人オーナーと同じくらいに金を吐き出すことには神経をとがらせるものだ。キッパーが示唆したとおり、連中は間違いを犯した構成員を解雇するだけでなく、ほかの理事会やらシンジケートやらにも言いふらすことだろう。

「ヘリングだと?」キッパーが就職口を探してやってくると、ほかの理事会やらシンジケートは言うのだ。「そいつは『サーズデー・レヴュー』の連中をおまんまの食い上げにしたバカモノじゃなかったか? その疫病神を窓から放り出して、びょんびょん弾《はず》むか見てやろう」もしこのアップジョンの訴えが成功したら、何であれ奴が有給の職にありつける可能性は皆無とは言わないまでも、ごく少なくなるだろう。すべてが許され忘れられるまでには、何年も長い時がかかることだろう。

「貧民街でえんぴつを売るくらいが、俺の望める一番まともな仕事だろうな」キッパーが言った。

それで奴が両手に顔を埋めたところで——つまり暗い将来を思うとき人はそういうことをしがちであるからだが——ドアが開き、思っていたダリア叔母さんではなく、ボビーが姿を現した。

「違う本を持っていっちゃった」彼女は言った。「あたしが読みたかったのは——」

それから彼女の目がキッパーにとまり、彼女は四肢《しし》を硬直させた。ちょっとロトの妻みたいな具合にだ。彼女は、おそらくご存じだと思うのだが、平野の街々で不和があったときに間違ったことをしてそれで塩の柱に変えられてしまったのだ[『創世記』十九・二六]。どういうわけでそんなことになったものか、僕にはまるで理解できないのだが。だって塩である。ちょっと奇っ怪な話だと思うし、そんなのはふつう人が予想するようなことじゃない。

「んまあ！」彼女はお高い調子で言った。あたかもこの地下世界の生き物を一目見たことで侮辱を受けたとでもいうみたいにだ。それでそう言う間にも、キッパーのうちからはうつろなうめき声が炸裂《さくれつ》して噴出し、また奴は土気色の顔を上げたのだった。それでその土気色の顔を見た瞬間に、ロバータ・ウィッカムからお高い調子がシューと音立てて消え去り、昔ながらの愛と同情、女性らしい優しさとかあれやらこれやらがたちまちに取って代わった。そして迷子の仔ヒョウに駆け寄る母ヒョウみたいに、彼女は跳躍して奴に駆け寄ったのだった。

「レジー！　ああ、レジー！　レジー、愛するレジー、どうしたの？」彼女は叫んだ。彼女の態度物腰全体が善良な方向にいちじるしい変貌《へんぼう》を遂げた。要するに、彼女は奴の悲嘆にくれる様を見て心とろけたのである。こういうことは女性においてはきわめて頻繁に起こることなのだ。詩人たちはしばしばこの点に言及している。おそらく読者諸賢におかれては「ああ、女よ、安息の時にはなんとかかんとかとんとんとんで、なんとかのなんとかがなんとかでなんとかした時には、君はなんとかなんとかなんとかになる［スコットの詩『マーミオン』六・二八］」と言った人物のことはご承知であろう。

　彼女は野獣がうなるみたいな勢いで僕に向かってきた。

「可哀そうな仔ヒツジちゃんにあなた何したの？」中部全州でその夏観察された限りにおいて最も意地の悪い表情を僕に向け、彼女は詰問した。それで僕がこの可哀そうな仔ヒツジちゃんの人生から陽光を拭《ぬぐ》い去ったのは僕じゃなくって運命とか宿命とかの仕業なんだと説明し終えたところで、ダリア叔母さんが戻ってきた。彼女は片手に紙片を持っていた。

「思ったとおりだったわ」彼女は言った。「本を出版してアップジョンがまず一番にすることは、切り抜き代行会社と契約することだって思ったのよ。ホールのテーブルの上にこいつがあったわ。これあんたの書いたあの男のうすっぺらい本の書評だわよ、ヘリング君。それでちょっと走り読みしてみたんだけど、あの男の気がちょっぴり動転したのも驚いたことじゃないわね。いい、読んであげるわよ」

予想されたとおり、また十分いろんなかたちで予告されていたことだが、キッパーの書いたのはこきおろし文で、また僕に関して言えば、稀少かつ爽快《そうかい》な果実クラスに分類されうるものであった。僕は存分にそいつを楽しんだ。その文章はこう結ばれていた。

「オーブリー・アップジョンも、われわれが不運にもそうであったように、もし彼自身の運営するブラムレイ・オン・シー、マルヴァーン・ハウスにおいてドズボーイズ・ホール流のおつとめを自分でしていたならば、私立学校について違った見解を持ったかもしれない。われわれは日曜日のあのソーセージのことを忘れてはいない。それは満足したブタからではなく、誰からも惜しまれつつ、鼻疽《びそ》菌、ボツリヌス菌、結核菌にて世を去ったブタたちより作られたものだったのである」

この文章が齢重ねた親戚の唇から発されるまで、キッパーは指先を重ね合わせ、時々「辛辣《しんらつ》だ、確かに。だが完全に正当な批判だ」とでも言うふうにうなずきながら座っていた。しかしこの抜粋を聞くと奴はもういっぺん例の座り高跳びをやって、過去の全記録を更に数センチ更新してみせた。ちょっと考えたのだが、もしすべて収入源がなくなったら、奴は曲芸かるわざ士として前途有望なのではあるまいか。

「だが俺はそんなこと書いちゃいない」奴はあえぎながら言った。

「ふーん、ここにしっかり活字で印刷されてるわよ」

「だけど、そんなのは名誉毀損になるじゃないか！」

「アップジョンもあの男の辣腕《らつわん》弁護士もそう思ってるみたいよ。これはお見事に五千ポンドの価値ありって、あたしも言わせてもらわなきゃいけないわね」

「見せてくれ」キッパーは甲高い声で言った。「俺にはわからないんだ。いいから、ちょっと待っててくれないか、ダーリン。今じゃなくって。後にしてくれ。集中したいんだ」奴は言った。つまりボビーが奴に飛びついて古《いにしえ》の庭園の塀のツタみたいに奴にしっかりと絡みついたからだ。

「レジー！」彼女は号泣した――そう、号泣という言葉でよかったはずだ。「あたしなの！」

「へっ？」

「トラヴァース夫人が今読んだところ。あの日昼食のとき、あたしにゲラを見せてくれて、会社に届けといてくれって頼んだこと憶えてるでしょ。ゴルフの約束に間に合うよう急がなきゃならないからって。あなたが行っちゃった後で、あたしあれをもういっぺん読んで、あなたがあのソーセージのことを書き落としてるのに気づいたの――たまたま書き忘れたんだって思ったのよ――それであの話はものすごく面白いし冴《さ》えてるって思ってたから、あたし……ええ、あたしあれを最後に付け加えたの。それでうまい締めがついたって思ったのよ」

14. ソードフィッシュにおまかせ

しばらくの間、沈黙が続いた。「アヒルもびっくりなんてこったわ！」と述べる叔母の声によってのみ破られる沈黙が。キッパーは目をバチバチさせながら立っていた。奴がかつて夢中だったボクシングのトーナメント中に鼻の頭かどこかの急所に巧妙なパンチを食らったときに時々するのを見たことがあるような具合にだ。ボビーの首を両手でつかんでらせん状にぐるぐるねじ切ってやろうかとの思いが奴の脳裡《のうり》をよぎったかどうか、僕には言えない。だが仮にそうだとしたってそんなのはほんの一、二秒、つかの間の夢に過ぎなかったことだろう。なぜならほぼたちどころに愛が勝利を収めたからだ。彼女は奴のことを仔ヒツジちゃんと呼んだが、いま奴が話すその様は仔ヒツジが備えていることで名高き温厚さに満ちあふれていた。

「ああ、わかったよ。それでそういうことになったんだね」

「ごめんなさい」

「いいんだよ」

「あたしのこと、許してくれる？」

「ああ、もちろんさ」

「あたし、悪気はなかったの」

「もちろんなかったとも」

「このせいであなた、本当に困ることになる？」

「些細《ささい》な不快事は起こるかもしれないな」

「ああ、レジー！」

「ぜんぜん大丈夫さ」

「あたし、あなたの人生を破滅させたんだわ」

「バカ言うなよ。ロンドンじゅうに『サーズデー・レヴュー』のほかに雑誌がないわけじゃないんだ。ほかの勤め口に鞍《くら》がえするだけの話さ」

これは僕に言っていたブラックリストの話とはまるで違う。とはいえ僕はその点を指摘することは差し控えた。というのは奴の言葉を聞いて、ボビーがだいぶ元気になってゆくのがわかったからだ。で、僕としては彼女のビアンネートルというか元気いっぱい気分にスパナをぶち込んで台無しにしてやりたくはなかった。地の底を這《は》った後に女の子がガブ飲みしている幸福の杯を、あえて叩き落したくはないものだ。

「もちろんよ！」彼女は言った。「あなたみたいに有能な人だったら、どこの雑誌だってよろこんで迎え入れてくれるわ」

「奴の雇用獲得がため、みんなトラみたいに競い合うはずさ」調子を合わせて僕は言った。「キッパーほどの男なら、一日以上市場に出まわってるなんてことはあり得ない」

「あなたってとっても頭がいいわ」

「ああ、ありがとう」

「あなたのことなんか言ってないわ、バカ。レジーのことよ」

「ああ、そうさ。キッパーには才能があるからな」

「それにしたって」ダリア叔母さんが言った。「アップジョンが帰ってきたら、あの男に気に入られるようできるだけのことをした方がいいわね」

僕は彼女の意味するところのことを理解した。彼女は鋼鉄のたがにて魂を結びつけ、とかいうやつを勧めているのだ。

「そうだな」僕は言った。「魅力を全開にするんだ、キッパー。そしたらその話はなしにしてくれる可能性だってありうる」

「そうに決まってるわ」ボビーが言った。「あなたの魅力に抗《あらが》える人なんかいやしないんだもの、ダーリン」

「そう思ってくれるのかい、ダーリン？」

「もちろんよ、ダーリン」

「うん、君の言うとおりになるよう願おう、ダーリン。それはそれとして」キッパーが言った。「さっき言ったウィスキー・アンド・ソーダを今すぐ頂かないことには、俺はバラバラに崩壊しちまいそうなんだ。トラヴァース夫人、俺が自分で取りに行くようでも構いませんか？」

「あたしもそうなさいって勧めるところだったのよ。とっとと行って存分にお飲みなさいな。あたしの不幸な夕べの雄ジカちゃん」

「あたしも気つけの飲み物がいただきたいわ」ボビーが言った。

「僕もだ」僕も言った。人心の向かう流れにおもねりながらだ。「とはいえ僕としては」部屋を出たところで僕は言った。「ポートにしたいところだな。そっちの方が権威がある。ソードフィッシュのところをちょっと覗《のぞ》くとしよう。ポートなら彼が出してくれる」

僕らはパントリーで銀器を磨いているグロソップ御大《おんたい》を見つけ、注文を告げた。彼はこれほど大量数の来客突入に接していささか驚いた様子だったが、僕たちがのどから手が出るくらいにそいつを欲していると知ると、最上のボトルを提供してくれた。そして僕らがいくらか身体組織を活性化し終えると、入室以来もの思うげに沈黙を維持していたキッパーが立ち上がり、もし構わなければ失礼してしばらく一人でちょっと考えたいと言って出ていった。部屋を辞去するキッパーにパパグロソップが鋭い目をやるのを見、奴の態度物腰が彼の職業的関心をかき立てたことを僕は理解したのだった。この若き訪問者に潜在的顧客臭を嗅ぎ取ったようだ。こういう脳専門医というのは、いつだって営業中で決して商機を逃さぬものなのだ。如才《じょさい》なく、ドアが閉まるのを待った後、彼は言った。

「ヘリング様はあなた様の古いお友達でいらっしゃるのですか、ウースター様?」

「バーティーでいい」

「ご寛恕《かんじょ》を願います。ではバーティー、貴君はあの方とはいくらか長くお知り合いなのですかな?」

「ほぼタマゴの頃からと言っていい」

「ウィッカムお嬢様もあの方のご友人でいらっしゃるのですかな?」

「レジー・ヘリングとあたくしは婚約してますの、サー・ロデリック」ボビーが言った。その言葉を聞いてグロソップ唇は封印された模様だった。彼は「ああ」と言うと、天気について話を始め、キッパーが行ってしまって以来落ち着かぬ体《てい》でいたボビーが、そろそろ失礼して彼の様子を見てくるわと言うまでそうしてい続けた。脱ウィッカム化が完了したところで、彼は遅滞なく唇の封印を解いた。

「ウィッカム様とヘリング氏がご婚約中と伺い、ご令嬢の前にてはこう申し上げるのを控えておったのですが、しかしあの青年は神経症を患《わずら》っておりますぞ」

「奴はいつもあんなふうにパーに見えるわけじゃないんだ」

「しかしながら――」

「言わせてもらおう、ロディ。君だってもし奴みたいな状況に直面していたら、神経症を患うはずだ」

キッパー状況に関する彼の見解を聞くのも有益だと考え、僕は事情を説明した。

「それでわかったろ」僕は話を締めくくった。「死よりも悪しき運命――すなわちどんなに強欲になったって夢にも考えつかないような額の金を雇い主に支払わせるってことだ――を回避する唯一の道は、奴がアップジョンに気に入られることだ。だがそんな真似は理性的な男にとっちゃぜんぜん現実的な話じゃない。つまり、奴はアップジョンとマルヴァーン・ハウスに四年間いっしょにいて気に入られたためしなんか一ぺんだってなかったんだからな。だから今更どうやって始めたものかは、難しいってことだ。僕の見るところ事態はアンパスに置かれている。フランス語の表現なんだ」僕は説明した。「しっかりきっちり袋小路に置かれて手立てなしって状態を言うんだな」

驚いたことに、舌をちっと鳴らし、首を厳粛に横に振ってこのジレンマの重大さを理解したことを示唆する代わりに、彼はしたり顔で含み笑いをした。僕にはわからないこの話の愉快な側面が見えたとでもいうみたいにだ。そうした後、彼はおやおやと言った、またこれは彼なりの「なんてこった」であったらしい。

「実にまったく、バーティー君」彼は言った。「貴君と付き合うとどれほど青春を回復した心持ちになれることか、驚くばかりですぞ。貴君の口にする気軽な一語一句がまたもや私の古い記憶を呼び戻してくれたのです。何年も何十年も一顧《いっこ》だにせずにいた遠い過去の日の出来事が思い出されてきましてな。あたかも貴君が魔法の棒を振り下ろしてくれたかのような思いがいたしますぞ。貴君のご友人へリング氏が直面されておいでの問題のことを申しておるのです。貴君が彼の困りごとのことをお話しでいた間に、狭霧《さぎり》は雲散霧消《うさんむしよう》し、時計の針は逆戻りをして、私はふたたび二十代前半の若者になっておったのです。あのときの私は、バーサ・シモンズとジョージ・ランチェスター、そしてバーサの父親の老シモンズ氏——当時パットニーにお住まいでありましたか——の、不可思議な事件に深く係わり合いになっておったのでした。老シモンズ氏は輸入ラードとバターの事業をされておいでしたなあ」

「その不可思議な事件っていうのは何だったかを、もういっぺん言ってもらえませんか？」

彼は出演キャストを繰り返して述べ、ポートをもう一杯どうかと僕に訊き、むろん僕はそれに同意した。然《しか》る後に彼は話を続けた。

「火山のごとき情熱持てる若き青年ジョージは、パットニー・タウンホールで開催されたる鉄道ポーター寡婦支援ダンスパーティーで、バーサ・シモンズと出会い、たちまち恋に落ちたのです。また彼の愛は報われたのでありました。翌日パットニー・ハイ・ストリートにてバーサと偶然出会った彼は、アイスクリームをごいっしょしましょうと彼女を菓子店に誘い、アイスクリームをご馳走すると同時に求婚すると、彼女は熱烈にそれを承諾したのでありました。前夜二人で踊っている時に、何かが身体じゅうを駆け巡《めぐ》ったと彼女は言い、また自分もまったく同じ体験をしたと彼も言ったのでした」

「対《つい》なす魂ってことですね、どうです?」

「まさしく正鵠《せいこく》を得た表現でありますな」

「実際のところ、そこまではよし、ってことですね」

「そのとおりです。しかし、障害があったのです。それもきわめて重大な障害が。ジョージは地元のプールの水泳コーチをしていたのですが、シモンズ氏は娘御さんの価値をもっと高く評価しておいでだったのです。氏は二人の結婚を禁じたのでした。むろんこれは父親に結婚を禁じるなどということができた時代のお話ですが。ジョージがシモンズ氏が溺《おぼ》れそうでいたところを救出した後になってやっと、氏は折れてこの若い恋人たちに結婚の同意と祝福を与えたのでした」

「どういうわけでそんなふうになったんです?」

「きわめて簡単です。私がシモンズ氏を土手道に散歩に連れ出し、氏を突き落としたのですよ。そしてあらかじめ待機中のジョージが、川に飛び込んで氏を救出したのです。当然私はいささか不手際を批判されずにはおられず、シモンズ家の邸宅チャッツワースのサンデー・サパー——無一文の医学生でいつも腹を減らしていたあの頃の私には大変なご馳走であったものでした——にまた招待してもらえるまでには何週間もかかりましたが、しかし私は友人を助けるためにわが身を喜んで犠牲にしたものですし、またその結果はジョージに関する限り最善であったわけです。それでヘリング氏がアップジョン氏に気に入られたいとご希望でおいでだという話を伺って、私の念頭に去来したのが、同じような――お膳立て、というのですかな？――が、彼の場合にも役立つのではないかということなのです。ここブリンクレイ・コートにはすべての道具が揃っている。敷地内を散策しておりました際に、小さいがまことに格好な湖があることに私は気づいております。したがって……いや、もうおわかりでしょう、親愛なるバーティー。むろんこれはたんなる提案に過ぎないのですが」

彼の言葉に、僕の顔は真っ赤にほてった。われわれの関係が疎遠であった時代に、彼のことを僕がどんなに不当に評価していたことかを思う時、僕の身は恥辱と悔悟に焼き尽くされる思いだった。この賞賛すべきキチガイ医者を斯界《しかい》の脅威などと見なすことができたということが、およそ信じ難いことだと思われた。何たる教訓だろうか、と僕は感じた。このことは、人はたとえ禿頭とぼさぼさ眉毛の持ち主となろうとも、しかしなお心は陽気なスポーツマンで青年でい続けられるということをわれわれ皆に教えてくれよう。僕のグラスにはルビー色の液体が三センチばかり残っていたから、彼が話し終えると僕はうやうやしくグラスを捧げて乾杯をした。僕は彼の言うことはまさしく大当たりで、葉巻でもココナッツでもお好きなほうを受け取るに値すると言った。

「今すぐうちの主役とその件について話し合ってきますよ」

「ヘリング氏は泳げるのですかな？」

「さかなみたいにね」

「それでは進路に障害はなしですな」

僕らは善意の応酬をしながら別れ、それで僕が夏の大気の中へと出ていった段になってようやく、ウィルバートはあのウシ型クリーマーを買ったので、くすね盗《と》ったのではないと彼に言い忘れたことに気づいたのだった。一瞬戻ってその旨《むね》を知らせようとも思ったのだが、思い直してやめておいた。重要事項が先である、と、僕は自分に言い聞かせた。また重要課題表の一番上にあるのは、キッパーの目に新たな輝きを与えてやることだ。後でいい、と、僕はひとりごち、奴とボビーが首をうなだれ芝生をぐるぐる歩き回っている場所へと向かったのだった。まもなく彼らの首をぐいと持ち上げてやれるはずだと、僕は予想していた。

僕の予想に誤りはなかった。二人の熱狂は限りなしだった。もしアップジョンに人間らしい感情がひとかけらでもあるなら——むろんその点については今後の証明を待たねばならないが——成功間違いなしと、二人とも問答無用で同意してくれた。

「だけどこんなことあなたが一人で思いついたわけじゃないでしょ、バーティー」ボビーが言った。彼女はいつもウースター頭の賢明さを過小評価する傾向がある。「あなた、ジーヴスに相談したのね」

「ちがう。実を言うと、これを思いついたのはソードフィッシュなんだ」

キッパーは驚いた様子だった。

「お前、この件を奴に話したっていうのか？」

「戦略的手段だと思ったんだ。三人より四人で考えたほうがいいだろう」

「すると奴がアップジョンを池に突き落としたらいいって助言したっていうんだな？」

「そのとおりだ」

「なんだかおかしな執事だなあ」

僕はこの点を考量した。

「おかしいだって？　いや、そうかなあ、実に平凡な執事だと、僕は思うけどな。ああ、多かれ少なかれ普通タイプだとも」僕は言った。

15. 湖上の惨劇

ただいま担当中の仕事に対する熱意と情熱にあふれ返って引き綱をぐいぐいひっぱり、という言い方でよかったはずだが、勝利せんとの意志みなぎらせていた僕にとって、翌日の午後、ジーヴスがアップジョン作戦を高く評価していないのを知ったのはちょっぴり興ざめだった。約束の場所に向けていざ出発しようという直前に、彼の精神的支援が欲しいような気がして僕は彼にこのことを話し、彼の態度が厳粛で、しかめ面《つら》さえしているのを見てびっくり仰天したのだ。その時彼は海辺の水着美人コンテストの審査員として振舞う時にどう感じたかの描写を僕に語り聞かせてくれている途中だったのだが、僕はものすごく遺憾ながら、彼の話の腰を折ることを余儀なくされたのだった。つまり彼の話は僕を魔法みたいに魅了していたわけだから。

「すまない、ジーヴス」腕時計を見ながら僕は言った。「だけど急いで行かなきゃならない。急を要する約束があるんだ。残りは後で聞かせてくれるかな」

「いつなりとあなた様のご都合よろしき折に、ご主人様」

「これから半時間くらい、何か用事はあるかい?」

「いいえ、ご主人様」

「それじゃあ湖まで来てヒューマンドラマの目撃証人となるようにと、僕は君に強く勧めるな」

それから僕は手短に予定のあらましを説明し、その結果そういうような次第となったのだ。彼は熱心に話を聞くと、左の眉毛をごくわずかに上げた。

「本件計画はウィッカムお嬢様のご創案でございましょうか、ご主人様？」

「いやちがう。確かに彼女のアイディアみたいに聞こえるが、実はこいつの提案者はサー・ロデリック・グロソップなんだ。ところで、彼がここで執事をやってるのを見て君は驚いたんじゃないか？」

「ごく一時的な驚嘆を生じはいたしましたものの、サー・ロデリックより本状況につきご説明をいただきましたゆえ」

「君に秘密を打ち明けておかないと、クリーム夫人の前で君に正体を暴かれやしないかって恐れてのことだな？」

「疑問の余地なきことでございます、ご主人様。当然ながら予防策はすべて講じておくべきとご考慮されてのことでございましょう。あの方のご発言より、クリーム様の精神状態に関して確定的な結論には依然到達されていないご様子と理解いたしております」

「そうなんだ。彼はまだ観察中でいる。それでなんだが、言ったとおり、このアイディアは彼の豊かな頭脳から生まれたものだ。君はこれをどう思う？」

「管見のところ、賢明ではないと存じます、ご主人様」

僕はびっくりした。自分の耳が信じられないくらいだった。

「賢明じゃないだって？」

「はい、ご主人様」

「だけどこいつはバーサ・シモンズとジョージ・ランチェスターと老シモンズ氏の時には問題なくうまくいったんだぞ」

「さような可能性は高かろうかと存じます、ご主人様」

「それじゃあどうしてそんな敗北主義的態度をとるんだ？」

「たんなる印象でございます、ご主人様。おそらくはわたくしがフィネスと申しますか、策略を一層好むがゆえでございましょう。わたくしはかような念の入った計画というものを信用いたしておりません。さようなものは信頼できぬと存じております。詩人のバーンズが申しましたように、ネズミと人の練りに練ったる計画はしばしば齟齬《そご》す［「ネズミに寄す」］でございます」

「スコットランドの言葉だな、それは？」

「さようでございます、ご主人様」

「そうじゃないかと思ったんだ。その齟齬〈す〉ってところでわかるんだ。どうしてスコットランド人は〈す〉って言うんだろうか？」

「その点の知識は持ち合わせておりませぬ、ご主人様。かの地の人々がわたくしに打ち明けてくれることはございませんでしたから」

　僕はそろそろイライラしてきていた。鼻であしらうような彼の態度がぜんぜん気に入らなかったのだ。これからでかけようというこの時に、僕は彼からの激励と勇気づけを期待していたのであって、こんなふうに僕の激しい熱意に水を注すような真似を期待していたのではない。僕は自分のしたことへの承認と支持を得に母親の許にとんでいって、代わりにお尻にぶっきらぼうに蹴《け》りを入れられた子供みたいな身の上であったわけだ。だいぶ熱を込め、彼に向かって僕は反論した。

「それじゃあ君は詩人のバーンズは僕らのこの計画を不審の目もて打ち眺めると、そう思うというのか？　ふん、彼には僕がお前はバカだと言っていたと伝えてくれ。僕たちは最後の最後まで詳細を考え抜いてあるんだ。ウィッカム嬢がアップジョン氏にいっしょに散歩に行こうと誘う。彼女は彼を池の畔《ほとり》にいざなう。僕は水辺に立ち、一見したところ葦《あし》の茂みで遊ぶさかなたちを見ている様子でいる。キッパーは準備万端で近くの木の陰にいる。ウィッカム嬢の〈ほら、ご覧になって！〉のキューと同時に、水中の何かを少女らしく興奮しながら指差す演技があり、アップジョンは身をかがめて覗《のぞ》こうとする。僕が押し、キッパーが飛び込み、それで完了だ。失敗のしようがない」

「おおせのとおりでございます、ご主人様。しかしながら、かような印象は消えぬものでございます」

ウースター家の者の血は熱い。また僕は毅然《きぜん》とした態度で、その彼のクソいまいましい印象とやらのことをどう思っているかを言って聞かせようとした。と、突然僕には、彼をこの行為のアラ探しに走らせる理由がわかったのだった。緑目の怪物が彼を嚙《か》みしだいているのである。彼が不機嫌なのは、この計画の青写真がライバルの手で詳細に立案されたもので、すべての背後にある頭脳が彼のものではないからなのだ。偉大な男にも弱点はある。そういうわけで僕は口から出かかっていた辛辣《しんらつ》な皮肉を控え、ただの「ああ、そうか？」で済ましておいた。つまりだ、傷口にナイフをねじ込んだとて何の益もなかろう。

いずれにせよ、僕はまだちょっと腹を立てていた。つまり人がものすごく緊張してピリピリしたり色々だったりする時に、一番いやなのは詩人のバーンズの話を持ち出されて動揺させられることだからだ。彼には言ってなかったが、われわれの計画にはすでにもうちょっとで最初から台無しになりそうな時があったのだ。不幸にも、帝都にある間にアップジョンは口ひげをそり落としていて、そのことはキッパーをすっかり取り乱させ、もうちょっとでこの話はすべておしまいにしようというところまで行きつきそうな具合だったのだ。鼻の下に肉色の広大無辺なひろがりと言うか大草原《ステップ》地帯が見えることが、自分にどうかするのだとキッパーは言った。あの光景を見て我が血が氷に変えられることが度々頻繁であった日々のことが思い出されるのだという。奴の男らしい精神を復活再生させるには、励ましの声掛けがだいぶ要ったのだ。

しかしながら、この男には美質があった。かなりの間、奴の脚は急激な温度低下を見、諺《ことわざ》に出てくる非協力的なねこの境涯に身を落としかねないところであったのだが、しかしグリニッジ標準時三時三十分、自らの役を果たさんと堅く決意して奴は選び抜かれた立木背後の持ち位置についたのだった。僕が到着すると奴は木の陰から顔を突き出し、また僕が陽気に手を振ってやるとまずまず陽気に手を振り返してみせた。奴の顔はチラッとしか見えなかったものの、上唇は堅く、平然を装っているふうなのが僕にはわかった。

スター女優とその連れの気配はなく、ちょっぴり早めに着いてしまったらしいと僕は推論した。僕はタバコに火を点けて立ち、彼らの舞台登場を待った。また来《きた》るべき水の祭典を迎えるにあたって、この上なく好適な条件であることを寿《ことほ》ぎもしていた。英国の夏の日にあっては、太陽が雲の背後に姿を隠し、刺すようにつめたい風が北東から吹き寄せてくることがたびたびある。しかしこの日の午後というのは穏やかで蒸し暑い午後の仲間であって、ひと動きしただけでひたいに玉の汗を生ぜずにはいられないという、要するに湖に突き落とされることが積極的快楽であるというようなそんな午後であった。冷たい水がその四肢《しし》に戯《たわむ》れ寄せるとき、「きわめて爽快《そうかい》なる哉《かな》」と、アップジョンはひとりごちるかもしれないのだ。

僕はそこに立ち、頭の中でト書きをおさらいしながら全部明瞭《めいりょう》に了解済みでいることを確認していた。と、犬のポペットをくるぶし界隈《かいわい》で跳《は》ね回らせながら、ウィルバート・クリームが近づいてくるのが見えた。僕を見ると、同犬は常の慣わしのごとく粗野な吠《ほ》え声をあげて前方に突進してきたが、しかし僕の傍《かたわ》らであえぎ〈ウースターの五番〉の芳香《ほうこう》を吸い込むとようやく落ち着き、よって僕はウィルバートの相手ができるようになった。彼はどうやら僕と話がしたい様子だった。

彼の顔がだいぶ蒼《あお》ざめているのに僕は気づいた。また彼はたった今いたんだカキを呑《の》み込んだばかりであるというような、ブリンクレイ到着時にキッパーの顔に認められたのと同じ表情をしていた。フィリス・ミルズを喪失したことが――明らかにイカレぽんちな娘ではあるものの――彼にとって激しい打撃であったことは明白だった。また彼は僕の許へ同情と心の慰撫《いぶ》を求めてやってきたのであろうと僕は推測した。それならばいくらだってよろこんで振舞ってやりたいところだ。むろん僕としては彼が話を手短にしてくれて早急にこの場を立ち去ってくれることを期待していた。つまり風船が上がる時来《きた》りなば、僕としては観衆に邪魔されていたくはなかったからだ。誰かを湖に突き落としているという時、目をぎょろつかせた観客に最前列を埋め尽くされているくらいに気まずいことはない。

しかしながら、彼が話しだしたのは、フィリスの話題ではなかった。

「ああ、ウースター」彼は言った。「何日か前の晩、僕の母親と話したんだが」

「ああ、そう?」軽く手を振り、どこかで自分の母親と話がしたいなら、この家じゅうのどこであれ僕はそいつを許可するからとの趣旨をあらわしながら、僕は言った。

「母は君がネズミに関心があると言っていた」

この会話のとりつつある方向は気に入らなかったが、それでもなお僕は冷静を維持した。

「えっ、ああ、まあまああるかな」

「僕の寝室で君がネズミを捕まえようとしているところを見たと、母親は言っていた」

「ああ、そのとおりだ」

「わざわざご苦労なことだ」

「全然そんなことはない。いつだってよろこんでやらせてもらってる」

「母は君が僕の部屋をずいぶん念入りに探していたと言っていた」

「ああ、うん、わかるだろう。いったんやり始めたからにはな」

「ネズミは見つからなかったんだな？」

「ああ、ネズミは見つからなかった。残念だ」

「もしやひょっとして君が十八世紀製のウシ型クリーマーを見つけてやしないかって思ったんだが？」

「へっ？」

「ウシの形の銀製のミルク注しだ」

「いいや。どうして、そいつは床の上にあったのか？」

「いや、整理ダンスの引き出しの中にあったんだ」

「ああ、それじゃあわからなかったな」

「わからなかったはずだ。なくなったんだ」

「なくなった？」

「なくなった」

「つまり、消えうせたと、そういうことか？」

「そうだ」

「変だなあ」

「とても変なんだ」

「ああ、本当にものすごく変じゃないか、どうだ？」

僕は持ち前のウースター家流冷静さで話していた。だからちょっと見の傍観者に僕の心の動揺が見てとれたとは思わない。だが読者諸賢にははっきり申し上げるが、僕は途轍《とてつ》もなく動揺していた。僕の心臓はキッパー・ヘリングや傷顔のマッコールによって広く用いられたような様式でもって飛び上がっていたし、マーケット・スノッズベリーまで聞こえたに違いないような音で僕の前歯の内側にドスドスぶち当たっていた。明敏な観察力を欠いた者にも、何が起こったかは推測できたことだろう。最新のストップ・プレス級大ニュースを聞き逃したがゆえに真相を知らず、窃盗《せっとう》犯としてのキャリアの一過程でウィルバートが集めてきた贓物《ぞうぶつ》のひとつとしてのみウシ型クリーマーを見た結果、大はりきりのパパグロソップが予定通り捜索に着手し、長年のスリッパ探しによって発達したる直感により正しい隠し場所を見いだすに至ったのだ。アップジョン作戦にあまりにも集中しすぎていたせいで彼に真実を伝えてなかったことを僕は深く後悔したがもはや遅い。わかってさえいたら、との言葉でもって言い尽くせようか。

「君の考えを訊こうと思っていたんだが」ウィルバートは言った。「トラヴァース夫人にこのことを知らせるべきだろうか」

幸いにも僕が吹かしていたタバコは、人を何気なさそうに見せてくれる種類のタバコであった。そういうわけで僕は——何気なさそうに——あるいはある程度は何気なさそうに——これに答えることができた。

「いや、僕ならやめておくな」

「どうしてだい？」

「ダリア叔母さんが狼狽《ろうばい》するかもしれない」

「彼女のことをオジギ草みたいに過敏だと思っているのか？」

「ああ、そうだ。もちろん表面的には頑丈そうだ。だけど見た目で判断しちゃだめなんだ。だめだ、僕が君ならしばらく待つことにする。そいつは君がしまったと思ってなかったところから出てくると、そういうことになるんじゃないかと思うんだ。つまりだ、君はどこかに何かをしまってあって、それをどこか別の場所にしまったと思い込んでしまう。だけど君はどこか別の場所じゃなくってどこかの方でそいつを見つけるんだ。僕の言ってることがわかってもらえるかなあ？」

「わからない」

「つまり僕が言いたいのは、ちょっとぶらぶらしてるうちにそいつをきっと見つけられるだろうさ、ってことなんだ」

「戻ってくると思うんだな？」

「思うとも」

「伝書鳩みたいにか?」

「そういうことだ」

「おや?」ウィルバートは言い、振り返ってボビーとアップジョンに挨拶《あいさつ》した。二人はボートハウスの浮桟橋に到着したところだったのだ。彼の態度はちょっとおかしいように僕は感じた。特に最後の「おや?」だ。だが彼の念頭に、僕があのクソいまいましいシロモノを盗《と》ったのではないかとの疑念がまるきりないのはうれしかった。トム叔父さんが大事なメス仔ヒツジを手放したことを後悔するあまり、ひそかにそいつを奪回すべく僕を雇ったと、いとも簡単に思い込みそうなところではないか。またコレクターとはしばしばそういうことをするものであると僕は信じるところだ。それでもなお、僕はまだだいぶ動揺していた。また僕はロディ・グロソップにあれをできる限り早期に彼の私物の中にそっと戻せと伝えよと心にメモした。

僕はボビーとアップジョンが立っているところへ移動していった。いかなる運命にも立ち向かわんとの意気ではいたものの、こういう時に付き物のチョウチョウを二服呑み込んだような気分はどうしようもなかった。僕の感情は、はじめて『ヨーマンの結婚の歌』を歌ったときに経験したそれといささか似ていた。人前ではじめて、という意味だ。つまりもちろん風呂場ではずっと歌ってきたわけだから。

「ハロー、ボビー」僕は言った。

「ハロー、バーティー」彼女は言った。

「ハロー、アップジョン」僕は言った。

これに対する正しい対応は「ハロー、ウースター」であったはずである。しかし彼は台詞《せりふ》を忘れ、ただ罠《わな》につま先の掛かったオオカミが出すような音をあげただけだった。ちょっぴりイラついているようだ、と僕は思った。奴はどこか他のところに行きたいと思っているみたいだった。

ボビーは女の子らしい元気さで一杯だった。

「あたしアップジョンさんにきのう湖で見た大きなお魚のことをお話ししていたのよ、バーティー」

「ああ、そうか、あの大きい魚だね」

「あれってバカでかかったわよね、ねえそうじゃなくって?」

「ああ、実に大型だった」

「あたし、アップジョンさんにあれを見せて差し上げたくてこちらにお連れしたの」

「そりゃあよかった。あの大きい魚を見たら、楽しいですよ、アップジョン」

彼がイラついていると推測した点で、僕は完璧に正しかった。彼はオオカミの物真似をもういっぺんやってみせた。

「そんなことをしているつもりはない」彼は言った。また彼の話す様を描写するとして「憤慨しつつ」以外の適語は見いだせまい。「こんな時に家から離れるなど、不都合きわまりない。わしは弁護士からの電話を待っているところなのだ」

「ああ、僕なら弁護士からの電話のことなんかは気にしませんね」僕は誠心誠意言った。「ああいう法律家連中ってのは聞くに値するようなことを言ったためしがありませんから。ただべらべらべらべらってしゃべくるだけです。あの大きな魚を見逃したら、絶対にご自分を許せないことでしょう。なんとおっしゃいましたか、アップジョン?」僕は礼儀正しく言葉を止めた。彼が何か言ったからだ。

「わしが言っていたのは、ウースター君、君とウィッカムさんは二人とも、大きかろうが小さかろうが、わしが魚なんぞに興味を持っているという誤った思い込みの下に行動しておいでだということだ。わしは家を離れていられる身の上ではない。すぐに戻らねば」

「ああ、まだ行かないでください」僕は言った。

「大きな魚が来るのを待ちましょ」ボビーが言った。

「すぐ来ますよ」僕は言った。

「今すぐにですわ」ボビーが言った。

彼女の目が僕の目と合った。そして僕は彼女の目から彼女が伝えようとしているメッセージを読み取った――すなわち、行動の時来《きた》れり、だ。人事には潮の流れがあって、大波をとらえれば幸運へと至る［『ジュリアス・シーザー』四幕三場］。僕が言ったんじゃない。ジーヴスだ。ボビーは身を乗り出して熱心に指差した。

「ほら、ご覧になって！」彼女は叫んだ。

これは、僕がジーヴスに説明したように、アップジョンも身を乗り出すキューの合図であったはずである。それで僕の仕事がやりやすくなるはずだったが、しかし彼は寸分たりとも身を乗り出したりはしなかった。それはなぜか？　なぜならこの瞬間に間抜けのフィリスが突然われわれのど真ん中に登場して、こう言ったからだ。

「ねえ、パパア。お電話がきてますわ」

これを受け、それまで退路を断たれていたアップジョンは、鉄砲で撃ち出されたみたいに飛び去っていった。もし奴がダックスフントのポペットだったとしたって、あんなに素早くは動けなかったことだろう。それでポペットはというと、その時にはぐるぐる輪を描いて走り回っていた。僕の理解が正しければ、おそらくその日の午後早くに食べたちょっぴり重めの昼食の腹ごなしをしようとしていたものだろう。

詩人のバーンズの言っていた意味がわかり始めてきた。舞台進行の決定的瞬間に重要な俳優が突如予期せず退場するくらいにたちまち劇の次第をだいなしにすることがあるものかどうか、僕は知らない。僕はマーケット・スノッズベリー・タウンホールで地元の教会オルガン支援のために『チャーリーの叔母』［ブランドン・トーマス作の喜劇。一八九六年］をやった時のことを思い出していた。第二幕を半分過ぎたところで、僕たちが力の限り最善を尽くしていると、ファンコート・ババリー卿をやっていたキャッツミート・ポッター＝パーブライトが、予期せぬ鼻血の手当てのため突然ステージを降りたのだった。

ボビーと僕に関する限り、沈黙がその場を支配していた。このシナリオの新展開がわれわれの口から言葉を拭《ぬぐ》い去ったのだ。と、こういう表現でよかったと思うが。しかし、フィリスはおしゃべりを続けた。

「わたし、お庭でこのかわいいねこちゃんを見つけたのよ」彼女は言った。そしてそのときはじめて僕は彼女がねこのオーガスタスを抱えていることに気づいたのだった。奴はちょっぴり不機嫌な様子だったし、またその理由は容易に察せられた。奴はひと眠りの続きをやりたいのに、彼女が耳もとで甘い言葉をささやきかけてくるおかげでひと眠りができないでいるのだ。

彼女は彼を地面に降ろした。

「わたし、この子とポペットにお話をさせてあげようと思って連れてきたの。ポペットはねこちゃんが大好きなのよ。ねえ、エンジェルちゃん？　ほら、こっちに来てかわいいねこにゃちゃんにはじめましてのご挨拶をなさいな、ダーリン」

僕はウィルバート・クリームにすばやく目をやった。彼がこれにどう反応するかを見るためだ。こんなのを見たら彼の胸の愛の炎はたちまち消えそうなものである。赤ちゃんしゃべりくらいに人の心をたちまち冷え込ませるものもありはしないからだ。しかし、嫌悪にむかつくどころか、あたかもその声がその耳には音楽であるかのように、奴は切なく彼女を見つめていた。ひどく変だ、と、僕は感じた。それで人の気持ちはわからないと自分に言い聞かせていたところで、僕は身の回りのごく直近が一定量の活気に満ち満ちていることに気づいたのだった。

オーガスタスが地面に触れ、丸いボール状になってうたた寝を始めた瞬間、ポペットは十度目の周回を完了して十一周目を開始しようとしていたところだった。オーガスタスを見ると、彼は脚を宙で止め、盛大にほほ笑んで耳を裏返しにし、尻尾をまっすぐピンと立てて親天体の方角に向け、陽気に吠えながら前方に躍進していった。

そういう態度はぜんぜん間違っているよと、僕はこのバカに言ってやりたかった。まどろみより急に起こされると、どんなにのんきなねこだって寝覚めは不機嫌になるものだ。すでにオーガスタスはフィリスのせいでだいぶ我慢を強《し》いられていた。また彼女が彼を庭ですくいあげた時、必ずや彼は夢の国より急に引っ張り戻されたに相違なく、今うとうとしかかったところでこんな騒音やら歓迎やらが勃発したのでは、彼のむっつり気分にとどめが刺されたにちがいないのだ。彼は不機嫌そうにつばを吐き、と、鋭い悲鳴が上がり、何か長くて茶色いものが僕の両脚の間を駆け抜けてゆき、それ自身と僕とを真っ逆さまに水底へと落とし込んだのだった。水が僕を取り囲み、一瞬僕はそれ以上なんにもわからなくなった。

水面に浮かび上がってみたところで、水浴者がポペットと僕だけでないことに僕は気がついた。僕らの仲間にはウィルバート・クリームがいた。奴は飛び込み、同犬の首もとをつかまえて引っ張りながらきびきびした速度にて陸地に向かい進んでいた。そしてまた、不思議な偶然ながら僕もこの瞬間に首もとをつかまれたのだった。

「大丈夫ですよ、アップジョンさん。どうぞ落ち着いてください。落ち着いて……いったい全体、お前こんなところで何やってるんだ、バーティー？」キッパーが言った。つまりそいつは奴だったわけだ。僕の間違いかもしれないが、奴の口調は怒っているように感じられた。

僕はH_2Oを五〇〇ccばかり吐き出した。

「よくぞ聞いてくれた」不機嫌にミズスマシを髪の毛から引き剝《は》がしながら、僕は言った。「お前が〈齟齬す〉って言葉の意味を知ってるかどうかは知らないが、キッパー、だが要するに、物事のなりゆきってのはそういうもんなんだ」

16・バーティー突撃隊

　数瞬後、陸地に到着し、ボビーに伴われてモスクワからびちゃびちゃ音立てて戻るナポレオンの二人組みたいにびちゃびちゃ音立てながら家へと戻る道すがら、僕たちはダリア叔母さんに会った。彼女はさかなを運ぶかごみたいに見える帽子をかぶり、テニスコートそばの多年草花壇をあれこれいじくっていた。彼女は僕たちをおそらく五秒間くらいぼうぜんと無言で見つめ、それから男女同席の場にはふさわしからぬ絶叫を放った。おそらく彼女はこうした言葉を狩場時代に仲間のニムロデ［ノアのひ孫で狩りの名人］たちより学んだものであろう。胸のうちからそれだけ荷下ろししたところで、彼女は言った。

「この界隈《かいわい》はいったいどういうことになってるのかしら？　ウィルバート・クリームがたった今ここを通ったの。眉毛の上までずぶ濡《ぬ》れでよ。それで今度はあんたたち二人がやってきて、縫《ぬ》い目じゅうから水漏《も》れさせてるときたじゃない。あんたたちみんな揃《そろ》って着衣ウォーターポロをやってたってこと？」

「ウォーターポロなんかじゃない。どっちかって言うと浜辺の水着美人コンテストだな」僕は言った。「だけど長い話になるし、僕とキッパーが今すべきなのは急いで行って何か乾いたものに着替えることだって気がするんだ。ここで貴女《あなた》に長々と説明してないでさ」僕は礼儀正しく付け加えた。

「どんなに貴女との会話が僕らにとって常によろこびだとしてもね」

「それで途轍《とてつ》もなく驚いたことによ、さっきアップジョンを見かけたんだけど、あの人、骨みたいにカラカラに干からびてたの。あれはどういうことよ？　あんたあの人を遊びのお仲間に誘えなかったってこと？」

「あいつは家に戻って弁護士と電話で話さなきゃいけなかったんだ」僕は言った。それで事実をつまびらかにしてもらうべくボビーを残し、僕らはまたびちゃびちゃ歩きを開始した。びしょ濡れの外殻を脱ぎ去り、もうちょっとかわいた淡色フランネルの服に着替えたところで、ドアをノックする音があった。僕は扉をばたんと開け、と、ボビーとキッパーを敷居のところに見いだしたのだった。

　二人の態度物腰から僕が最初に気づいたのは、不可思議にもそこに陰気さとか意気消沈とかいったところが存在しないことであった。つまりだ、二人の夢とか希望とかがみんな消え去ってからまだ十五分と過ぎていないところであるからには、人は彼らのハートが悲哀の重みにたわみきっているはずと予期しよう。だのにこの二人の顔つきは元気と楽観主義とに満ち満ちていた。英国男子――むろん女子もだ――をかくあらしめている、決して敗北を認めぬブルドック精神のゆえなのだろうか、それとも後日また同一内容にて突撃を試みようとの結論に至ったせいだろうかとの回答が思い浮かび、僕はその旨《むね》を問い質した。

　しかし彼らの答えは否定形であった。キッパーは、いや、今ひとたびアップジョンを湖に突き落とす可能性はないと言い、またボビーは、そんなことをしたって何の益もない、だってまた僕が事態をめちゃくちゃにするに決まってるからと言った。

　この言葉に僕は傷ついたと告白しよう。

「僕がまためちゃくちゃにするっていうのはどういう意味さ？」

「あなたはまた自分の扁平足にけつまずいて転ぶんだわ、今日みたいにね」

「失礼」異性とおしゃべりする際、英国紳士に求められる洗練された上品さを維持しようと努めながら、僕は言った。「君はその間抜け頭で訳のわからないことをくっちゃべっているようだな。僕は扁平足にけつまずいたんじゃない。僕は不可抗力によって水底に放り出されたんだ。すなわち、まったく予期不能のダックスフントに足許に寄ってこられたってことだ。誰かを責めたけりゃ、オーガスタスを連れてきて、彼の目の前で彼のことをかわいいねこにゃちゃん呼ばわりしたイカレぽんちのフィリスのことを責めてもらいたい。当然そういうことは彼の気分を害したし、ワンワン吠《ほ》える犬に我慢がならない気分にさせられてたはずなんだ」

「そうだとも」常に忠実な友たるキッパーが言った。「バーティーのせいじゃないさ、エンジェル。ダックスフントについて何と言おうと、あのおかしな身体つきのせいで連中は現存する犬中最もけつまずきやすい血統になってるんだ。バーティーは人格に一点の傷をも負わされるべきじゃないと俺は考えるな」

「あたしはそうは思わないの」ボビーは言った。「でもそんなこと問題じゃないわね」

「ああ、ほんとに問題じゃないさ」キッパーが言った。「ランチェスター＝シモンズ計画を凌駕《りょうが》しないまでも同じくらいにいかした計画を、お前の叔母さんが提案してくれたんだからな。彼女はボビーに、ボコ・フィトルワースがお前のパーシー伯父さんに気に入られようとした時のことを話してくれたんだ。その時お前は実にスポーツマンらしく、パーシー伯父さんのところへ行って彼を大いに侮辱して罵《のの》り、それでドアの外で待機していたボコが入ってきてお前の伯父さんの肩を持って、それで彼に対するゆるぎない地位を確保できるようになったんだ。お前きっとその時のことを憶えてるだろう？」

僕は身を震わせた。その時のことならしっかり憶えている。

「彼女はアップジョンに対しても同じ策で行けるって考えてるんだ。また俺も彼女の意見にまったく同感だ。突然自分には本当の友達がいるってわかったら、どんな気がするもんかはわかるだろう。そいつは自分のことを素晴らしいって思っていてくれて、自分を批判する言葉には耳も貸さないんだ。そういうことは人を感動させる。もしその人物に対して偏見みたいなものを持っていたとしたら、そいつは彼に対する見解を変えるんだ。こんな天下一品の人物を傷つけるようなことは何にもできないと思う。そういうふうにアップジョンは俺のことを考えるはずだ、バーティー。お前がそこに立ってあいつのことを思いつく限りありとあらゆる罵詈雑言《ばりぞうごん》でもって侮辱してるところに、俺が入っていって奴に共感と支持を与えたらばさ。お前、叔母さんから何ダースも悪口を教えてもらわなきゃいけないぞ。彼女はむかし狩をしてたからな。狩をすると、いろんな侮辱語を知ってなきゃならないんだ。皆しょっちゅう馬で犬にぶつかったりとかするもんだからな。ノート用紙半分に最高にできのいいやつをいくつかメモしてくれるよう叔母さんに頼むといいな」

「そんな必要はないわ」ボビーが言った。「彼、きっと、そんなのはみんなしっかりそらで言えるはずだもの」

「もちろんだ。ガキの頃から叔母さんのおひざの上で学んできてるんだからな。さてと、そういうことだ、バーティー。お前は時機を待ってアップジョンをどこかに追い詰め、あいつを圧倒する――」

「あいつは椅子にへたり込んでいるのよね」

「――そして奴の顔の前で指を振りたててやって、激しく罵るんだ。それでお前の罵声に奴がおじけづき、誰か友達がやってきてこの恐ろしい試練から救ってくれないかなあって思っているところへ、俺が入っていってすべて聞いたって言うんだ。ボビーは俺がお前を殴り倒すのがいいって言うんだが、俺にはそんな真似ができるとは思わない。古代より続く俺たちの友情を思えば、パンチの手も鈍《にぶ》るってもんだ。俺はただお前を非難するだけにする。〈ウースター〉俺は言うんだ。〈俺はショックを受けたぞ。ショックだし驚きだ。俺がずっと尊敬し敬愛してきた人物に対して、どうしてそんな言い方ができるのか俺にはわからない。この方の学校で、俺は人生のもっとも幸福な時代を過ごしたんだ。お前は自制心を失ってるぞ、おかしいじゃないか、ウースター〉そう言われて、お前はコソコソと退散するんだ。恥辱と困惑に圧倒されながらな。そしてアップジョンは俺にめちゃくちゃ感謝して、もし俺のために何かできることがあったら、何でも言ってくれって言うんだ」

「でもやっぱりあたし、あなたはバーティーのことを殴り倒すべきだと思うわ」

「かくして奴の愛情を引きつけた俺は――」

「その方がきっと大受けするわ」

「かくして奴の愛情を引きつけた俺は、名誉毀損《きそん》訴訟の件に話を持っていく」

「目を狙《ねら》って一発しっかり殴ってやるだけでいいのよ」

「俺は最新号の『サーズデー・レヴュー』を見たって言うんだ。それで奴が会社から巨額の損害賠償金を請求したい気持ちはよくわかるが、だけどこうだって言うんだ。〈忘れないで欲しい、アップジョン〉俺は言う。〈週刊雑誌がどっさり金を損するとなると、諸経費を節減しなきゃならなくなります。それで会社の経費節減方法ってのは、スタッフの中の若い連中を切り捨てるってことなんです。俺が失職するのは嫌じゃありませんか、アップジョンさん？〉ってな。すると奴は驚く。〈貴君は『サーズデー・レヴュー』誌の編集部においでなのですか？〉と、奴は言うんだ。〈今のところはそのとおりです〉俺は言う。〈ですがあなたがあの訴訟を起こすとなると、路上でえんぴつを売ることになるでしょうね〉ここが肝心なところだ。俺が奴の目を見つめると、奴が五千ポンドのことを考えているのがわかる。それでしばらくの間、まったく当然ながら奴は躊躇《ちゅうちょ》する。それから奴の良心が勝利するんだ。奴の目は和《やわ》らぐ。両の目に涙があふれる。奴は俺の手をしっかりと握る。自分は五千ポンドを他の誰もと同じくらい上手に使えるが、シラミ男ウースターとあれほど勇敢に戦ってくれた人物に害なすような金など手にする気は毛頭ない、って奴は言うんだ。それでこのシーンのエンディングはソードフィッシュのパントリーへとポートをちょっと頂きに二人並んで向かう俺たちの姿だ。おそらくはお互いの腰に手を回しながらな。その晩奴は弁護士宛に、この訴訟はなしにするって告げる手紙を書く。質問はあるか？」

「あたしはないわ。あの書評を書いたのはあなただってことがあいつにはわかってないみたいね。あれは署名記事じゃなかったんでしょ」

「ああ、署名入りにしなかった編集長の渋りに感謝だ」

「あたしにはシナリオの欠陥は見つけられないわ。あいつ、訴訟を取り下げずにはいられないはずよ」

「一般良識があればそうだろうさ。残る唯一の問題はバーティーの作戦実行の時間と場所を選ぶことだけだ」

「今よりいい時はなくってよ」

「だけどどうやってアップジョンを見つけるのさ？」

「あの男、トラヴァースおじさまの書斎にいるわ。さっきフランス窓越しに姿が見えたもの」

「最高だ。それじゃあ、バーティー、用意がいいようなら……」

　これだけのやりとりの間じゅう、僕が一切会話に加わっていなかったことにあるいはお気づきでおいでだろうか。それはこれから眼前に広がる恐怖を想像して僕の頭が一杯だったからにほかならない。むろん僕にはそれが僕の眼前に広がっているのはわかっていた。なぜなら通常人ならば断固たるノッレ・プロセクィにて臨むところを、僕はウースター家の掟《おきて》ゆえにそれができない。この掟は、ひろく周知徹底されているところであるが、僕が友達をがっかりさせることを禁じている。少年時代よりの友達が路上でえんぴつを売るようになる――ブラッドオレンジを売った方がずっと実入りがいいのではないかと、僕なら思うのだが――のを救う唯一の方法が、僕がオーブリー・アップジョンの顔の前で指を振り立て、奴に罵詈雑言を浴びせることだというならば、僕の指は振り立てられなければならないし、罵詈雑言も発せられねばならない。その試練は僕の頭を毛根のところから白髪にし、僕を以前の僕のたんなる抜け殻にしてしまうことだろうが、僕はそれを通り経ねばならない。僕はなぜかと理由を問わず、と、誰かさんも言っているようにだ［テニスンの詩「軽騎兵隊の突撃」］。

　そういうわけで僕はかすれ声にて「よしきたホー」を言い、口ひげなしのアップジョンの顔がどんなふうに見えることとかを考えないように努めた。というのはつまり僕の脚をことさらに冷やし心おじけさせたのは、いわゆる昔日《せきじつ》に、僕に向けて引きつらせられることがきわめて頻繁であったあのむきだしの上唇の心象図であったからだ。アレーナへと向かう僕の耳に、ボビーが「あたしのヒーロー！」と言う声と、キッパーが僕の声は好調でいてくれるだろうかと心配げに訊く声がうすらぼんやりと聞こえた。しかしウースター神経系の状態回復には、あたしのヒーロー呼ばわりとか僕の声帯への心遣い以上のものがたっぷり必要であったろう。要するに、やがて書斎のドアのところに到着してそれを開けて中によろめき入った時の僕は、ヘビー級チャンピオンと対戦する経験未熟の駆け出しボクサーみたいな気分でいたのだ。オーブリー・アップジョンは長年手強い親たちの目を見つめては彼らを打ちしおれさせてきた歴戦の勇士であり、そのタフさはブラムレイ・オン・シーの語り草であったし、気安く顔の前で指を振りたててよろしい人物ではないということを、僕は思わずにはいられなかった。

ブリンクレイ・コート滞在中に僕がトム叔父さんの書斎に入ることは滅多にない。なぜならそこに入ってしまうと彼はいつも僕をつかまえて古銀器について話し始めるが、他方、室外でつかまった場合には他の話題に触れてくれることがしばしばあったからだ。それで僕としてはそんなところに首を突っ込む意味はないと思っていたわけだ。この聖域に僕が最後に入った時から一年以上が経《た》っている。またその室内装飾がマルヴァーン・ハウスのオーブリー・アップジョンのねぐらとどれほどものすごく似通っていることかを、僕は忘れていた。今それに気づき、またかつて僕の何かしら正道から外れた振舞いについて話し合うために僕を呼びつけた際に座っているのをあれほど頻繁に見たような具合にオーブリー・アップジョンが机に着いているのを見るにつけ、僕は残り少なきサンフロワ、すなわち平静がポンと音立ててご用済みになるのを意識したのだった。また同時に僕はただいま着手したばかりのこの計画の欠陥に気がついた――すなわち、人はただ部屋に入って――青天の霹靂《へきれき》のごとく唐突に――誰かに罵詈雑言を浴びせかけ始められるものではない、ということだ。何かしらそこへ話をもってゆく必要がある。要するに、プールパルーレというか予備作業が必須なのだ。

それで僕は「やあ、ハロー」と言った。これが会話の口切りに僕がご提供できる最善のプールパルーレであると思われたからだ。僕がただいま話しかけているこの政治家は、いつだってこんなふうに最大限友好的な雰囲気の会談ににじり入るものと予測されよう。

「読書中ですか？」僕は言った。

彼は本を下ろし――ママクリームの作品だ、僕は気づいた――それから上唇を僕にちらつかせて見せた。

「君の観察力に間違いはないようだな、ウースター――わしは読書中だ」

「面白い本なんですか？」

「非常に面白い。その精読の再開を妨げられぬ時の来ることを、わしは指折り数え心待ちにしておる」

僕はものわかりはものすごく早いほうだ。それでたちどころに僕はこの場の雰囲気が最大限に友好的ではないことを理解した。彼の口調は親しげではなかったし、また彼が僕を見る目も親しげではなかった。彼の態度物腰全体は、別の目的のために利用されたほうがずっといい場所を僕がふさいでいると感じていることを示唆しているようだった。

しかしながら、僕は耐え抜いた。

「口ひげを剃《そ》られたんですね」

「そうだ。わしの選択が誤っていたとは思わんでくれるとよいが」

「あ、え、そんなことはありませんよ。僕も去年口ひげを生やしたんですが、剃り落とさなきゃならなくなったんでした」

「さようか？」

「民意がそれに反対したんです」

「なるほど。さてと、わしはもっと君の回想を聞いてもいたいのだが、ウースター、しかしただいまは弁護士からの電話を待っているところでな」

「もう電話はなさったんだと思ってましたが」

「失礼、何とおっしゃったかな？」

「湖に来ていらした時、弁護士さんからの電話に応えに行かれたんじゃありませんでしたか？」

「そのとおり。しかしわしが電話口に出たところで、待ちくたびれた彼は電話を切ってしまったのじゃ。ウィッカム嬢の誘いに乗って、うかうかと家内を離れるべきではなかった」

「彼女は大きな魚を見せたがっていたんでしたね」

「そう言っていたと理解しているが」

「魚と言えばですが、ここにキッパーがいるのを見てきっと驚かれたことでしょうね」

「キッパーじゃと？」

「ヘリングです」

「ああ、ヘリングか」彼は言った。また読者諸賢におかれては、その声にまったく生気がないことにお気づきであろう。かくして会話が停滞しだしたところで、ドアがばたんと開き、イカレぽんちのフィリスが弾《はず》んでやってきた。女の子らしい興奮いっぱいでだ。

「あら、パパァ」彼女はまくし立てた。「お忙しくていらっしゃる？」

「いいや、かわいい子や」

「パパァにお話ししてもよろしいかしら？」

「もちろんじゃとも。さらばだ、ウースター」

これがどういう意味か僕にはわかった。彼は僕に近くにいて欲しくないのだ。となると僕としてはフランス窓からコソコソ退出するほかに術《すべ》はなく、であるからして僕はコソコソ退出した。と、表に出るかどうかしたところでボビーが雌ヒョウみたいに僕に飛びかかってきた。

「いったい全体あなたすっとぼけて何やってるの、バーティー？」彼女は聞こえよがしにささやいた。「何が口ひげよ、バカバカしい。もうとっくに事を始めてていい頃だと思ったのに」

オーブリー・アップジョンがキューの合図をくれなかったのだと僕は言った。

「あたし、あなたとキューの合図なんてうんざりだわ！」

「わかった、君は僕と僕のキューの合図にはうんざりなのか。だけど僕としては何らかのかたちであの会話を正しい方向に向けなきゃならなかったんだ、そうじゃないか？」

「俺にはバーティーの言ってることがわかる、ダーリン」キッパーが言った。「奴には――」

「ポアン・ダピュイが必要だったんだ」

「何ですって？」ボビーが言った。

「一種の飛び込み台だな」

この娘は鼻をふんと鳴らした。

「あたしに言わせれば、彼はおじけづいたんだわ。こうなるってことはわかってたの。このイモムシは脚が凍えておじけづいたのよ」

僕としてはイモムシには冷やそうにも暖めようにもそうすべき脚がないという事実に彼女の注目を向け、彼女の主張を粉砕することだってできた。だがつまらない口論をする気は僕にはなかった。

「お前に頼みたいんだが、キッパー」冷たい権威をもって僕はこう言った。「お前の恋人に議論の礼節をわきまえるようにと言ってもらえないかな。僕の脚は凍えてなんかいない。僕は獅子《しし》のごとく大胆不敵で、肝心の仕事がしたくってうずうずしてるんだ。だけど僕がレス、というか本題に取りかかろうとしたところで、フィリスが入ってきちゃったんだ。彼女は何かあいつに話があるって言っていた」

ボビーはまた鼻をふんと鳴らした。今度は絶望したふうにだ。

「あの子、何時間も居座るに決まってるわ。待ってたってしょうがないわね」

「そうだな」キッパーが言った。「さしあたりは取りやめってことにするのがいいな。次回の段取りの時と場所についてはおって知らせる、バーティー」

「ああ、ありがとう」僕は言った。そして二人は去っていった。

それからおよそ二、三分後、僕がキッパーの悲しい問題について考え込みながらそこに立っていると、ダリア叔母さんがやってきた。僕は彼女に会えてうれしかった。きっと彼女は支援と慰めを提供しに来てくれたのだと思った。以前触れた詩に出てくる女性のように、彼女は僕の安息の時にはタフな野郎でいがちだが、ひたいに何かしら不都合を抱えている時には、心地よい癒《いや》しを差し出してくれるものと大抵信頼できるのだ。

彼女が近づいてくるにつれ、彼女のひたいも何らかの理由で大打撃を食らっているとの印象を僕は得た。例の、世界の終わりが寄ってたかって集まってくるとかいうやつがどっさり満載であるように僕には見えた。

また僕の目に誤りはなかった。

「バーティー」僕の横で立ち止まり、心ここにない体《てい》にて移植ごてを振りながら、彼女は言った。

「何がどうしたかわかる?」

「いや、どうしたの?」

「どうしたか教えてあげる」齢《よわい》重ねた親戚は言った。クウォーン、ピッチリー狩猟クラブ時代にウサギを追いかけまわる猟犬の群れを見て発したような鋭い単音節語をがなり立てながらだ。「あのバカのフィリスがウィルバート・クリームと婚約しちゃったのよ!」

17. 恋の骨折り損

彼女の言葉に、僕はだいぶ打ちのめされた。よろめいたとは言わないし、すべてが本当に真っ暗になったわけではない。だが僕は動揺した。そうならない甥などいない。愛する叔母が持てる力のすべてを振り絞って名づけ子をニューヨークのプレイボーイの魔手の餌食となることから救おうとしていたところ、良かれと思ってしたすべての努力が水泡《すいほう》に帰したと知ったとして、彼女の亡兄の息子にできる唯一のことは、同情に身を震わせることだけである。

「本当かい？」僕は言った。「誰がそう言ったの？」

「あの子が言ったわ」

「本人直接？」

「本人おん自らじきじきによ。あの子たった今スキップしてやってきて、手をぱちぱちたたきながら、わたしってどんなにかとってもとっても幸せなのかしら、ねえ愛するトラヴァースおば様ってほざいてったわ。あのバカ娘が。もうちょっとで移植ごてで一発ぶん殴ってやるところだったわよ。いつだってあの子の脳みそは生焼《なまや》けだって思ってたけど、今じゃそもそもはじめからオーブンに入れてすらなかったんだって思うわ」

「だけどどうしてそんなことになっちゃったのさ？」

「どうやらあの子の犬もあんたたちと水中でごいっしょしたみたいだわね」

「ああ、そのとおりだ。あいつも僕らみんなとひと泳ぎした。だけどだからどうしたって言うのさ？」

「ウィルバート・クリームが飛び込んであれを助けたでしょ」

「あいつだったら自力でいくらだって陸地にたどり着けたはずだよ。実際、オーストラリアン・クロールらしき泳法でそうしてる最中だったしさ」

「そういうことをフィリスみたいにオツムの軽い子は思ってもみないの。あの子にとってウィルバート・クリームは水底の墓場より愛犬ダックスフントを救い出してくれた男なんだわ。だからあの子はあの男と結婚するの」

「だけどダックスフントを助けたからって理由で人はそいつと結婚したりしないもんだろう？」

「するの。もしあの子みたいな精神構造を持ってたらね」

「変だなあ」

「変よ。だけどそういうもんなの。フィリス・ミルズみたいな女の子は、あたしにとっては開いた書物も同然なのよ。ご記憶でおいででしょうけど、四年もの間、あたしは女性のための週刊新聞の社主にして編集長だったんですからね」彼女が言及しているのは、『ミレディス・ブドワール』なる名の定期刊行物のことで、また同紙の〈夫君と兄弟のページ〉のために僕は一度「お洒落《しゃれ》な男はいま何を着ているか」に関する論稿というか〈作品《ピース》〉を寄稿したことがあるのだ。そいつは最近リバプール方面の男に売却されて、またその取引が成立したときくらいに上機嫌のトム叔父さんを僕は見たことがない。つまり、その四年間の間、同紙の勘定書きを持ち続けてきたのは彼女だったのだから。

「あんたがあれの愛読者だったとは思わないから、情報として教えてあげるけど、毎号あそこには短編小説が掲載されていたの。それでそういう小説の七〇パーセントは、主人公は女主人公の犬かねこかカナリアか何でもいいけど彼女が飼ってるどうでもいいような動物を助けて、彼女のハートを勝ち取るのよ。それでね、フィリスはそういう小説を自分で書いたわけじゃないわ。だけどあの子だったら容易にああいうものを書きかねないの、なぜってあの子の頭はそういうふうに作動するんだから。今、頭って言ったとき」わが血縁者は言った。「あたしはあの子の頭にアルトワ式の掘り抜き井戸を掘ったときにもしかして見つかるかもしれない小さじ四分の一の脳みそのことを指して言ってたんですけどね。ああ、かわいそうなジェーン！」

「かわいそうな誰だって？」

「あの子の母親よ。ジェーン・ミルズだわ」

「え、ああ、そうか。その人は貴女《あなた》の友達だったんだよね」

「あたしの一番の親友だったのよ。ジェーンはいつもあたしにこう言ってたの。〈ダリア、お願い。もしあたしがあんたより先にお陀仏《だぶつ》しちゃったら、お願いだからフィリスの面倒を見てあげて、あの子がどこかの恐ろしいよそ者と結婚しないように見張ってやって頂戴ね。あの子は絶対そうしたがるはずなの。女の子ってのはいつもそうなのよ。理由は神のみぞ知るだけど〉彼女はこう言ったの。それであたしには彼女が最初の亭主のことを考えてたんだってことがわかるのよ。そいつはどうにもこうにも最後の最後まで最低男で、ずっとずっと彼女の悩みの種だったんだわ。ある晩ほんとに幸運にも酔っ払ってテムズ河に歩いて入ってってくれてそのまま何日も出てこなかった時までね。〈あの子を止めて頂戴ね〉彼女は言った。それであたしは〈ジェーン、あたしにまかせて〉って言ったんだわ。それがこんな始末になって」

僕は彼女を慰めようとした。

「貴女が自分を責めることはないよ」

「責めることはあるの」

「貴女のせいじゃない」

「あたしがウィルバート・クリームをここに招待したんだもの」

「トム叔父さんの役に立とうっていう妻としての真心からしただけじゃないか」

「それであたしはアップジョンがいつもあの子の脇であの子をそそのかすのを放ったらかしにした」

「そうさ、責めるならアップジョンだよ」

「あたしもだわ」

「だけどさ、あいつの不当威圧――って、こういう言い方でいいんだっけ？――があれば、フィリスは独身者でもオールドミスでもいられたはずなんだ。要するに〈汝《なんじ》こそその者、アップジョン！〉ってことだと思うな。あいつは自分で自分を恥じるべきだ」

「それじゃああたし、あの男のところに行ってそうするように言ってやるわ！　今ここにオーブリー・アップジョンをつれてきてくれたら一〇ポンドあげるんだけど」

「そんな金は要らないよ。あいつならトム叔父さんの書斎にいる」

彼女の顔が明るくなった。

「いるの?」彼女は首を後ろにそり返らせると肺をふくらませた。「**アップジョン!**」彼女は声を轟《とどろ》かせた。サンズ・オブ・ディーのあっち側にいる牛たちに帰ってこいと呼びかけている誰かみたいにだ。そして僕は心優しき警戒の言葉を発した。

「血圧に気をつけて、ご先祖様」

「あたしの血圧のことなんか心配しないで。あんたがほっといてくれれば、そっちのほうでもあんたのことなんかほっとくから。**アップジョン!**」

彼はフランス窓の向こうに姿を現した。冷たく厳しい顔つきにてだ。僕が昔マルヴァーン・ハウスで書斎にいる彼を親しく訪問した際——僕は自ら望んで客人として行ったのではなく、召喚《しょうかん》されたのであったが——、その顔にきわめて頻繁に認めたような表情だ。(「朝の祈りが済んだらすぐわしの書斎に来るように、ウースター」が、決まり文句だった)

「こんな言語道断の騒ぎをしとるのは誰だ? ああ、貴女でしたか、ダリア」

「そうよ、あたしよ」

「わしにご用ですかな?」

「そうよ。だけど今みたいな様子のあんたにご用なんじゃないの。あんたには背骨をバラバラにしてもらうか、少なくとも足首を何カ所か折ってもらうか、ちょっぴり伝染病を患《わずら》っててもらってるほうがいいんだけど」

「かわいいダリア、どうしたというんだ!」

「あたしはあんたのかわいいダリアじゃないの。あたしは煮えくり返る火山なんだわ。あんた、フイリスに会った？」

「たった今、部屋を出ていったところだが」

「あの子あんたに話していったかしら？」

「あの子がウィルバート・クリームと婚約したということかな？　もちろんだとも」

「それであんたはきっとお喜びでいらっしゃるんでしょうね？」

「もちろんだとも」

「そうよ、もちろんだわよね！　あのマトン頭のイカレぽんち娘がナイトクラブで悪臭弾を爆発させてスプーンをくすね盗《と》って三回も離婚しててそれで、もし当局がうまいこと切り札を使えばシンシン刑務所で岩割りをして暮らすことに成り果てるような男の妻になることが、あんたの一番切なる夢なんでしょうよ。それだってキチガイ病院のご勧誘が先じゃなかったらの話だけど。理想の王子様だって、言いたいんでしょうよ」

「貴女のおっしゃることがわからんのだが」

「じゃああんたがバカなのよ」

「ふん、さようか！」オーブリー・アップジョンはそう言い、またその声には危険な響きがあった。わが親戚の態度物腰――そいつは好意に満ちてはいなかった――、と彼女の言葉――そいつは真心を欠いていた――が、彼を怒らせたことが僕には見てとれた。あとほんの数秒で、彼が〈今日の反省〉として彼女に十ぺん書き取りをさせたり、あるいは彼が竹ステッキを持つ傍らで身体を前かがみにするよう指図するのは鉄壁で確実と思われた。人はこういう学校長を、そこまで追い込めるものなのだ。

「ジェーンの娘には、そんなモノに成り果てるのがお似合いだわね。ブロードウェイ・ウィリー夫人ってことでね」

「ブロードウェイ・ウィリーですと？」

「あの男が出入りしてるお仲間内じゃあ、そう呼ばれてるのよ。その連中にこれからフィリスをお仲間入りさせてくれるんでしょうね。〈俺のスケに会ってくれよ〉って、あいつは言うんでしょうよ。そしてお手軽に悪臭弾を作る十二の方法をあの子に教えてくれるんだわ。それで子供たちがもしできたらその時には、他人の財布をどうくすね盗るかをみんなおひざの上であやしてもらいながら教えられるんでしょうよ。それでその責任はみんなみんな、あんたにあるんですからね、オーブリー・アップジョン！」

　僕は事態の進行具合が気に入らなかった。確かに齢《よわい》重ねたわが親戚はたいした見せ場を作ってくれているし、彼女の冴《さ》えた弁舌を聞くことは喜びだったが、だが僕にはアップジョンの唇がひくひくするのが見えたし、また僕が関与したいくつかのケースで彼が検察官役を務めた際、僕の証言に不利な欠陥を見いだした時その顔にかくも頻繁に認められた独善的満足の表情が彼の顔に見えていたからだ。僕がクリケットのボールで特別客室の窓を割ってしまって審判に付された時のことが、まず第一に思い出される。僕の目ほどに目の肥えた目には、彼がこれから愛するわが肉親にきつくお仕置きして、あんなことを言わなきゃよかったと思わせようとしているのは火を見るよりも明らかだった。どういうふうにかはわからない。だがその兆候は揃《そろ》っている。

　僕の思ったとおりだった。あの唇のひくひくは僕を誤らせてはいなかった。

「わしに発言をお許しいただけるならば、かわいいダリア」彼は言った。「我々の間にはどうも誤解があるようですな。貴女はフィリスがウィルバートの弟のウィルフレッドと結婚するとの印象を得ておいでらしい。なるほどウィルフレッドは悪名高きプレイボーイでその脱線行為はあのご家族にとって大変な悩みの種となっておる。また彼がいかがわしい友達仲間からブロードウェイ・ウィリーと呼ばれているというのもまた確かだ。ウィルフレッドがはなはだ望ましからざる夫である――また三度続けてそうであった――という点についてはわしも意見を同じくするものだ。しかし、わしの知る限りウィルバートについて不名誉な発言をする者はない。これほど広く尊敬を集めている青年をわしは知らない。彼はアメリカ有数の名門大学の教授で、この国にはサバティカルでご訪問中でおいでだ。彼はロマンス諸語を教えておられる」

もし前にお話ししたことがあるようだったらそう言っていただきたいし、お話ししたような気がするのだが、僕が以前オックスフォードの学生だった時代に、名前は何とか言ったが忘れた女の子と河岸でおしゃべりしていたらば吠《ほ》え声がして、バスカヴィル家の犬タイプの重量級の犬が僕に向かい明らかに傷害の故意をもって全速力で疾走してきたことがあった。その姿はウースター家の一族に害なさんとする犬のものに他ならなかった。それで僕が我が運命を神に託し、ここなるは新調したてで三〇シリングもしたフランネルのズボンが嚙《か》みしだかれるべき時と覚悟したところで、その女の子が白目の見える時まで待ち構え、驚くばかりの冷静沈着さで色つきのジャパニーズ・アンブレラを同犬の顔のまん前で広げたのだった。それを受け、驚愕《きょうがく》の悲鳴とともにそいつは後ろ向きに三回転宙返りをやって私生活へと退《しりぞ》いていったのだった。

それでこの話を僕が持ち出す理由は、宙返りを除いて、この公式発表に対するダリア叔母さんの反応がまさしく上記犬の上記ジャパニーズ・アンブレラに対するそれと寸分たがわぬものであったからだ。おんなじ鮮烈な面食らい様である。後に彼女が僕に語ってくれたところによると、あの折の感情は、ピッチリー狩猟クラブの連中と狩に出かけ、雨降りの中、耕された畑内を馬に乗って移動中、前方を行くスポーツ愛好家が一・五キロくらいの泥のかたまりを彼女の顔に蹴散《けち》らして食らわせてきた時に経験したのと同一であったそうだ。

彼女は自分の胸腔サイズにはだいぶ大きすぎのサーロインステーキを呑《の》み込もうとするブルドッグみたいに息を詰まらせた。

「二人いたっていうこと？」

「まさしくさよう」

「それでウィルバートはあたしが思ってた奴じゃない方だったってことなのね？」

「状況理解がきわめて早くておいでですな。かわいいダリア」アップジョンは言った。慇懃《いんぎん》無礼、でよかったと思うのだが、彼が手持ち証拠を突きつけ、ウースター、このクリケットボールを投げたのが君のこの手であることを証明する動かぬ証拠を提示してくれた時と同じ慇懃無礼な言い方でだ。「貴女のご心配はたいそうご親切なことでしたが、不要であったことがもうおわかりいただけましたかな。わしはフィリスにこれ以上の夫を望み得んと思っております。ウィルバートは容姿、頭脳、性格のすべてを備え……そしてきわめて前途有望ですからな」年代もののポートワインみたいに言葉を舌の上で転がしながら、彼は言った。「彼の父親の資産は、おそらく二千万ドルは下りますまい。またウィルバートは長男だからの。ああ、実に結構、けっこう……」

こう言ったところで、電話の鳴る音がし、あわてて「ハッハッハ！」と言うと、彼は巣穴に戻るウサギみたいに書斎に飛び込んでいった。

18・さらに暗転

彼が現場を立ち去ってよりおそらく四分の一分くらいの間、齢《よわい》重ねた我が親戚は立ち尽くし、声を出そうともがいていた。それだけの時間経過の後、彼女は言葉を見つけた。

「ありとあらゆる間抜けな話の中で！」彼女は怒号を放った、と、そういう言い方で正しければだが。「クソいまいましい名前なんて百万個だってあるっていうのに、よりにもよってあのクソいまいましいクリーム家の連中は、クソいまいましい息子の一人にウィルバート、もう一人のクソいまいましい息子にウィルフレッドって名前をつけて、どっちのクソいまいましい息子もウィリーって呼ばれてるだなんて話がいったいあって？　純真な傍観者を誤り導くだけじゃないの。人にはもっと配慮があって然《しか》るべきって思うはずでしょ」

今ひとたび僕は彼女に血圧に気をつけてそんなに興奮しないでと懇願《こんがん》し、ふたたびはねつけられた。今度は出てって頭を茹《ゆ》で上げてらっしゃいとの無愛想な要請でもってだ。

「オーブリー・アップジョンに、あんなふうに自分とこのクソいまいましい学校の教会で脚をもじもじさせたって言っててニキビ顔の生徒を叱《しか》りつけてる時みたいに自己満足たらたらな顔で非難されたら、あんただって興奮するわよ」

「おかしいなあ」偶然に驚き、僕は言った。「あいつは前に僕をまさしくその理由で叱りつけたことがあったんだ。また僕の顔にはニキビがあった」

「もったいぶった阿呆《あほう》だわよ！」

「何てちいさな世界だろうって思ったんだ」

「いったいあの男はここで何してるのよ。あたし招待してなんかないわよ」

「あいつを追い出すのがいい。この点についてはすでに貴女《あなた》に指摘済みのはずだよ。ご記憶でおでならばだけどさ。あの男を宇宙の暗黒へ放り出しちゃえよ。悲嘆と歯ぎしりの声のする闇のうちへさ」

「これ以上あたしに向かって何か言うようだったらそうしてやるわ」

「貴女は危険なムードでいるようだね」

「もちろん危険なムードに決まってるじゃないの……んまあ何てことでしょ！　あいつ、また来たわよ！」

　確かにA・アップジョンはフランス窓を通り抜けてきた。しかし彼の顔に、我がご先祖様が文句をつけていたあの表情はなかった。いま彼がまとっている表情からすると、先の会見以来何かしら彼のうちに眠る悪魔を目覚ましむることが起こった様子だった。

「ダリア！」彼は……怒号を放った、を再び用いてもよろしかろう。この言葉がふさわしいという確信が僕にはある。

　ダリア叔母さんのうちに眠っていた悪魔も準備万端でいたようだった。彼女は彼に、もしクウォーンかピッチリーの猛犬アンサンブルの成員に向けたならば、同成員の尻尾を両脚の間で凍りつかしめ、将来はもっといい人生を送ろうと決意させるような目を向けた。

「今度は何？」

さっきのダリア叔母さんとそっくり同じく、オーブリー・アップジョンも言葉を求めてもがいた。今日という夏の日の午後には、この界隈《かいわい》は言葉求めもがきが大流行《おおはや》りな様子である。

「わしはたった今電話で弁護士と話したところなのだが」ちょっとした出待ちの後、活動再開して彼は言った。『『サーズデー・レヴュー』のコラムでわしに名誉毀損《きそん》的中傷を加えてきた筆者の名前を確認するよう依頼しておいたのだ。彼は確認を済ませ、今それは、わしの元生徒、レジナルド・ヘリングの仕業じゃと報せてきた」

彼はここで言葉を止めた。僕たちにこの点をじっくり理解させるためにだ。そしてハートは沈んだ。僕のハートは、という意味だ。ダリア叔母さんのは大体平常どおりに営業中でいるみたいだった。彼女は移植ごてであごを引っかくと、言った。

「あら、そう？」

アップジョンは目をパチパチさせた。これよりはもっと共感と同情に満ちたやつを期待していたのに、とでもいうみたいにだ。

「それだけですか？」

「これだけでもずいぶんよ」

「ああ、そうですか。わしは多額の損害賠償金を請求してあの雑誌を訴えておるところであるから、レジナルド・ヘリングと同じ家内に留まることを拒否するものだ。彼が出てゆくか、わしが出てゆくかのどちらかにしてもらいたい」

僕の信じるところ、サイクロンが本腰を入れて一般大衆に仕事ぶりを見せてやろうと取り掛かる前に一、二秒間調子を落とす時に起こるような沈黙があった。脈動する、でどうだろう？　うむ、これを記述する語は脈動するでよさそうだ。電撃的でもまずくはない。また不吉な、とおっしゃりたいなら、僕としてはかまわない。それはバンと爆発音が起こるのを待つ時に、つま先をちぢこまらせ脊髄に戦慄《せんりつ》を走らせるそういう沈黙であった。僕にはダリア叔母さんがフーセンガムみたいにゆっくりと膨《ふく》らんでゆくのがわかった。またバートラム・ウースターよりも賢明さに欠けた人物であったらば、再び彼女に血圧に注意せよと警告したことだろう。

「何とおっしゃいまして？」彼女は言った。

彼はキーワードを繰り返した。

「あら？」我が親戚は言い、そしてどっかんと爆発したのだった。自業自得でしたねと、僕はアップジョンに言ってやりたかった。かつてビスケットをいただいた中でも一番の温厚な人物であるのが常のこの叔母ながら、心かき乱された時にはその怒りの前に最も心猛《たけ》き強者さえ怖気《おじけ》づく、最大限に高飛車なグランド・ダームになり得るのである。また彼女は、民草《たみくさ》を打ちのめすために他の者たちが必要とするような柄付きメガネを必要とせず、裸眼でそいつをやってみせた。「あら？」彼女は言った。「とおっしゃるとあなたはあたくしのために客人名簿にご変更を加えてくださると、そうおっしゃるんですの？　よくもまあそんな神経が、そんな――そんな――」

彼女が助けの手を必要としているのが僕にはわかった。

「厚顔無恥」僕は言った。台詞《せりふ》を投入してやったわけだ。

「誰にこの家に滞在すべきかをあたくしにお指図なさろうだなんて、たいそう厚顔無恥でいらっしゃいますこと」

そこは「誰が」と言うべきだった。しかしその点は指摘せずにおいた。

「よくもまあそんな――」

「厚かましさ」

「――厚い面《つら》の皮をお持ちですのね」彼女は修正を加えて言った。また僕としてもこちらのほうがより強烈な言い方であることを認めねばならない。「あたくしに誰がブリンクレイ・コートで歓迎してよろしい方で」――今度は正しく誰がと言っている――「誰に」――また間違えた――「歓迎していけないかをご教示くださるだなんて。結構ですわ。もしあなたがあたくしのお友達と同じ空気を呼吸したくないとおっしゃるなら、お好きになされるのがよろしいですわ。マーケット・スノッズベリーの〈ブル・アンド・ブッシュ〉亭は大層快適だと伺ってますから」

「『オートモービル・ガイド』誌推薦です」僕が言った。

「そちらに移らせていただこう」アップジョンは言った。「荷物をまとめ次第早急にそこに宿を移すことにする。おそらく貴女にはお宅の執事に荷造りを頼んでくださるご親切はおありでしょうな」

彼は大股に去っていった。そして彼女はトム叔父さんの書斎内に入っていった。僕が後に続き、彼女はまだ鼻息を荒立てていた。彼女はベルを鳴らした。

ジーヴスが現れた。

「ジーヴス？」わが親戚は驚いて言った。「あたしが呼んだのは――」

「サー・ロデリックは午後半日ご休暇中でいらっしゃいます、奥方様」

「あらそう？　さてと、あなたアップジョンさんのお荷物を荷造りして差し上げてくれるかしら、ジーヴス？　あの方は当家を出ていかれるのよ」

「かしこまりました、奥方様」

「それであんたはあの男をマーケット・スノッズベリーまで車に乗せてってくれるかしらね、バーティー」

「よしきたホーさ」僕は言った。その指令が気に入ったわけではないが、叔母がこんなにも熱くなって現在のような心理状態でいる時に彼女の意図を阻《はば》むのは、もっと嫌だったのだ。安全第一、が、ウースター家のスローガンである。

19. 書類の対価

ブリンクレイ・コートからマーケット・スノッズベリーまでたいした距離はない。僕はアップジョンを〈ブル・アンド・ブッシュ〉亭で降ろし、いわゆるほんの一瞬で家路に向かって加速を開始した。むろん我々はいくらかよそよそしい態度で別れたのだが、アップジョンを車に乗せている時に重要なのは別れることと別れ方にはとやかく言わないことである。これでキッパーのこんな心配事がなかったら——また奴のことを僕は心の中でこれまで以上に嘆き悲しんでいた——僕はご機嫌でいられたはずだった。

奴がどっぷり浸かっているスープの淵より奴を脱出させてやるための幸福な出口を、僕には見いだせなかった。行きの車中で僕とアップジョンの間に会話はなかったものの、しかし彼の顔を横目で覗《のぞ》き見した限りでは、彼は断固として意志強固でいて、人間的優しさの甘露《かんろ》は明らかにリットル単位で不足している様子だった。アップジョンの破壊的な決意を断念させる見込みはなし、と、僕には思われた。

僕は車をガレージに止め、ダリア叔母さんの私室に、僕が出発して以来叔母さんはいくらか落ち着いてくれたものかを確かめにいった。というのは僕には依然彼女の血圧のことが心配だったからだ。人は自分の叔母に辺り一面を炎の海にしながら昇天していってもらいたくはないものである。

　彼女はそこにいなかった。後に知ったところでは、おでこをオーデコロンで洗ってヨガの深呼吸をするために寝室に引き上げてしまったそうだ。だがボビーはいた。またボビーだけでなくジーヴスもいた。彼は彼女に封筒に入った何かを手渡しているところで、また彼女は「ああ、ジーヴス、あなたは人命を救ったのよ」と言っているところで、彼は「滅相《めっそう》もないことでございます、お嬢様」と言っていた。むろん話の要点は僕にはわからなかった。だが要点を深く探求している暇などはなかった。

「キッパーはどこだい？」僕は訊いた。そしてボビーが動物的かつ、どうやら恍惚《こうこつ》的な歓喜の叫び声を発しながら部屋中をつま先立ちして踊ってまわっているのに気づき、驚いた。

「レジーですって？」牧場の動物のものまねをちょっとの間中断して、彼女は言った。「彼なら散歩にでかけたわ」

「あれを書いたのが奴だってことをアップジョンが知ったって、奴は知ってるのか？」

「ええ、あなたの叔母様が教えてくださったわ」

「それじゃあみんなで相談すべきなんじゃないか」

「アップジョンの名誉毀損《きそん》訴訟のことを？　その件はもう大丈夫なの。ジーヴスがあいつの演説をくすね盗《と》ってくれたから」

　こう聞いても皆目《かいもく》わからなかった。この娘は謎かけ遊びをしているように僕には思えた。

「君には発話障害があるのかい、ジーヴス？」

「いいえ、ご主人様」

「それじゃあいったい全体、あのスモモ娘は何を言ってるんだ？」

「ウィッカムお嬢様がご言及あそばされていらっしゃいますのは、アップジョン様が明日マーケット・スノッズベリー・グラマー・スクールの生徒様がたに向けてご演説あそばされる講演お原稿のことでございます、ご主人様」

「彼女は君がくすね盗ったと言ったが」

「まさしくさようでございます、ご主人様」

僕はびっくり仰天した。

「まさか君は――」

「そうよ、彼がやったの」バレエ・リュス流の身のこなしを再開しながら、ボビーが言った。「あなたの叔母様が彼にアップジョンの荷物を荷造りするようおっしゃって、それで荷造り開始して最初に彼が見たものは、その演説だったの。彼はそれをこっそり盗んであたしのところへ持ってきてくれたのよ」

僕は眉を上げた。

「うむ、本当か、ジーヴス！」

「最善と判断して致したことでございます、ご主人様」

「それでその判断は正しかったってことなの！」ボビーは言った。「ニジンスキー〔バレエ・リュスで活躍した、天才バレエダンサー〕流の何とかかんとかステップを踏みながらだ。「アップジョンがあの名誉毀損訴訟を取り下げるか、この覚書、ってあいつが呼んでるこれがないかのどっちかなの。これなしじゃあいつは一言だってしゃべれないんだわ。あいつは書類の対価を渡すしかないのよ。そうじゃなくって、ジーヴス？」

「他に選択の余地はなしと拝察いたします、お嬢様」

「演壇に立って金魚みたいに口を開けたり閉めたりして立ち尽くしていたいんでなくっちゃね。あいつはあたしたちの思うがままだわ」

「ああ、だけどちょっと待って」僕は言った。

僕はこれを言うのは気が進まなかった。僕は歓喜にうち震えるこの毛糸玉娘を落胆させたくはなかったのだ。だが、僕には思いあたったことがあった。

「もちろん君の言うことはわかるよ。ダリア叔母さんが、原稿を手に握ってなきゃ雄弁家たりえないっていうアップジョンのおかしな性癖のことは話してくれてたからさ。だけどあいつが自分は病気で登壇できないって言ったとしたらどうさ？」

「言わないの」

「僕なら言う」

「だけどあなたは来《きた》るべき中間選挙で保守党連合からマーケット・スノッズベリー選挙区選出候補に指名してもらおうとなんてしてないでしょ。アップジョンはしてるの。それで明日大衆相手に演説して好印象を持ってもらうことはアップジョンには生きるか死ぬかの重大な話なの。だって選出委員の半分は自分の息子をあの学校に通わせてるからあの式に出席して、あいつが演説家としてどれほど優れているかを自分の目で判定してやろうって待ち構えてるんだもの。この前の候補者はどもったのね。また選挙区民の前でそれをご披露しちゃうその時まで、連中はそのことを知らないでいたのよ。今度は過ちを犯したくないって、彼らは考えているの」

「うーん、それならよくわかった」僕は言った。ダリア叔母さんがアップジョンの政治的野心について話してくれたのを思い出したのだ。

「だからこういうことなの」ボビーは言った。「あいつの未来はこの演説にかかっているし、あたしたちは原稿を持っていてあいつは持ってないの。盗ってきちゃったんだから」

「それでこれからの手続きはどうなるんだい？」

「全部段取り済みよ。あいつはこれからすぐに電話をかけて問い合わせてくるはずだわ。電話が来たところで、あなたが受話器を取って状況をあいつに説明するの」

「僕が？」

「そうよ」

「どうして僕なんだ？」

「ジーヴスがそれが一番いいって言うの」

「ふん、ほんとうか、ジーヴス！　どうしてキッパーじゃだめなんだ？」

「ヘリング様とアップジョン様はご会話を交わされるご関係ではいらっしゃいません」

「だからあいつがレジーの声を聞いたらどうなるかわかるでしょ。横柄に電話を切るでしょうし、それでうんざり最初からやり直しだわ。反対にあなたの言うことだったら一語一句残さず聞き入れるはずよ」

「だけど、コン畜生だ――」

「それで、どっちにしても、レジーは散歩にでかけてるからここにはいないの。あなた、いつもどうしてこんなに手がかかるのかしらね、バーティー。あなたの叔母様が言ってらしたけど、子供のときもまったくおんなじだったって。シリアルを食べさせようとしても、あなたは耳を立てて頑固で非協力的だったんですって。聖書に出てくるヨナのラバみたいにね」

僕はこの点を訂正せずにはいられなかった。僕が学校時代に聖書の知識で賞を取ったことはあまねく知られた事実である。

「バラムのラバだ。ヨナはクジラを捕まえた男だって。ジーヴス！」

「はい、ご主人様」

「賭《か》けの決着をつけよう。ノッレ・プロセクィに入ったのはバラムのラバじゃなかったか？」

「おおせのとおりでございます、ご主人様」

「そうだって言ったろ」僕はボビーに言った。それでこの瞬間に電話がリンリンかかってきて僕の関心をこの問題からそらしてしまわなかったら、彼女を粉々に粉砕してやっていたところだったのだ。その音はウースター手足に突然の悪寒《おかん》を走らせた。つまり僕にはそれが何の先触れかがわかったからだ。

ボビーも、微動だにしなかった。

「ハロー！」彼女は言った。「あたしの間違いでなかったら、こちらはわれわれのお客様よ。それゆけ、バーティーだわ。全力を挙げてね。最高の幸運を祈るわ」

すでに述べたことだが、バーティー・ウースターは男性に対する時は冷硬鋼の男であるものの、手弱女《たおやめ》らの手の中では常にロウに等しい。それでただいまのケースも、そのルールの例外ではなかった。樽入りしてナイアガラの滝を落っこちることを除けば、この時オーブリー・アップジョンとおしゃべりする――それもただいま示唆されたような方向で――くらいにしたくないことも考えつかなかった。しかしこの過酷な任務を遂行せよとか弱き乙女に要請されたならば、僕に選択の余地はない。つまり、騎士バイヤールが言ったように、男子たるもの、プリューというか勇敢であると否とにかかわらずである。

しかし電話機に近づき受話器を取るに際し、僕の心はものすごく平常心というにはほど遠いところにあった。また、電話線の向こうよりアップジョンのもしもしいう声を聞くにつれ、僕の雄々しき精神は絶対的にヒューズが飛んでぷつんと切れてしまったものだ。というのはつまり彼の声から彼が最悪の不機嫌ムードでいると断言できたからだ。ブラムレイ・オン・シーのマルヴァーン・ハウスで、僕がインクにシャーベットを入れた時に協議した際ですら、これほど顕著な興奮ぶりは感じられなかった。

「もしもし、もしもし、聞こえますか？　もしもし、お応え願えますかな？　こちらはアップジョンですが」

神経系が十全でない時にすべきなのは、二、三回深呼吸をすることだと言われている。僕は六回やった。無論それにはある程度の時間がかかったし、その遅延により彼の立腹はいちじるしく増大した。これだけ距離を置いてもなお、いわゆる有害動物的磁性を僕は感じ取ることができた。

「もしもし、そちらはブリンクレイ・コートですかな？」

その点は間違いないと僕は請合ってやれた。そうです、と僕は言った。

「どなたですかな？」

僕は一瞬考えなければならなかった。それから思い出した。

「ウースターです。アップジョン先生」

「ふん、わしの言うことをよく聞いてもらいたい、ウースター」

「はい、アップジョン先生。〈ブル・アンド・ブッシュ〉亭はいかがですか？　ぜんぶ居心地良好ですか？」

「なんと申されたかな？」

「〈ブル・アンド・ブッシュ〉亭はいかがですかと伺ったんです」

「〈ブル・アンド・ブッシュ〉亭のことなど構わんでくれ給え」

「はい、アップジョン先生」

「きわめて重要な用件じゃ。わしはわしの荷物を荷造りした男と話がしたい」

「ジーヴスです」

「何じゃと？」

「ジーヴスです」

「君は〈ジーヴスです〉何ぞと言い続けているが意味をなさん。わしの荷物を荷造りしたのは誰じゃ？」

「ジーヴスです」

「ああ、ジーヴスというのはその男の名前なのか？」

「はい、アップジョン先生」

「ふむ、その者は明日わしがマーケット・スノッズベリー・グラマー・スクールで行う演説の原稿を、不注意にも荷物に入れ忘れたのだ」

「え、ほんとうですか？　それじゃあご立腹ももっともですね」

「もっともっとじゃと？」

「ももっともです」

「何じゃと？」

「あ、すみません。ごもっともって言いたかったんです」

「ウースター！」

「君は酒に酔っておるのか？」

「はい、アップジョン先生」

「いいえ、アップジョン先生」

「それじゃあたわ言を言っておるのじゃな。たわ言はよせ、ウースター」

「はい、アップジョン先生」

「今すぐそのジーヴスという従者を呼んで、わしの演説原稿をどうしたか訊くんじゃ」

「はい、アップジョン先生」

「今すぐにじゃ！　そんなところで〈はい、アップジョン先生〉なぞとほざくのはやめ給え」

「はい、アップジョン先生」

「あの原稿を今すぐ取り返すことが絶対に必要なのじゃ」

「はい、アップジョン先生」

うむ、思うに、公平に見て、僕は本当のところなんらの進展をも果たしてはいないし、またさして観察力に富まぬ観察者とて僕がおじけづいて問題を回避しているとの印象を受けるだろう。しかしだからといって、この時点でボビーが僕の手から受話器を奪い取り、「イモムシ！」なる語を怒鳴りたてて言ったことは正当化され得ないと僕は思う。

「わしのことを何と言った?」アップジョンは言った。

「僕はあなたのことを何とも言ってません」僕は言った。「誰かが僕のことを何とかって言ったんです」

「わしはそのジーヴスという男と話がしたい」

「したいの、そう?」ボビーが言った。「ふん、あなたはあたくしと話をするのよ。あたくし、ロバータ・ウィッカムですわ、アップジョン。よろしかったらしばらくあたくしの話を聞いていただきたいんですの」

僕はこう言わねばならない。僕はこのニンジン頭のイゼベルのことを多くの点で不可とするものだが、彼女が退職校長と話す技を窮《きわ》めているという事実は否定しようがない。黄金の語句が蜜液のごとくあふれ出た。むろん彼女は僕のように、ブラムレイ・オン・シー、マルヴァーン・ハウスの屋根の下に数年間滞在し、可塑《かそ》性に富んだ時代をこのフランケンシュタインの怪物男とご交際するというハンデを負ってはいない。しかし、それでもなお、彼女の仕事ぶりは賞賛に値する。

身も蓋《ふた》もない「聞きなさい、ジジイ」で始め、彼女は自分の考える当該状況の主要項目を見事なまでの明晰《めいせき》さで略述し、もはやすぐ後ろに立っていたわけではない僕の耳にも明瞭《めいりょう》に受話器より聞こえ来る大きなうなり声からして、彼が問題の要点をとらえ損ねていないことは明らかだった。それは自分がこの女性の完全支配の下に服しているという事実を徐々に認識するに至った男のうなり声であったのだ。

もはやその声は消えていた。そしてボビーが話していた。

「それで結構よ」彼女は言った。「あたくしたちの見解にきっとご賛同いただけるって思ってましたわ。それじゃあまもなくそちらに伺いますわね。万年筆にはたっぷりインクを入れておいてくださいましな」

彼女は電話を切り部屋からとっとと出ていった。またもやけだものじみた咆哮《ほうこう》を放ちながらだ。そして僕は異性のことを思うにつけしばしば彼のほうに向き直るような具合に、ジーヴスのほうに向き直った。

「女ってやつは、ジーヴス！」

「はい、ご主人様」

「君は事態をぜんぶ理解したのか？」

「はい、ご主人様」

「僕の理解したところ、アップジョンは、こう誓約していた……どうしたんだっけか？」

「あの方が決してご同意されぬこととご誓約あそばされて、ご同意なさいました、ご主人様」

「訴訟は取り下げるんだな」

「はい、ご主人様。またウィッカムお嬢様はご賢明にもその点をご書面にされるようご指定あそばされました」

「それでぜんぶあれこれ揉《も》め事は回避できるわけだな」

「はい、ご主人様」

「彼女は何だって考えてるんだ」

「はい、ご主人様」

「彼女は素晴らしく毅然《きぜん》としていたと僕は思う」

「はい、ご主人様」

「ああいうことができるのは、赤毛のせいなんだろうな、思うに」

「はい、ご主人様」

「もし誰か僕に、いつか生きてオーブリー・アップジョンが〈ジジイ〉呼ばわりされるのを聞く日が来るだろうなんて言ったとしたって……」

僕はもっと話を続けてもいたかったのだが、そうできる前にドアが開き、ママクリームが姿を現した。そしてジーヴスは部屋より静かにゆらめき消え去った。留まるようにと明示的に求められない限り、いわゆる上流階級のお方がご到着される時には、いつでも彼はゆらめき消え去るのである。

20・万事休す

本日ママクリームに会うのはこれが初めてだった。彼女は正午頃バーミンガムにいる友達の誰かと昼食にでかけてしまっていて、また僕としてはただいまは彼女によろこんで進んで会わずにいられたい気分であった。というのは彼女の態度物腰には何かしら災厄を予感させるところがあったからだ。彼女はこれまでに増して最高にシャーロック・ホームズみたいになっていた。彼女にガウンを着せかけてヴァイオリンを持たせてみよ。そしたら問答無用でベーカー街にまっすぐ歩いていって大丈夫だ。突き刺すような目で僕をねめつけ、彼女は言った。

「あら、こちらにいらしたの、ウースターさん。あなたをお探ししてましたのよ」

「僕と話がおありなんですか？」

「ええ、これであたくしの申し上げることをお信じいただけると思いますの」

「すみません、なんとおっしゃいましたか？」

「あの執事のことですわ」

「彼がどうしたんです？」

「どうしたか教えて差し上げますわ。椅子にお掛けになられたほうがよろしいですわね。長い話になりますから」

僕は座った。よろこんでだ。実際、脚がいくらか疲れていた。

「あたくしがあの男のことをはじめから信用していないと申し上げたことは、ご記憶でいらっしゃいますわね？」

「え、あ、ええ。そうおっしゃってましたね、ええ」

「あたくし、あの男は犯罪者顔をしていると申し上げました」

「彼にはどうしようもないことです」

「でもあの男だって悪党のペテン師でなくてもいられますでしょ。自分のことを執事だって言い張ったりして。警察は彼の主張をいくらだって揺すぶれますわ。あの男は、あたくしが執事ではないのと同じくらい、執事ではありません」

僕は最善を尽くした。

「ですが彼は立派な推薦状を持っているんですよ」

「それについては考えがありますの」

「そんな不正直な男に、サー・ロデリック・グロソップみたいな方のところで長年家令の要職を務めきれるはずがないじゃありませんか」

「あの男はそんなものじゃなかったんですの」

「ですがボビーが言ってましたが――」

「あたくし、ウィッカムさんが何とおっしゃったかははっきり憶えてますわ。あの方はあたくしに、彼は長年サー・ロデリック・グロソップのところにいたとおっしゃいました」

「だったら」

「それで彼の疑いが晴れるとお考えですのね？」

「もちろんですよ」

「あたくしはそう思いませんし、なぜかをお話しいたしますわ。サー・ロデリック・グロソップはサマセットシャーにチャフネル・レジスという名の大療養所をお持ちでいらっしゃいます。そこにあたくしの友人が滞在中ですの。あたくし、彼女に手紙を書いてレディー・グロソップに会ってソードフィッシュという名の元執事について入手できる限りの情報を収集してくれるようにと頼んだんですの。たった今バーミンガムから戻ったら、彼女からの手紙が届いてましたわ。レディー・グロソップはソードフィッシュなどという名の執事を一度も雇ったことがないとおっしゃったと、彼女は言ってきました。そのことをどうお考えになられますか」

僕は依然最善を尽くし続けた。ウースター家の者は決してあきらめないのだ。

「それじゃあなたはレディー・グロソップをご存じじゃないんですね？」

「もちろん存じ上げませんわ。でなくちゃあたくしが直接手紙を書きますでしょう」

「魅力的な女性ですが、ふるいみたいな記憶力の持ち主なんですよ。劇場にでかけるたびに手袋を片方なくしてくるタイプですね。当然彼女は執事の名前なんか憶えてません。きっとずっとファンジーとかビンクスとか何かそんなだと思い込んで暮らしてたんでしょうね。そういう精神的欠陥っていうのはよくあるんですよ。僕のオックスフォードの学生時代の友人にロビンスンって名の男がいまして、それでこないだ奴の名前を思い出そうとして思い当たった中で一番近かったのがフォスダイクでした。それで何日か前『タイムズ』でポンダーズ・エンド、グローヴ・ロード、ハーバート・ロビンスン（二十六歳）が緑と黄色のチェックのズボンを盗んだ罪でボッシャー街警察裁判所で裁判にかけられたって記事を見たときになってやっと思い出したんでした。もちろん同一人物じゃないんですが、でもその感じはわかるでしょう。ある晴れた日の朝、レディー・グロソップがおでこをぴしゃりと叩いて、〈ソードフィッシュ！　もちろんそうですとも！　それであたくしったらずっとあの正直者のことをキャトバードって思い込んで暮らしていたんだから！〉って言うんですよ」

彼女は鼻をフンと鳴らした。それで僕が彼女が鼻をフンと鳴らす鳴らし方が好きだと述べたなら、僕は意図的に大衆を欺《あざむ》いたことになる。そいつはマハラジャのルビーをくすね盗《と》った男にこれから手錠を掛けようという時にシャーロック・ホームズが鳴らすような鼻音だった。

「正直者と、そうおっしゃいましたね？　ではこの点をどうご説明なさいますの？　あたくしウィリーにたった今会ってきましたの。そしたらあの子、トラヴァース氏から購入したばかりの高価な十八世紀のウシ型クリーマーがなくなったって言いますのよ。ではどこにあったかとお訊ねでしょう？　今この時、それはソードフィッシュの寝室の引き出しの清潔なシャツの下にしまい込んであるんですのよ」

ウースター家の者は決してあきらめないと述べた点で、僕は誤っていた。これらの言葉は僕のみぞおちど真ん中に命中し、僕からファイティングスピリットを全部奪い取り、僕を御用済みにした。

「あ、そうなんですか？」僕は言った。うまくない。だが僕にできる最善のところだった。

「さいざんす。そういうことですの。それがなくなったとウィリーが言った瞬間、あたくしにはそれがどこに行ったかがわかりましたの。あたくし、そのソードフィッシュなる男の部屋に向かい、捜索いたしました。そしたらございましたのよ。もう警察を呼んでありますわ」

またもや僕は精神的に頭のてっぺんをぶん殴られたような気がした。僕は呆然《ぼうぜん》としてこの女性を見つめた。

「警察をお呼びになったですって？」

「ええ、警察から巡査部長が来ることになってます。もういつ到着してもおかしくない頃ですわ。それで申し上げましょうか？　これからあたくしはソードフィッシュの部屋のドアの前に立って、誰も証拠を隠滅しないよう現場を確保しますのよ。あたくし、危ない真似はしたくないんですの。あなたのことを信用していないと申し上げるつもりはございませんのよ、ウースターさん。ですけどあたくし、あなたがこの男の肩を持ち続けるところが気に入りませんの。あなたはあたくしの趣味からすると、あまりにもあの男に同情しすぎでおいでですわ」

「僕はただ彼が突然の誘惑に屈したんじゃないかと思ってるだけです」

「ナンセンスですわ。あの男はおそらく生まれてこの方ずっとこういうふうに生きてきたんでしょうね。子供のときにも物をくすねてたに決まってますわ」

「ビスケットだけですよ」

「失礼、何とおっしゃいまして？」

「あなたがたアメリカ人はあれをクラッカーというんでしたっけ？　少年期にときどきクラッカーを一枚、二枚くすねたことがあったと僕に話してくれたことがあるんです」

「ほらごらんなさい。クラッカーで始まって、最後は銀の水差しを盗むようになるんだわ。それが人生よ」彼女は言い、不寝番がためとっとと行ってしまった。残された僕はというと、慈悲の美徳は過ぎることなし［『ヴェニスの商人』四幕一場］とかいうことについて何でもいいから言わずに済ましてしまったことをじたばた悔やんでいた。たぶんお気づきだろうが慈悲の美徳が活用され足りないでいるし、その点を述べたら、ちょっとは効き目があったかもしれないのだ。

　僕はまだこの過失のことをくよくよと考え、どうしたら一番いいだろうかと考えあぐねていた。と、そこにボビーとダリア叔母さんがやってきた。おのおの世界のてっぺんに鎮座ましましている若い女性と年配女性みたいな勢いでだ。

「アップジョンに名誉毀損《きそん》訴訟を取り下げさせたってロバータが話してくれたわ」ダリア叔母さんが言った。「こんなにうれしいことはなくってよ。だけどどうやってそんなことができたものか、まるきり想像もつかないのよ」

「あら、あたくしただあの方の良心に訴えかけただけですわ」ボビーは言った。僕にいわゆる意味ありげな一瞥《いちべつ》を送りながらだ。僕はメッセージを受け取った。わがご先祖様に、明日のマーケット・スノッズベリー・グラマー・スクールにおける若き生徒たちへの演説を危険にさらすことによって当該目的が達成されたことを決して知らせてはならない、と、彼女は僕に警告しているのだ。

「あたしあの方に慈悲の美徳についてお話ししたんですの……あら、どうしたの、バーティー？」

「なんでもない。ちょっとびっくりしただけだ」

「何かびっくりすることがあって？」

「僕の信ずるところ、ここブリンクレイ・コートにあって、このくらいの時間にびっくりするのは自由なはずだ。そうじゃないか？　慈悲の美徳、って君は言ったのかい？」

「そうよ。それは過ぎることなしでしょ」

「そうだと信じる」

「それであなたがご存じないといけないから念のために言っとくと、それって二回祝福されると王冠よりも優れたる王位を戴く王者になるのよ。あたし〈ブル・アンド・ブッシュ〉亭に車で行って、この点をアップジョンに力説したの。そしたらあの方あたしの言うことをわかってくださって、それでいまや全部がぜんぶ、大丈夫になったのね」

僕は叩きつけるような笑いを放った。

「ちがうよ」ダリア叔母さんの質問に答え、僕は言った。「たまたま扁桃腺《へんとうせん》を呑《の》み込んじゃったんじゃない。僕はただ叩きつけるような笑いを放っただけだ。そこのイボ娘が全部がぜんぶ大丈夫なんて言ってるだなんて皮肉な話じゃないか。だっていまこの瞬間に破滅が僕らの目玉を覗《のぞ》き込んでいるんだからさ。お二人にもご同意いただけると思うんだけど、僕がこれからお伝えする話は、怒れるポーペンタインクラスに分類されるはずなんだ」僕は言い、それ以上のプールパルーレというか前置きはなしにして僕は話を披露した。

それは二人を下着の底から震撼《しんかん》せしむるであろうと僕は予期していたが、果たしてそのとおりだった。ダリア叔母さんは耳の後ろを鈍器で殴打された叔母みたいによろめいたし、ボビーはその銃器が装填《そうてん》済みとは知らなかった赤毛娘みたいにふらついた。

「事情はわかったろ」僕は続けて言った。くどくどしく言いたくはないが、十分に説明は尽くさねばならないと思ってのことだ。「グロソップが午後の半日休みを終えて部屋に戻ると、恐るべき法の権威が自らを待ち構えていることを知るんだ。手錠完全装備にてだ。彼に四《し》の五《ご》の言わずに懲戒処罰を受け容れてもらえようなんて期待はできない。だから彼がいの一番にすることは、すべてを明らかにして身の潔白を証明するってことだ。〈確かに〉彼は言うことだろう。〈私はこのクソいまいましいウシ型クリーマーをくすね盗《と》りました。だがそれはウィルバート・クリームがこれを盗み取ったと思い、あるべき場所に戻されるべきと考えただけのことです〉すると彼はこの邸内における自分の立場を説明することになるだろう——いいかい、そのすべてをママクリームの前でだよ。するとどういうことになるか？　巡査部長は彼の手首から手錠を外す。そしてママクリームは貴女《あなた》に、宅の主人に長距離電話をかけたいもので、お宅様の電話をしばらくお借りしてもよろしいかしらと訊ねる。彼女の物語る話をパパクリームは熱心に聞く。それで後になってトム叔父さんが彼のところにやってくると、叔父さんは彼が腕組みをして気難しいしかめっ面《つら》でいるのを見る。〈トラヴァース〉彼は言うんだ。〈取引はおしまいだ〉〈おしまいですと？〉トム叔父さんは震えながら言う。〈おしまいだ〉クリームは言う。〈このコン畜生の偽善者め。うちの息子を観察するよう精神科の医者を呼び寄せる女房のいるような男と、わしは取引はせん〉ちょっと前ママクリームが僕にこのことをどうお考えになられますかってしきりに言ってよこした。僕もあなた方に同じことを申し上げたいな」

ダリア叔母さんは椅子に沈み込み、紫色に変色し始めていた。強烈な感情はいつも彼女にこういう効果をもたらすのだ。

「思うに、唯一残されたことは」僕は言った。「ハイヤーパワーにわれらが信を託すことのみだろうなあ」

「あんたの言うとおりだわ」ひたいをあおぎながらわが親戚が言った。「ジーヴスをつかまえてらっしゃい、ロバータ。それでパーティー、あんたの仕事は車を出してきてグロソップを探して田舎じゅうを走り回ることだわ。あの人を思いとどまらせられるかもしれないのよ。さあさあ、仕事よ。あんた何ぐずぐずしてるの？」

僕は厳密に言ってぐずぐずしていたのではない。僕はただ考えていたのだ。この仕事は干草の山の中から一本の針を探しだす以上の大ごとだなあ、と。ウースターシャー中を車に乗って回っただけでは、午後休みをもらった精神科医を見つけ出せるものではない。ブラッドハウンド犬と連中用のハンカチと、その他プロフェッショナル仕様の諸々《もろもろ》が要る。とはいえ、そういうことだ。

「よしきたホーだ」僕は言った。「何なりとお心のままに」

21. ジーヴスにおまかせ

それでもちろん、最初から予測したとおり、ことはぜんぜん失敗に終わった。僕は一時間かそこら辛抱して、それから上腹部近辺の空白感よりディナーの時刻が近づいていることを知り、家路へと進路を転じたのだった。

家に着くと、ボビーが居間にいるのを見つけた。彼女には何かを待ちかまえている女の子の気配があり、まもなくカクテルが来るわと彼女が告げた時、それが何かを僕は知った。

「カクテルだって、え？ 一杯でも何杯でも頂きたいな」僕は言った。「無益な探索で疲れ果ててるんだ。グロソップはどこにも見つからなかった。もちろんどこかにはいるんだろうさ。だけどウースターシャーは秘密の泉を見事に隠してるんだな」

「グロソップですって？」驚いたふうに、彼女は言った。「あら、あの人だったら大昔に戻ってきてるわよ」

彼女の驚きは僕の半分もなかったはずだ。そう語る彼女の落ち着きぶりは、僕をびっくりさせた。

「なんてこった！ これでおしまいだ」

「何がおしまいですって？」

「これでおしまいだ。彼は逮捕されたんだろう？」

「もちろんされてないわ。彼は連中に自分が誰かを話してぜんぶ説明したんだもの」

「うひゃあ！」

「どうしたの？　ああ、もちろんだったわね。忘れてたわ。あなた最新の展開を知らないのよね。ジーヴスがぜんぶ解決してくれたの」

「そうなのか？」

「腕のひと振りでね。本当にとっても簡単だったの。どうして自分で思いつかなかったのかってみんな思ったくらいよ。ジーヴスの助言に従って、グロソップは自分の正体を明かして、それであなたの叔母様が彼をここに呼んだのは、あなたを観察するためだったって言ったの」

僕はよろめいた。また最寄りのテーブル上にあった東ウースターシャー志願兵制服姿のトム叔父さんの写真をつかまなかったら倒れていたかもしれない。

「まさか？」僕は言った。

「もちろんそれでたちまちクリーム夫人はご納得されたわ。あなたの叔母様が、自分はずっと長いことあなたのことが心配だったってご説明なさったの。だってあなたは雨どいを滑り降りたり寝室に二十三匹ねこを飼ったりとか異常なことをいつだってやってるんだから。そしたらクリーム夫人は息子さんの部屋の鏡台の下に潜《もぐ》り込んでネズミを探してるあなたを見つけた時のことを思い出されて、それでグロソップ先生みたいな専門家の目で観察していただくべき潮時だって点に強くご同意なすったの。グロソップがあなたを治癒できるって請合った時、あの人、とっても安心してらしたわ。彼女はあたくしたち皆あなたにとっても、とっても優しくしなきゃいけないって言って、そういうわけですべてはうまい具合に、順調に運んだの。すべてが一番いいかたちに落着して、すごいことじゃなくって？」陽気に笑いながら、彼女は言った。

この時点で彼女を鉄の腕にてつかみブクブク泡が立つまで振り回してやるべきであったかやらざるべきであったかは、僕には断言しかねる問題である。あの陽気な笑いはひどく不快だったものの、しかしウースター家の者の騎士道精神はおそらく僕を抑制したことであろう。とはいえ実のところこの問題が検証に付されることはなかったのだ。というのはこの瞬間に、ジーヴスがグラスとネズの実ジュースを縁のところまでなみなみ満たした大型シェイカーを載せたトレイを捧げもって入室してきたからだ。ボビーは自分のグラスを全速力で飲み干すと、早く着替えないとディナーに遅れちゃうわと言って去っていった。そしてジーヴスと僕の二人きりが残された。二人の強靭《きょうじん》な男が対《たい》峙《じ》して力のみが唯一の法である、みたいな映画に出てくる二人の野郎どもみたいにだ。

「さてと、ジーヴス」僕は言った。

「さて、ご主人様？」

「ウィッカム嬢がすべて話してくれた」

「ああ、さようでございますか、ご主人様」

「〈ああ、さようでございますか、ご主人様〉なんかじゃ本状況に対する適切なコメントとしてはぜんぜん不足なんだ。たいそう結構な……何と言ったっけか？　ふで始まるんだ。ふんなんとかだ」

「紛糾《ふんきゅう》、でございましょうか、ご主人様？」

「それだ。たいそう結構な紛糾状態に僕を追い込んでくれたことだな。君のお蔭でだ……」

「はい、ご主人様」

〈はい、ご主人様〉なんて言うんじゃない。君のお蔭で僕はクルクルパーだってことが広く喧伝されちゃったんだぞ」

「広くではございません、ご主人様。ただいまブリンクレイ・コートにご滞在中のごく直近の人々の輪においてのみでございます」

「君は世界世論の公開法廷に僕を引きずり出して、オツムの材料がぜんぶ揃《そろ》ってない人物としてさらしものにしたんだ」

「それに代わる計画を立案いたすことが容易ではなかったのでございます、ご主人様」

「それで言わせてもらいたい」僕は言った。それも皮肉のつもりで言った。「こんな話でやり過ごせただなんて、驚きだな」

「さて、ご主人様？」

「君の作り話には腫《は》れた親指みたいに明々白々な欠陥がある」

「さて、ご主人様？」

「そこに立って〈さて、ご主人様？〉なんて言い続けたってだめだ、ジーヴス。わかりきったことじゃないか。ウシ型クリーマーはグロソップの寝室にあったんだぞ。彼はそのことをどう説明したんだ？」

「わたくしの示唆に従い、あの方はあなた様がクリーム様の許より当該物件をご窃取《せっしゅ》された後、ご自室内にご隠匿《いんとく》されたことをご究明あそばされ、あなた様のお部屋より持ち去ったものであるとご説明あそばされました」

僕は仰天して跳《と》び上がった。

「君はつまり」僕は……そう、雷鳴のごとき轟《とどろ》き声、というのがふさわしい言い方だろう、を放った。「君はつまり、僕はいまや全面的にキチガイだってラベルを貼《は》られてるだけじゃなくって、クレプトなんとかかんとかだってことにもなってると、そういうことを言っているのか？」

「ただいまブリンクレイ・コートにご滞在中のごくごく直近のお知り合いの輪においてのみでございます、ご主人様」

「君はそう言い続けるが、だけど君にはそいつが完全なおためごかしだってことがわかっているはずだ。君はクリーム親子が如才《じょさい》ない沈黙を維持するだなんて、本当のところ思ってやしないだろう？　向こう何年もこれを食卓のネタにし続けるはずだ。アメリカに帰国したら、岩だらけのメインの海岸からフロリダの沼沢地に至るまで、連中はこの話を広めることだろう。その結果僕が向こうにまた行く時には、訪問するすべての家々で僕に向けて鋭い目が投げかけられ、僕が出発する前にはスプーンの数が数えられるんだ。それで後ほんの数分したら僕はディナーの席に現れて、クリーム夫人にとても、とっても優しくしてもらわなくちゃならないってことが君にはわかってるのか？　そういうことはウースター家の者の誇りを傷つけるんだ、ジーヴス」

「わたくしの助言申し上げますことは、ご主人様、試練に備えて御身《おんみ》を強固にせよ、でございます」

「どうやってだ？」

「いかなる時にも、カクテルがございます、ご主人様。もう一杯お注ぎ申し上げましょうか？」

「もちろんだ」

「また我々は詩人のロングフェローが言ったことを、常に想起せねばなりませぬ、ご主人様」

「そいつは何だ？」

「何事かを試み、何事かを成し遂げた者が、一夜の休息を得る［「村の鍛冶屋」］、でございます。あなた様におかれましてはトラヴァース夫人のご利益がため御身を犠牲にされたご満足をご享受されておいでのことでございましょう」

　彼はいい話の落としどころを見つけてくれた。彼は僕にマルヴァーン・ハウス時代にトム叔父さんが僕宛に送ってくれた、時として一〇シリングに及ぶことすらあったあの郵便為替《かわせ》のことを思い出させてくれた。僕の心は和《やわ》らいだ。涙が目にこみ上げてきたか否かは、僕には言えない。しかし僕の心は和らいだ、という点は公式報告として受け取ってもらってよい。

「君はなんて正しいんだ、ジーヴス！」僕は言った。

ジーヴスとギトギト男

僕がドアの錠をあけてウースターGHQに僕とスーツケースを運び入れたときには、夜の帳《とばり》が結構はやく降りようとしていた。ジーヴスは居間にあり、ヒイラギの枝をいじくりまわしているところだった。つまりもうじきクリスマスが咽喉元《のどもと》まで迫っていて、彼はいつだってそういうことはきまり正しくやるのにこだわる男なのだ。

「さてとジーヴス、いま帰ったぞ」

「お帰りなさいませ、ご主人様。ご訪問はご快適でございましたでしょうか？」

「悪くはなかった。だが我が家に帰ってきて僕はうれしい。我が家について誰だったかが言ってたのはどんなことだったかな？」

「あなた様のご言及がアメリカの詩人、ジョン・ハワード・ペインに関するものでございますならば、詩人はそれをあまたの快楽と宮殿の有利と引き比べております。詩人はそれを素敵であると語り、それのごとき場所はなしと述べております［ペインの詩「ホーム・スウィート・ホーム」］」

「それでそれがとんでもなく大外れってわけじゃないんだ。なかなかに利口な男だ、ジョン・ハワード・ペイン」

「人みな一様に満足させられるところと、思料いたします」

僕は著名なるキチガイ医者、というか彼の好む言い方をするならば神経科専門医である、サー・

ロデリック・グロソップのチャフネル・レジス診療所にて週末を過ごし戻ってきたところだった。あえて言い添えるなら、患者としてではなく、客人としてである。僕のダリア叔母さんの従兄弟《いとこ》のパーシーが最近そこに修理に出されているのだ。それで出かけていって、調子はどうか様子を見てきてくれと叔母さんが僕に頼んでよこしたというわけだ。どういうわけかは知らないが、彼は黒いひげを生やした小人に追っかけられているとの着想を得てしまっている。可能な限り可及的速やかに調整したいと当然願う状況ではある。

「わかるだろう、ジーヴス」しばらくの後、彼が出してくれたウィスキー・アンド・ソーダを座ってぐいと飲み干しながら、僕は言った。「人生ってのは不可思議だ。ちがうなんて言ったってだめだ。自分がいまどんな具合かなんてことはけっしてわからないんだ」

「あなた様が念頭に置いておいでの、何かしら特定の人生の諸相がございますのでしょうか、ご主人様？」

「僕は僕とサー・R・グロソップのことを考えていた。彼と僕とが上陸許可中の二人の水兵みたいななかよしになる日が来るなんてことが、いったい誰に想像できただろう？　おそらく君は憶えていることだろうが、彼が僕を名状しがたい恐怖で満たし、彼の名前を聞いただけで僕がびっくりしたバッタみたいに跳《と》びあがっていた時代があったんだ。君は忘れてはいまい？」

「はい、ご主人様。あなた様がサー・ロデリックを憂慮の目もて打ち眺《なが》めておいであそばされたことを、わたくしは想起いたすところでございます」

「それで彼のほうでもおんなじだった」

「はい、ご主人様。硬直した空気が確かに存在いたしておりました。あなた様方お二人におかれましては、魂の融合の気配は皆無でございました」

「しかしいまやわれわれの関係はくっつきうる限りの大なかよしなんだ。僕たちを隔てていた障壁はどかんと崩れ落ちた。僕は彼にほほえみかける。彼は僕にほほえみかける。彼は僕をバーティーと呼ぶ。僕は彼をロディと呼ぶ。これを要するにだ、平和のハトが高騰市況にあって、おそらく平価になりそうだってことなんだ。むろん、シャドラク、メシャク、アベドネゴみたいに［『ダニエル記』三］、と、この名前で正しければだが、僕たちはいっしょに火炉の中を通り過ぎてきた。そういうことはいつだって紐帯《じゅうたい》をこしらえるんだ」

　僕が言及していたのは——ここでは根本的に健全な動機と言うに留めておきたい理由から——彼は焼きコルクで、僕は靴墨で、僕ら二人とも顔を黒塗りし、この表現で正しければだが、こうべを寄するところなく、チャフネル・レジスじゅうをさまよい歩いて恐怖の一夜を過ごした時のことである。そういう経験を分かち合った人物と、人は他人行儀な関係ではいられぬものだ。

「だがロディ・グロソップのことで話があるんだ、ジーヴス」心身強化液のやや厳粛気味なひと飲みを飲み終えたところで、僕は言った。「彼は心に何かしら心配事があるんだ。身体的には、彼はものすごく健康だ——あれほど元気な年寄りもいまい——だが彼は、憂鬱《ゆううつ》で……上《うわ》の空で……何かをくよくよ考えてるんだ。彼と話していると、彼の思いが遠くに行ってしまっていて、それでその思いはいやらしい問題にちがいないって人は感じるんだ。彼からは一言たりとも引き出せなかった。それで僕は聖書に出てくる耳の聞こえない毒ヘビを踊らせようとしてるヘビ使いみたい［『詩編』五八・五］な気分になったんだ。あのうちにはブレア・エッグルストンって名前の野郎もきてたから、そいつのせいで気が滅入っていたのかもしれない。つまりこのエッグルストンっていうのが……奴の名は知っているか？　本を書いてるんだ」

「はい、ご主人様。エッグルストン様は当代の〈怒れる若者〉作家のお一人でございます。批評家らは、あの方の作品を率直かつ歯に衣《きぬ》着せず、大胆不敵であると評しております」

「ああ、そうなのか？　ふむ、奴の文学的功績はどうであれ、奴はきわめて有害な標本だという印象を僕は得た。奴は何に怒ってるんだ？」

「人生にでございます、ご主人様」

「奴はそいつをよくないと思ってるんだな？」

「あの方のご作品より受けとる印象はさようでございます、ご主人様」

「ふむ、僕は奴のことをよくないと思っている。それでおあいこというものだ。しかし、僕はグロソップ氏の憂鬱があいつがいたことに起因しているとも思わないんだ。ことはそれより深いところにあると確信している。彼の恋愛生活に関する何かしらに関係する事柄だと僕は信じているんだ」

　申し添えておかねばなるまいが、チャフネル・レジスにいる間に、一人娘もちの男やもめであったパパグロソップは、レディー・マートル・チャフネルと婚約した。彼女は僕の旧友のマーマデューク・〝チャッフィー〟・チャフネルの伯母であり、一年以上経ったいまでも彼がまだ独身なのは不審だと僕は思っていた。もうとっくに結婚許可証の値段を吊り上げて、主教様やら助手の聖職者に一枚乗らせてやっていて然《しか》るべきなのだ。神輿《しんよ》の情熱の影響下にある血気盛んなキチガイ医者たる者、何カ月も前にそんなことはやり終えていて当然である。

「二人はけんかをしたんだと思うか、ジーヴス？」

「さて？」

「サー・ロデリックとレディー・チャフネルのことだ」

「いいえ、さようなことはございません。いずれの側にも愛情の滅失はいささかもなきものと、わたくしは確信いたしております」

「それじゃあ、何が問題なんだ?」

「奥方様はサー・ロデリックのご令嬢様が独身でおいでのうちは、結婚式を執《と》り行うことをご拒否あそばされておいでなのでございます。何と申されようと、グロソップお嬢様とご同居されるお気持ちはないと奥方様はきっぱりご断言あそばされたのでございます。それゆえ当然、サー・ロデリックにおかれましては、憂鬱かつ意気ご消沈のお心持ちでおいであそばされるところでございましょう」

僕の頭上に閃光《せんこう》がひらめいた。すべてわかった。いつもどおり、ジーヴスはまさしくことの核心を突いてくれたのだ。

こういう回想録をまとめる際につねづね僕を悩ませる点は、前回までのおはなしの中に登場したことのある、とある登場人物、という表現でよかったはずだが、を舞台上に登場させる際にどのような処置がとられるべきかという問題である。僕は自問する。読者のみなさんは、彼ないし彼女のことをご記憶でおいでであろうか、それとも彼女ないし彼のことは完全に忘れてしまっておいでだろうか? 後者であるとすると、みなさんは当然いくつか脚注を補って、理解の助けとすることをご希望されよう。こうした困難がオノリア・グロソップに関して生じてくる。彼女はウースター物語の第二章あたりに登場した人物である。彼女のことを憶えている方もおいでであろうが、そんなモノのことは金輪際《こんりんざい》聞いたことがないと抗議の声を上げる方もあるいはおありだろう。したがって安全策をとって、記憶力のよい皆さんにはご辛抱をいただくのがおそらくはよろしかろう。

さてと、ではこれが、僕にはどうしようもない状況のめぐり合わせのせいで僕がこのオノリア・グロソップと婚約するを余儀なくされた際、彼女に関して僕が記録したところである。

「オノリア・グロソップは」僕はこう記している。「大柄で猛烈でダイナミックな女の子の仲間で、ミドルウェイト級のフリースタイルレスリング選手並みの肉体と、スコットランド行きの特急が橋の下を通り過ぎるときの轟音《ごうおん》に似た笑い声の持ち主である。彼女は僕に、地下室に潜り込んで敵機去レリの笛が鳴るまで床に伏せていたいと思わせる効果がある」

したがって、レディー・マートル・チャフネルの、上記物件が我が家の団欒《だんらん》の仲間でいる間はサー・ロデリックとチームを組むのはいやだという心情は理解できよう。彼女の姿勢はそのたくましき常識の偉大なる功績を示すものと僕は考えた。

とある思いが思い浮かんだ。ジーヴスが事の真相を明らかにするとき、きわめてしばしば僕の心に浮かぶところの思いである。

「いったいぜんたいこういうことをどうして君は知ってるんだ、ジーヴス？　彼が君に打ち明けたのか？」僕は言った。つまり僕は彼の助言業がどんなに手広いかを知っているからだ。「ジーヴスにおまかせ」というのが僕の友人知人の輪の中のスローガンであるわけで、サー・ロデリック・グロソップですら、自分が困った状況に置かれているのに気づいたら、問題を彼の手に託そうと決心するかもしれない。ジーヴスはシャーロック・ホームズみたいなものだ。一国のもっとも高貴な人物が問題を携えて彼の許を訪《おと》なうのだ。僕の知る限り、彼らは宝石をちりばめた嗅ぎ煙草入れを贈ってくれるかもしれない。

僕の推測は誤りだったようだ。

「いいえ、ご主人様。わたくしはサー・ロデリックのご信頼をいただく光栄に与かってはおりません」

「それじゃあ君はどうやって彼の困りごとが何かを見つけたんだ？　超なんとか力とかいう力でか？」

「超感覚的知覚《ESP》のことでございましょうか、ご主人様？　いいえ、わたくしはたまたま昨日、クラブブックのGの項を閲読いたしたまででございます」

　僕はその趣旨を理解した。ジーヴスはカーゾン街にある紳士お側つき紳士のためのクラブ、ジュニア・ガニュメデスのメンバーなのだ。それでそこにはクラブブックがあって、メンバーは各々の雇用主に関する情報を記入するよう求められる。ある日彼が、その中には僕に関する事項が十一頁もあると話してよこしたときの衝撃を、僕はありありと思い起こせる。

「サー・ロデリックとあの方の直面しておいでの不幸な状況に関するデータは、ドブソン氏によって提供されたものでございます」

「誰だって？」

「サー・ロデリックの執事でございます、ご主人様」

「もちろんそうだとも」僕は言った。僕がその朝、その掌中に、何ポンドかを押しつけてきた、あの威厳に満ちた人物のことを思い起こしつつだ。「だが、サー・ロデリックだって彼に打ち明けたってわけじゃあるまい？」

「はい、ご主人様。しかしながらドブソン氏の聴覚はきわめて鋭敏であり、それがためサー・ロデリックと奥方様の間のご会話の大要を理解することが可能であったのでございます」

「あいつは鍵穴から盗み聴きしたって言うんだな？」

「さようと拝察されるところでございます、ご主人様」

僕はしばらく思いにふけった。そうか、そういうふうにクッキーは砕けたわけなのだ。現在懸案中の当該鋤《すき》の下のカエル［「パジェット議員」キプリングの詩］に寄せる切実な痛みが僕を貫通した。バートラム・ウースターよりもはるかに劣った観察者にだって、あの哀れなロディの親爺《おやじ》さんがひどく困った状況にあることは明白であろう。彼がチャッフィーのマートル伯母さんをどれほど深く愛し崇敬しているかを僕は知っている。チャフネル・レジスでのあの晩、彼が焼きコルクにてふんだんに覆われていた時でさえ、彼女のことを語る彼の目のうちの愛の輝きが僕には見て取れた。そして彼の娘のオノリアと結婚するほどのバカがいてくれて、彼の行く道をまっすぐに整えてくれてシナリオの不備を解決してくれるなんて見込みがいかに蓋然性《がいぜんせい》乏しき話であるかと思案するにつけ、僕のハートは彼のために血を流していた。

僕はこのことをジーヴスに告げた。

「ジーヴス」僕は言った。「僕のハートはサー・ロデリックのために血を流しているんだ」

「はい、ご主人様」

「君のハートも彼のために血を流しているのだろうか？」

「おびただしくでございます、ご主人様」

「だからってどうしようもないんだ。僕らには手の貸しようがない」

「さようと危惧されるところでございます、ご主人様」

「人生ってのは、とっても悲しくもありうるんだ、ジーヴス」

「まことにさようでございます。ご主人様」

「ブレア・エッグルストンの奴がそういうのをよくないと思ったとしても僕は驚かない」

「はい、ご主人さま」

「気分を引き立てるには、おそらくもう一杯ウィスキー・アンド・ソーダを持ってきてもらったほうがよさそうだ。そしたらドローンズにでかけていって、何か食べてくることにしよう」

彼は僕に申し訳なさそうな顔を向けてよこした。彼は片方の眉をちょっとの間ぴくっと動かすことによってそうしてみせたのだ。

「不手際をいたしまして申し訳ございません、ご主人様。トラヴァース夫人があなた様にこちらにて今宵の晩餐《ばんさん》をお振舞いいただくようご要望されておいであそばされる旨《むね》お伝え申し上げますことを、わたくしはうかつにも失念いたしておりました」

「だけど叔母さんはブリンクレイにいるんじゃないのか？」

「いいえ、ご主人様。奥方様は当座ブリンクレイ・コートをお離れあそばされ、クリスマスのお買い物をご完了あそばされるべくロンドンのご別宅にご滞在中でいらっしゃいます」

「それで叔母さんは僕にディナーをご馳走して欲しいというんだな？」

「今朝方わたくしに電話にてお話しあそばされたお言葉の趣旨はさようでございました、ご主人様」

僕の憂鬱はみるみる晴れていった。このトラヴァース夫人というのは、僕の善き、感心なほうのダリア叔母さんのことだ。彼女とのおしゃべりはいつだって特権でありまたよろこびである。もちろんクリスマスにブリンクレイに行けば彼女には会える。だが今のうちに内覧会ができることはまた格別に魅力的なことではある。ロディ・グロソップの悲しい事件から僕の心を逸らしてくれる人物がひとりいるとしたら、それは彼女だ。僕は明るい期待を胸に、再会を心待ちにしていた。彼女が袖のうちに爆弾を隠し持っていて、まだ夜も浅いうちからそいつを僕のズボンのお尻の下で破裂させようとしているなどとは、僕には知る由もなかったのだった。

ダリア叔母さんがロンドンに来ていて、うちのフラットでディナーをご馳走するというときには、何か別の話題を持ち出す前にブリンクレイ・コートおよびその近隣発のゴシップをどっさり聞かされるのが常である。また彼女は甥《おい》に口をはさむ余地を与えぬ傾向がある。ジーヴスがコーヒーを運んでくる時まで、サー・ロデリック・グロソップのことは一語たりとも話す機会はなかった。巻きタバコに火をつけ、最初のひと啜《すす》りを啜ったところで、彼女は彼の様子はどうだったかと訊ね、そして僕はジーヴスにしたのと同じ回答をしたのだった。

「大いに健康だ」僕は言った。「だけど憂鬱なんだ。陰気で、ふさぎ込んで、意気消沈している」

「たんにあんたが来てたせいだけでかしら？　それとも何か別の理由があったの？」

「教えてくれなかった」僕は用心深く言った。ジーヴスがクラブブックから探り出した情報を教えてくれたときには、情報源を秘匿《ひとく》すべく僕はいつだってすごく慎重なのだ。その内容に関する守秘義務を定めた規定は、ジュニア・ガニュメデスにおいては恐ろしく厳格なのである。内部機密を漏《ろう》洩《えい》した咎《とが》で捕まったら、どういう目に遭うものかを僕は知らない。しかし従者と執事らが方陣を組む中に召喚《しょうかん》され、ボタンをちょきんと切りとられ、然《しか》る後に公式に当該団体から追放されるものと想像されよう。それゆえこうした予防策をとることが安心なのである。つまり僕としては、僕に関する十一頁が広く世に問われる可能性が、ちょっとでもあるのは嫌なのだ。そういう冊子——純然たるダイナマイトであると言えよう——の存在を知っているだけだって十分悪い。「彼の困り事が何だか、僕に話してはくれなかった。ただ座って、憂鬱で意気消沈していただけなんだ」

この愛すべき親戚は、若年のみぎり、クウォーンやピッチリー狩猟クラブの連中と狩をしてまわっていた時分なら、おそらく数多くのスポーツマンを鞍《くら》から跳びあがらしめていたであろう、持ち前の轟《とどろ》きわたる大笑でもって笑った。面白がっているときの彼女の発声は、新聞でお読みになられるようなロンドンの市街地で起こった大爆発に、いつだって似ているのだ。

「ふーん、パーシーが何週間もあそこに泊まってて、その上にあんたまで来たとなっちゃ、どんな男の人生からだって陽光が奪い取られて当然ってもんだわ。ところでパーシーの調子はどうだったの?」

「すっかり彼本来の姿に戻ってる。僕はそんなのはいやだけど、本人は間違いなくそれで喜んでるはずだ」

「小人はもうあの人についてまわってないの?」

「もしついてまわってるとしても、ひげは剃《そ》ったようだ。もうずいぶんと黒い顎《あご》ひげは見てないって言ってたよ」

「よかったこと。アルコールが食べ物だって考えとさえおさらばしてくれたら、パーシーは大丈夫なのよ。さあてと、グロソップがクリスマスにブリンクレイに来たら、みんなであの人を元気づけてあげましょうね」

「彼も向こうに行くの？」

「もちろんよ。そしてよろこびは限りなし［バイロン「チャイルド・ハロルドの巡礼」三・二二］なんだわ。ありとあらゆる飾りつけをして、ほんとの昔風のクリスマスをやるのよ」

「ヒイラギとか？　ヤドリギとか？」

「どっちも何メートルもだわよ。そしてサンタクロースつきのこどもたちのパーティー」

「教区牧師が花形役を務めるんだね？」

「ちがうの、彼はインフルエンザでダウンしちゃったのよ」

「副牧師は？」

「足首を捻挫《ねんざ》しちゃったのね」

「それじゃあ誰を捕まえるんだい？」

「ええ、誰か見つけるわよ。グロソップのところには他に誰かいたの？」

「エッグルストンって名前の男がいただけだ」

「小説家のブレア・エッグルストン？」

「そうだ。ジーヴスが奴は本を書くんだって教えてくれた」

「それと評論もよ。あの人あたしのために、モダンガールに関する連載をしてくれてるの」

長年、夫君トム・トラヴァースよりの給付金に支えられ、ダリア叔母さんは『ミレディス・ブドワール』なる女性のための週刊紙を発行していた。そこに僕は一度〈作品《ピース》〉――とわれわれジャーナリストは呼ぶのだが――「お洒落《しゃれ》な男はいま何を着ているか」に関する一文を寄稿したことがある。あれからあのささやかな新聞は他人の手に売り渡されてしまった。だがあの当時はまだ何とかかんとかやっていて、毎週幾らかずつ金を損しては、経費を持っていたトム叔父さんの少なからぬ精神的苦痛の種でいた。叔父さんは金ならどっさり持ちあわせているのだが、そいつとお別れするのがきらいなのだ。

「あの子のことは可哀そうだわ」ダリア叔母さんは言った。

「ブレア・エッグルストンがかい？　どうして？」

「彼はオノリア・グロソップを愛してるのよ」

「なんと！」僕は叫んだ。彼女の発言は僕を驚かせた。そんなことが起こり得ようとは、思ってもみなかったのだ。

「それでいて小心すぎて彼女にそう言えないの。ああいう率直で恐れ知らずの若い小説家たちってのはしばしばそういうふうなんだけど。彼らは紙の上では悪魔なのよ。だけど自分の万年筆から出てきたんでない女の子に向かうと、とたんにダックスフントの鼻くらいに脚が冷たくなって心おじけちゃうんだわ。あの子の小説を読んだら、ブレア・エッグルストンは全女性にとっての脅威で、女性の純潔を守るためには鎖で繋《つな》いどかなきゃだめって思うはずよ。だけど本当にそのとおりかってことなの。ちがうんでございますのよ。てんでウサギなんだわ。あの子が薫香《くんこう》ゆかしきご婦人の寝室で、官能的な唇と暗くくすぶった瞳の女の子と二人きりになったことが、本当にあるかどうかは知らない。だけどもしあったとしたって、ぜったい可能な限りその女から離れた椅子に座って、最近何か良いご本はお読みになりましたかって訊いたにちがいないんだわ。どうしてあんた、間抜けなさかなみたいな顔をしているの？」

「僕は考えごとをしてたんだ」

「何ですって?」

「ああ、ただの考えごとさ」僕はうんざりしたふうに言った。ブレア・エッグルストンに関する彼女の人物描写は、僕がつねづね電光石火の早業で着想にいたるところの、あるひとつのアイディアを思いつかせてくれたのだ。だがよくよく検討してじっくり熟考する時が来るまで、僕はそいつを漏《も》らしたくなかった。ありとあらゆる角度から精査する前に、こういう名案を一般大衆の周知するところとしたくはないものだ。「叔母さんはどういうわけでそういうことをみんな知っているの?」僕は言った。

「何日か前にあの子のモダンガール・シリーズについて話し合ってた時に、あたしに対する信頼が炸裂《さくれつ》して話してくれたの。思うにあたしにはいわゆる親身になって話を聞いてくれる人っていうみたいな独特な雰囲気があって、それで信頼が集まってくるんだわね。あんただっていつも様々な女性遍歴について話してくれるじゃない、ねえ」

「それはちがうよ」

「どういうふうに?」

「血肉を分けたる肉親よ、オツムを使うんだ。貴女《あなた》は僕の叔母さんじゃないか。甥ってものは当然、愛する叔母にはその魂を赤裸々にさらすものなんだ」

「あんたの言いたいことはわかったわ。そうね、なるほど一理あるわ。あんたはあたしのことを、心から愛してるのね、そうなんでしょ?」

「猛烈にさ。いつだってそうだとも」

「まあ、あんたがそう言ってくれるのを聞いて、本当にうれしいわ」

「当然の賛辞さ」

「だってあんたにやってもらいたいことが、あるんですもの」

「もう片付いたも同然だな」

「あんたにこどものためのクリスマス・パーティーの、サンタクロース役をやってもらいたいってことなの」

そんなことを僕は予見していて然るべきだったのだろうか？　おそらくはだ。だけど僕は予見していなかった。それで僕は座ったままよろめいた。僕はポプラのごとくぶるぶると震えた「テニスン「シャロット姫」第一部」。これまでポプラをご覧になったことがおありかどうかは知らない——記憶の限り僕にだってない——だが連中はとんでもなく震えることで知られているのだ。僕は鋭い悲鳴を発した。すると彼女は僕に、これから歌を歌いたいんだったら、すまないけどどこか他所《よそ》でやってもらいたい、あたしの鼓膜は繊細なんだからと言ってよこした。

「そんなこと、いくらふざけてだって言わないでいてもらいたいな」僕は彼女に懇願《こんがん》した。

「冗談なんか言ってないわ」

僕は信じられないというふうに彼女を見た。

「僕が白い頬《ほお》ひげをつけて詰め物入りのお腹をして、お宅様のご近所に住まうタフなガキの山に向かって〈ホッ、ホッ、ホー〉って言いながら歩いてまわるなんてことを、貴女は大まじめで期待しているの？」

「あの子達はタフなガキなんかじゃないわ」

「ご勘弁願いたいな。僕は活動中の連中の姿をこの目で見てるんだ。最近の学校のお楽しみ会に、僕が出席していたことを思い出していただきたい」

「あんなので判断すべきじゃないわ。夏のど真ん中の学校のお楽しみ会じゃ、あの子達だってクリスマス精神なんか持ち合わせてなくて当然だわよ。クリスマス・イヴには、生まれたての仔ヒツジちゃんみたいにおとなしくなってることでしょうよ」

僕は鋭く、吠《ほ》えるような笑い声を発した。

「あんたやらないってあたしに言おうっていう気？」

「僕はやらない」

「そうだとも」

彼女は感情を込めて鼻を鳴らし、僕はイモムシであるとの見解を表明した。

「だけど、賢明な、分別のあるイモムシさ」僕は彼女に請合ってやった。「頭を突き出さないでいられるだけの、知恵のあるイモムシだ」

「あんた本当にやらない気なの？」

「中国じゅうの米を全部持ってこられたってやらない」

「愛する叔母さまの願いをかなえてはくれないのね」

「愛する叔母さまに一個連隊寄ってこられたってだめだ」

「ねえ、お聞きなさいな、バーティーちゃん。あんたって計り知れないくらいどうしようもないカス男だわ……」

それから二十分ばかりの後、彼女を見送って玄関ドアを閉めながら、僕はジャングルの雌トラ、あるいは手斧《ておの》を持って六人虐殺してまわるのが常の殺人鬼と同席した後に人々が覚えるような感慨を覚えていた。いつもならあの齢《よわい》重ねた親戚は、かつて仔牛肉のカツレツを呑《の》み込んだ人じゅうで一番の心優しき人であるのだが、しかし意図達成を挫《くじ》かれたときにはひどく興奮する傾向があり、またただいまの食事の最中に、すでに見たように、僕は彼女の意図を猛烈な勢いで挫くことを余儀なくされたのであった。少なからぬ玉の汗にひたたいを濡《ぬ》らしつつ、僕が食堂に戻ると、ジーヴスは瓦礫《がれき》の大片付けをしているところだった。

「ジーヴス」キャンブリック地のハンカチーフで玉の汗を拭《ぬぐ》いながら、僕は言った。「君はディナーの終わり時分には舞台を離れていたが、しかし交わされた会話のいくらかを、たまたま聴き取ってはいなかったかな？」

「ええ、はい、ご主人様」

「君の聴覚は、ドブソンみたいに鋭敏なんだな？」

「きわめて鋭敏でございます、ご主人様。またトラヴァース夫人はたくましきお声の持ち主であそばされます。奥様は激昂《げきこう》しておいでであったとの印象を、わたくしは得ております」

「叔母さんは腫《は》れハグキみたいにじんじん怒ってるんだ。それはなぜか？　彼女がブリンクレイで地元の田舎もんの子女のために開催するクリスマス酒池肉林お楽しみ会で、僕がサンタクロース役を務めることをきっぱりと拒絶したせいでなんだ」

「奥方様のオビテル・ディクタ、すなわち付随的意見より、わたくしもさようと理解いたしましたところでございます、ご主人様」

「彼女が僕を中傷して行った発言の多くは、彼女が狩猟に励んでいた時代に狩場にて憶えてきたものと、僕は推察している」

「疑問の余地なきところと拝察申し上げます、ご主人様」

「クウォーンやピッチリー狩猟クラブの連中は、慎重に言葉を選んだりはしないからな」

「さようなことはほぼ皆無《かいむ》であろうと、理解いたすところでございます」

「ふむ、彼女の努力は……君が使うのを聞いたことがある言葉は、何だったかな？」

「水泡に帰する、でございましょうか、ご主人様？」

「あるいは骨折り損のくたびれ儲け、だな？」

「いずれなりとお心に適いましたほうをお使いあそばされるがよろしゅうございましょう、ご主人様」

「僕の心はいささかも動じなかった。僕は断固たる態度を貫きとおした。僕は人の頼みを聞かない男じゃない、ジーヴス。もし誰かが僕にハムレット役をやってくれと頼んでよこしたら、僕は満足してもらうべく最善を尽くすだろう。だが白い頬ひげと作り物のお腹で扮装しろと言われたら、僕は一線を引くし、それもきっぱりと引くんだ。叔母さんはそりゃあ盛大に騒ぎ立てたさ。君の聞いたとおりだ。しかしそんな論争をしたって益なしってことを、彼女は弁《わきま》えてなきゃいけなかった。古き賢き言い習わしに言うとおり、馬を川に連れていくことはできてたって、無理やりサンタクロースを演《や》らせることはできないんだからな」

「まさしくさようでございます、ご主人様」

「僕が断固拒絶を貫いたことを、君は正当と思ってくれるな？」

「完全に正当化されましょう、ご主人様」

若主人様にかくのごとき支持の重みをよこすとは、実に見上げた心掛けだと僕は感じたと言わねばならない。というのは、つい一日、二日前、僕はたったいま叔母の野望を挫いたみたいに、不撓《ふとう》不屈の精神で彼の野望を挫くことを余儀なくされたばかりなのだ。彼はクリスマスの後、僕をフロリダに連れ出そうと躍起になっていた。アメリカに数多くお住まいでいらっしゃるあなた様のご友人皆々様方におかれましては、どれほどか心よろこばしきことでございましょう、ご友人様がたのほぼ全員が、あなた様とご再会あそばされるべく、冬季の間はフロリダ州ホーブサウンドにまっしぐらに駆けつけられることでございましょう、とかなんとか随分とうまいことを言い立てたのだ。しかし僕はそれを、まことしやかではあるものの、たんなるおためごかしにすぎないと理解したものだ。その言葉の裏で彼が何を考えているかが、僕にはわかっていた。彼はフロリダで釣りをするのが好きで、いつの日かターポン〔大西洋暖海域産のイセゴイ科の大魚。体長二メートルに及ぶ〕を釣り上げることを熱望してやまないのだ。

うむ、僕は彼の冒険心に共感はするし、できることならその後押しをしてやりたい。しかし僕には特別ロンドンにいたい理由がある。つまり〈ドローンズ・クラブ・ダーツ・トーナメント〉が二月にあり、来年こそは優勝できるものと僕は確信しているのだ。それで僕はフロリダはだめだと言い、彼は「かしこまりました、ご主人様」と言って、それでそれはそういうことになった。つまり僕が言いたいのは、彼が立腹とか不快とかそういったものを露わにする気配がなかったということだ。彼がもっと小人物であったらばそうしたことだろうが、しかしもちろん彼は小人物ではなかったわけである。

「だがしかしだ、ジーヴス」僕は言った。悲しみに打ちひしがれた叔母の件に話を戻しつつだ。

「僕の決然たる態度と不屈の闘志は、意志の衝突の戦いにおいて勝利を収めることを可能たらしめたものだが、それでもなお、僕は痛みを覚えずにはいられなかった」

「さて、ご主人様?」

「良心の呵責《かしゃく》だ。誰かしらを鉄のかかとで踏みにじった後には、そういう思いが人を責め苛《さいな》むものなんだ。傷に包帯を巻いてやって、哀れな彼女の人生に陽光を取り戻してやりたいと思わずにはいられないんだ。僕が夢と希望をかなえてやれなかったばっかりに、ダリア叔母さんが今夜枕を嚙《か》みしめて、湧《わ》きあがる嗚咽《おえつ》をこらえているだなんて思うのは僕はいやだ。僕としては何かしらオリーブの枝というか、アマンド・オナラブルみたいなものを差し伸べてやりたいんだ」

「それは優雅なお振舞いでございましょう、ご主人様」

「そういうわけで僕としては、彼女のためにちょっぴりおためごかしをしてやって、花を贈ろうと思っている。明朝急いででかけて、ロングステムの薔薇《ばら》を、そうだな、二ダースばかり調達してきてくれるのは嫌かな?」

「承知いたしました、ご主人様」

「それで彼女の顔にも明るさが戻るんじゃないかと思うんだ、どうだ?」

「疑問の余地なきことと拝察いたします、ご主人様。朝食後すみやかに同件につき手配をさせていただきます」

「ありがとう、ジーヴス」

彼が部屋を去るとき、僕は持ち前の微妙なほほえみにて微笑んでいた。というのはつまり、今さっきの会話の際、僕は完全に率直でいたわけではなく、それで僕が良心に一時しのぎの湿布を貼《は》っているだけと彼は感じたかもしれないと、ちょっぴり心苦しく思ったからである。
つまりこういうことだ。齢重ねた親戚に、埋め合わせをしてやって断絶を癒《いや》したいとかなんとか僕が言ったことは完全に真実である。だがこのジェスチャーの裏側には、ずっともっと多くのことどもが潜んでいるのだ。彼女に怒りを鎮めてもらうことが、どうしても必要だった。なぜならディナーの後で彼女がどうして僕は間抜けなさかなみたいな顔をしているのかと聞き質したときよりずっと、ウースター頭の中にシュワシュワ泡だっていた構想というか計画というか策謀の成功には、彼女の協力が不可欠だったからである。それはサー・ロデリック・グロソップにハッピーエンディングを運んでやるべく企図された計画である。そしていまやその構想全体を見渡すとき、失敗の余地はありえないと僕には思われたのだった。

僕が入浴している間に、ジーヴスは花を搬入してくれた。そして四肢《しし》胴体を乾かして室内着を身にまとい、心ここにあらしむるべく朝食をとってタバコを吹かしたところで、僕は花を持ってでかけた。

齢重ねた肉親から暖かい歓迎を得られようと期待はしていなかった。それでよかった。つまり得られはしなかったからだ。彼女はあたう限り傲慢《ごうまん》でよそよそしい態度を僕に向け、また彼女が僕にくれたまなざしは、クウォーン、ピッチリー期にあったらば、馬上で猟犬にけつまずいた仲間のスポーツマンに彼女が向けていたであろうようなまなざしに他ならなかった。

「あら、あんたなの」彼女は言った。

ふむ、無論その点に異論はない。それで僕は彼女の見解を、礼儀正しいおはようございますの挨《あい》拶《きっ》と笑顔でもって肯定した。とはいえその笑顔は弱々しい笑顔であったろう。つまり彼女の表情はすごく手ごわそうに見えたからだ。彼女は明らかにカンカンに怒っていた。

「あんたには完全にご了解いただいてると思いたいんだけど」彼女は言った。「昨日の晩のあんたの意気地のない態度のせいで、あたし、あんたとは口をきかないって決めたんだから」

「えっ、そうなの？」

「もちろんですとも。あたしはあんたのことを物言わぬ軽蔑《けいべつ》の目で見てやるんだわ。いったいあんた、何しに来たのよ？」

「ロングステムの薔薇を持ってきたんだ。貴女にって」

彼女はあからさまに冷笑してよこした。

「あんたとロングステムの薔薇なんてクソ食らえだわ！　あんたが見下げはてた臆病者のカスタード男で誇り高き一族の恥さらしだっていうあたしの見解を変更させるには、ロングステムの薔薇以上のもんが必要なのよ。あんたのご先祖様は十字軍で戦って、しばしば殊勲報告書にだって名前が載ってるのよ。だのにあんたときたらハエも殺さぬようなかわいいこども達の前にサンタクロース姿で登場するって考えただけで、塩を振ったカタツムリみたいに縮こまってみせるんだわ。叔母をして壁に顔を向けてこれ以上奮闘努力するのはやめようって思わすにはじゅうぶんってもんじゃないの。だけどもしかして」彼女は言った。一瞬態度を和《やわ》らがせながらだ。「あんた考えを変えたって言いに来てくれたのかしら？」

「残念ながら、ちがうんだよ、叔母さん」

「それじゃあとっとと消えうせなさい。それでもしできたら、家に帰る途中でバスにでも轢《ひ》かれてらっしゃいな。そしたらあたし現場に行って、あんたがパチンってはじける音を聞いてやりたいんだから」

遅滞なくレス、すなわち本題に入ったほうがいいと僕は見て取った。

「ダリア叔母さん」僕は言った。「一人の人間の人生に幸福と歓喜を運んでやれるかどうかは、貴女次第なんだ」

「あんたの人生にだったら、あたしそんなもの運んでやりたくなんかない」

「僕のじゃない。ロディ・グロソップのだ。貴女が僕の頭にある計画というか構想に協力してくれれば、彼は春先の仔ヒツジみたいに診療所中をクルクルとピルエットしてまわるはずなんだ」

彼女は鋭く息をつき、僕を厳しくねめつけた。

「いま何時かしら？」彼女は訊いた。

僕は腕時計を見た。

「十時四十五分だ。どうして？」

「いくらあんたにしたって酔っ払うには早いと思っただけよ」

「僕は酔っ払ってなんかいない」

「ふーん、酔っ払ってるみたいな言い方をしてるわよ。あんた、チョークは一本持ってる？」

僕は我慢ならないというふうにチッと舌を鳴らした。

「もちろん持ってやしないさ。僕がふだんから何本もチョークを持ち歩いてるだなんて思ってるの？　そんなもの何に使うのさ？」

「じゅうたんの上に線を引いて、あんたがその上を歩けるかどうか見たいの。だってあんたが完全に酔っ払ってるって確信は、刻一刻と強まってるんだから。〈とてつもなくとてもど田舎だ〉って言ってごらんなさい」

僕は言ってみせた。

「それじゃあ〈彼女はバージェスのフィッシュソース屋の門口にかしこまって彼を歓迎し歓待した〉は？」

またもや僕はテストに合格した。

「ふーん」彼女はしぶしぶ言った。「あんた生まれてこの方一番ってくらいにしらふみたいだわね。グロソップの人生に歓喜と幸福を運んでやるってのは、どういうことなの？」

「その問題は容易に説明できるんだ。昨日ジーヴスが話してくれた話に、僕は骨の髄までショックを受けたと述べるところから話を始めるとしよう。ちがう」彼女の質問に応えて僕は言った。「それはカルカッタの若者の話じゃない。ロディの恋愛生活に関する話だ。話せば長い話なんだ。だけど僕はそいつをショート・ショートにまとめることにする。またこの物語を始める前に、これは絶対に間違いのない話だと思ってもらって構わないという点は強調しておきたい。つまりジーヴスが何か話してくれるときには、それは厩舎ネコの口から直接聞いたも同然なんだ。さらに、それにはロディの執事であるドブソン氏の裏づけ証言も得ている。レディー・マートル・チャフネルのことは知ってるだろう？」

「会ったことはあるわ」

「彼女とロディは婚約してる」

「そう聞いてるわ」

「二人は互いに愛し合ってるんだ」

「それのどこが悪いって言うの？」

「どこが悪いかお話ししよう。彼女は彼と祭壇に向かって歩くことを断固として拒否しているんだ。彼の娘のオノリアが結婚するまでは、ってことだ」

こう言ったら彼女はしゃんと座りなおすものと僕は期待していた。そしてまさしくそのとおりになった。はじめて彼女の態度物腰は、僕の発言をいまわのきわの意識混濁下のうわごとと決めつけてはいないという印象を発し始めた。彼女はいつだってR・グロソップのことが好きだし、彼がかくもきっちりみっちりスープに浸かっていると知ってショックを受けたのだ。彼女が蒼《あお》ざめたとは言わない。なぜなら全天候下で猟犬を追いかけ続けた歳月の後、彼女の赤紫色の顔が蒼ざめることはもはや不可能であったからだ。だが彼女は鼻を鳴らしたし、彼女の心が強く動かされていることが、僕には見て取れた。

「んまあ、なんてこと！　ほんとうなの？」

「ジーヴスがすべて事実を握ってる」

「ジーヴスは何でも知っているの？」

「そうだと思う。さてと、チャフネルおばさんの態度は理解できるだろ？　自分が花嫁だったら、小さい愛の巣にオノリアを永住させたいかい？」

「あたしはいやだわ」

「そのとおりだ。したがって明らかにロディの友達および彼の幸せを願う者らによって、オノリアを結婚させるための手立てが講じられなきゃならないんだ。それで肝心の話だ。僕に計画がある」

「クサレ計画にちがいないわね」

「ところがちがう、火の玉なんだ。昨晩貴女がブレア・エッグルストンがオノリアを好きだって話してくれたときにひらめいたんだ。そこに希望がある」

「彼が彼女と結婚して彼女を厄介払いしてくれればいいって思ってるってこと？」

「まさしくそのとおり」

「見込みなしよ。あの子はウサギ過ぎて事業合弁の提案なんてできやしないって話したでしょ。あの子にプロポーズする度胸なんかありゃしないの」

「後ろからひと押ししてやらない限り、だ」

「誰がひと押しするのよ？」

「僕がさ。貴女のご協力の下にだ」

彼女はふたたび僕に長く厳しいまなざしを向けた。それでまたもや彼女が、あたしのこのお気に入りの甥っ子は葡萄《ぶどう》の酒に扁桃腺《へんとうせん》のところまで浸かってるんじゃないかしらと自問していることが僕にはわかった。更なるテストといまひとたびのチョークへの言及を恐れ、僕はあわてて説明した。

「こういうことなんだ。僕はオノリアに一世一代の求愛を始める。僕は彼女に昼食とディナーを盛大に振り撒《ま》く。彼女を劇場やナイトクラブに連れてゆく。僕は一族の亡霊みたいに彼女につきまとい、絆創膏《ばんそうこう》よりもぺったりくっついてやるんだ」

僕は「可哀そうな娘だこと」と彼女がつぶやくのを聞いたような気がしたが、中傷は無視して話を続けた。

「一方貴女は……貴女は最近エッグルストンには会ってるの？」

「毎日会ってるわ。モダンガールに関する最新の見解を運んできてくれるの」

「それじゃあ成功間違いなしだ。オノリアに対して奴が持ってる〈たんなる友情よりも熱く深い感情〉について、奴は貴女に打ち明けたって話してくれたね。だったらこの話題を会話の中に投入するのは難しい話じゃない。貴女は母親みたいな調子で奴に警告するんだ。このまま愛を告げず、蕾《つぼみ》のうちの青虫のごとく隠匿《いんとく》にダマスク色の頰を蝕《むしば》ませるならば［『十二夜』二幕四場］――ジーヴスのギャグのひとつだ、うまいことを言うと思うな――お前はアホだってね。そして凍えておじけた足をあっためて、ひったくれるうちにあの女の子をひったくったほうがいいって事実を強調するんだ。なぜなら貴女は甥のバートラムが彼女を誘惑しようとしていて、今この時にもご商談をまとめそうな勢いだってことをたまたま知ってるんだからね。たっぷり雄弁に語って欲しい。それで反応しないわけがないんだ。奴は何がなんだかわかんないうちに、己《おの》が愛をすっかり打ち明けてるはずさ」

「それで彼女が彼との婚約をいやがったらどうするの？」

「バカげてる。どうしてさ。彼女はかつて僕と婚約したことがあるんだよ」

彼女はしばらくの間黙っていた。もの思いに沈みながら。と、こういう表現でよかったはずだが。

「確信はないのよ」とうとう彼女は言った。「これがすごくいい考えじゃないって」

「ぜったい最高だ」

「そうね、あんたの言うとおりだわね。ジーヴスは偉大な脳みその持ち主だもの」

「ジーヴスに何の関係があるんだ？」

「これ、彼のアイディアじゃないの？」

僕はちょっぴり尊大げに、すっくりと身を起こした――安楽椅子に腰掛けている時に容易にできることではない。僕が何かとりわけ素晴らしい計画を提案したときにはいつだってそれをジーヴスのアイディアにちがいないと当然視する、こういう普遍的な傾向に僕は憤慨したのだ。

「この段取りは全部僕が考えたんだ」

「ふん、ぜんぜん悪くないアイディアだわ。あんたにはときどき意識が正常に戻る時があるって、あたしよく言うでしょ」

「それじゃあこの計画に乗っかって、協力してくれるんだね？」

「よろこんでしますとも」

「よかった。お宅の電話を使っていい？　オノリア・グロソップを昼食に誘いたんだ」

バートラム・ウースターは、鋤《すき》に手をかけたときでも、やすやすと剣を鞘《さや》には収めぬ男であるとはしばしば言われるところであると僕は想像する。僕はオノリアに一世一代の大求愛をするとダリア叔母さんに言った。そしてその一世一代の大求愛こそ、まさしく僕がオノリアにしたことに他ならなかった。僕はいっしょに昼食をし、ディナーをし、また二回ナイトクラブに行った。掛かりは要ったが、大義のために働くとき、小切手帳に二、三発パンチを食らうくらいはなんでもない。請求書の一番下に書かれた数字にたじろぐときですら、これが誰を助けるためであるかとの思いが僕の心を慰めてくれた。また正常な状況であればきつきつの靴を履いて一キロ半走ったって逃げだしたいような女の子とごいっしょして費やした時間を、僕は遺恨《いこん》に思ったりはしなかった。パパグロソップの幸福がかかっているのである。そして友達の幸福がかかっているというとき、署名者は掛かりに頓着はせぬものだ。

また僕の努力は水泡に帰したりはしなかった。ダリア叔母さんはいつも電話をかけてきては、ブレア・エッグルストンの温度は日毎に着々と上昇しており、所期目的の達成は時間の問題と思われると言ってよこした。そしてついに、所期目的が達成されたとのよろこばしい報せを持って僕が彼女の許を訪《おと》なえる日がやってきたのだった。

彼女はアール・スタンリー・ガードナーを夢中で読んでいるところだった。だが僕が入っていくと、彼女は礼儀正しく本を降ろした。

「それで、ブサイクちゃん」彼女は言った。「なんでここに来たの？　どうしてオノリア・グロソップと出歩いて、南米の色男の真似をしてないのよ？　こんなところでズル休みしてるってのはどういうわけ？」

僕は持ち前の静かな微笑を放った。

「齢重ねた親戚よ」僕は言った。「長い長い小径《こみち》の終わりにとうとう辿《たど》り着いたってことを、貴女にお報せにあがったんだ」それでその先の口上はなしにして、僕は用件に入った。「今日は外出した？」

「散歩に出かけたわよ、そうね」

「十二月の後半にしては気候はとんでもなく温暖だって印象を、おそらく貴女は受けたはずだ。冬というよりは春みたいだよね」

「あんたうちに天気の話をしに来たんじゃないんでしょうね？」

「論点に密接に結びついた話だってことはこれからわかる。午後はあんまりうららかなんで」

「だれかさんの頭の中みたいにね」

「失礼、何とおっしゃった？」

「なんにも言ってないわ、続けて」

「さてと、そんなに素敵な日だったわけだから、僕としてはハイドパークを散歩しようかななんて思ったわけだ。それでそうした。それで最初に目に入ったのがなんとオノリアだ。彼女はサーペンタイン池の脇のベンチに座っていた。僕は身をかがめて姿を隠そうとした、だが遅すぎたんだ。彼女は僕の姿を見た。それで僕としては並んでおしゃべりしなきゃならなくなった。すると突然、誰あろうブレア・エッグルストンが現れたんだ」

僕は彼女の興味をわしづかみにした。彼女はキャンキャン声を発した。

「彼はあんたを見たのね？」

「肉眼でね」

「それじゃあそこが見せ場だわ。あんたにほんのちょっぴりでも正気があったら、そこでキスしたことでしょうにねえ」

「したさ」

「したの？」

「はいさようでございますよだ。僕は彼女をひしと抱擁《ほうよう》し、彼女にキスしたんだ」

「そしたらエッグルストンは何て言ったの？」

「聞くまで待っていなかった。僕はとっととずらかったんだ」

「彼があんたを見たのは確かなのね？」

「見逃しようがない。ほんの一メートルかそこら離れてただけなんだ。視界も良好だった」

今は亡き父の妹から惜しみない賞賛が獲得できることは、そうはない。いつだって彼女は僕のもっとも親しい友人であると同時にもっとも厳しい批判者でもあるのだ。だがこのとき、彼女は僕を手ばなしで褒《ほ》めあげてくれた。彼女の言葉は耳に心地よかった。

「それじゃあ決まりだわ」僕の巧妙さと手腕に厳かに賛辞を呈した後、彼女は言った。「昨日あたしはエッグルストンに会ったの。あんたとオノリアがいっしょに出歩いてどんなに楽しくやってるかって話したとき、あの子はブロンドの髪のオセロみたいに見えたわ。拳《こぶし》は握り締められ、目は炎を放ち、それでもしあれが歯軋《はぎし》りでなかったら、あたしは歯軋りを聞いたことがないってことになるんだわ。そのキスこそあの子を崖っぷちから押しやってやるのにまさしく必要だったものよ。おそらくあんたが見えなくなった瞬間に、彼は彼女にプロポーズしたはずだわ」

「僕もそうと踏んでる」

「ああ、なんてことかしら」愛するご先祖様は言った。というのはこの瞬間に電話が鳴り、邪魔されないでこの問題を話し合っていたいまさにその時に、邪魔が入ったからだ。彼女は受話器を取り、長く一方的な会話が続いた。一方的と言うわけは、彼女の発言はただ、「ああ」と、「なんですって」より成っていたからだ。通話相手が誰であったにせよ、やがて言いたいだけのことは言い終えた様子だった。つまり彼女は受話器を置き、僕の方向に厳粛な顔を向けたからだ。

「オノリアからだったわ」彼女は言った。

「ああ、そう?」

「彼女が話してくれたことは、興味深いことばっかりだったわ」

「事は計画通りうまくいったの?」

「すべてってわけじゃないわね」

「すべてってわけじゃないってのは、どういう意味さ？」

「うーん、最初にまず言っておくと、ブレア・エッグルストンはあたしが昨日言ったことに煽《あお》られて、昨晩彼女にプロポーズしたみたいだわね」

「そうなの？」

「そしてそれは受け入れられた」

「よかったじゃない」

「そんなによくないのよ」

「どうしてさ？」

「なぜってあんたが彼女にキスするのを見て、あの子はカンカンに怒って婚約を解消しちゃったからよ」

「な、なんてこった！」

「それでぜんぶじゃないの。一番悪いところはここからなのよ。彼女は今じゃ、あんたと結婚するって言ってるの。彼女はあんたに多くの欠点があることは理解してるんだけど、ぜったいに矯正《きようせい》してあんたを陶冶《とうや》してやれるって確信しているの。それであんたは彼女の夢の伴侶じゃあないんだけれど、あんたの忍耐強い愛は報われるべきだって感じてるんですって。明らかに、つまりはあんたがあんまりにも魅力的過ぎたってことだわね。そういう危険は常にあったのよ。そうね」

彼女がこの発言を完了するずっと前から、僕は例のポプラの真似を始めていた。僕は目をむいて彼女を見た。愕然《がくぜん》としつつだ。

「だけどそんなの恐ろしい話じゃないか！」

「そんなにはよくないって言ったはずよ」

「僕をからかっているんじゃないよね？」

「ちがうわ、公式の発言よ」

「それじゃあ僕はどうするのが一番いいのかなあ？」

彼女は憂鬱げに肩をすくめた。

「あたしに訊かないでちょうだい」彼女は言った。「ジーヴスに相談なさいな。何か提案してくれるかもしれないわ」


さてと、ジーヴスに相談しろと言うは易《やす》しだが、ことは彼女が思うほど簡単ではない。僕の見るところ、彼をいわゆる情け容赦なきまで詳《つまび》らかに事実を知るところとするならば、女性の名を言いふらすことになる。そういうことは、誰もが承知のとおり、クラブから蹴《け》り出され、村八分にされるような種類の行為である。他方、これほどの窮地にあって彼の助言を求めないなんて真似は狂気の沙汰《さた》である。深い思考を傾注した後、どうしたらいいかが僕にはわかった。僕は彼に呼びかけ、彼は礼儀正しい、「さて、ご主人様？」とともに現れた。

「ああ、ジーヴス」僕は言った。「君がスピノザの倫理学だか何だか何であれ何かしらを読んでる途中を邪魔してなかったらいいんだが、君の貴重な時間を僕のために割いてはくれないかと思っているんだ」

「承知いたしました、ご主人様」

「僕の友達の生活に問題が生じてるんだ。彼の名は明かせない。それで僕は君の助言が欲しい。まず第一にこの問題はものすごくデリケートな問題で、僕の友人のみならず、関係者一同ぜんぶを匿《とく》名《めい》にしなきゃいけないんだ。言い換えれば、僕は名前を口にできない。僕の言うことはわかるな？」

「あなた様のおおせの趣旨は完全に理解いたしております、ご主人様。登場人物をAとBとお呼びになられるがよろしかろうと存じます」

「あるいはノースとサウスだな？」

「AとBのほうがより慣用語法にかなっておりましょう、ご主人様」

「君の言うとおりだ。さてと、Aが男性、Bが女性だ。ここまではわかったな？」

「おおせの事柄は明晰《めいせき》そのものでございます、ご主人様」

「そして何と言ったか……状況の何とかとか人が言ってるのを聞くだろう、あれは何だったかなあ？　もし僕の記憶が正しければ、ねこ《キャット》が入っていた」

「あなた様がお探しの語は連鎖《コンキャットネイション》でございましょうか？」

「それだ。状況の連鎖のせいで、BはAが彼女を愛していると思い込んでしまった。だが彼は愛してないんだ。ここまでもいいかな？」

「はい、ご主人様」

僕はここでひと休みして、思考を整理しなければならなかった。それが済むと、僕は続けた。

「さてと、つい最近までBは婚約していた。相手は……」

「その方のことはCと呼んではいかがでございましょうか、ご主人様」

「シーザーという名前がいいだろう。さてと、すでに述べたように、つい最近までBはシーザーと婚約していて、Aは世界中に心配事なんかなかったんだ。ところがリュートの内側に亀裂が生じた［テニスンの詩「マーリンとヴィヴィアン」］。その約束は取り消された。そしてBはAとチームを組むだなんて大っぴらに口にしてるんだ。そこで僕が君に脳みそを向けてもらいたいことというのは、どうやったらAはそこからうまく逃げ出せるかってことなんだ。そんなのは簡単だなんて思ってもらっちゃいけない。なぜならAはプリュー・シュヴァリエ、すなわち勇ましき騎士として知られていて、それが彼の邪魔をしている。つまり、もしBが彼のところにやってきて〈Aさん、わたしはあなたの妻になりますわ〉と言ったとしたら、彼としてはただ〈妻になるだって？　そう思うのは君の勝手だ〉と答えるわけにはいかないんだ。彼には彼の掟《おきて》がある。その掟は彼に彼女をひしと抱き寄せて、その状況を受け容れなきゃいけないって定めてるんだ。それで正直なところ、ジーヴス、そんなのは彼にとってはドブに落っこちて死んだほうがましなんだ。それでそういうことだ。事実はこうなんだ。何かアイディアは湧き上がってきたかなあ？」

「はい、ご主人様」

僕は仰天した。彼がいつだって全部答えを知っているとは経験の教えるところだが、それにしたってこれは仕事が速い。

「話してくれ、ジーヴス。僕は聞きたくってたまらないんだ」

「明らかに、ご主人様、AがBに彼の愛情は他所《よそ》に向けられていると告げましたならば、Bの婚姻計画は無効となりましょう」

「だけどそうじゃないんだ」

「さようであるとの印象を与えることが必要なだけでございます」

彼が言わんとしていることが何だか、僕は理解しはじめてきた。

「つまり君はこう言うんだな。もし僕が、いやAがだ、誰かしら女性を調達してきて彼女に僕、じゃなくて彼だ、と婚約していると断言してもらったら、危機は回避される、と?」

「まさしくさようでございます、ご主人様」

僕はじっと考えた。

「それがいい」僕は同意した。「だけどとんでもない問題がある。すなわち、第二当事者をどうやって捕まえてくるかだ。君はロンドン中を走りまわって君と婚約してるふりをしてくれって女の子に頼んでまわるわけにはいかないだろう。いや、君にならできるかもしれない。だがそれはたいそう神経の緊張することだろうな」

「その点が問題でございます、ご主人様」

「君が提案してくれる別の計画はないんだな?」

「遺憾《いかん》ながらさようでございます、ご主人様」


告白するが、僕は途方に暮れていた。しかしドローンズ・クラブその他各所において広く認められているところだが、バートラム・ウースターを一時的に途方に暮れさせることは時として可能だが、彼はいつまでも途方に暮れたままではいない。その晩僕はドローンズで、たまたまキャッツミート・ポッター＝パーブライトに会った。そして突然僕は、この問題にどう対処すべきかを理解したのだった。

キャッツミートは舞台俳優で、いまやいわゆる青年役として少なからぬ需要がある。しかし駆け出しの頃は、他の若い大根役者同様、雇用を求めて――いや、店《ショップ》を探す、というのがテクニカル・タームであったと思う――エージェントからエージェントを渡り歩くことを余儀なくされていた。奴は僕にディナーの後、彼らに関する逸話を語ってくれたものだ。そして上腹部にブローを食らったみたいに、女の子を婚約者として陳列したかったら、俳優エージェントこそ、まさしくその手助けをしてくれる人物だと僕は突然思いあたったのだった。

そういう種族がどこに行けば見つかるものかはキャッツミートが前に教えてくれた。チャリング・クロス・ロードがどうやらたいてい連中のたむろする場所であるようだ。翌朝、大通りの真ん中辺のビルの最上階にある、ジャス・ウォーターベリーのオフィスに入る僕の姿が観察されたやもしれない。

僕の選択がジャスのところに落ち着いた理由は、ありとあらゆる方面から彼に関する輝かしい報告を聞かされていたからではない。ただ僕が行ったほかのところには全部、『ガイズ・アンド・ドールズ』［一九五五年のアメリカ映画］が数珠《じゅず》つなぎになって立っていて、僕は待つのがいやだったのだ。ウォーターベリーのところに入ると、外側のオフィスは完全にからっぽだった。まるでこの人物が人間の群れと完全に縁を切ってでもいるみたいだった。

むろん、彼が道を渡って一杯やりに行っているということも可能である。だが彼が「プライヴェート」と書かれたドアの向こう側に潜んでいるということだって同じく可能である。したがって僕はドアをコツコツ叩いた。何かしらがたちまち姿を現そうと期待はしていなかったが、僕は間違っていた。頭がパッと現れたのだ。

もっと眼福《がんぷく》であるような頭を、僕はこれまでずいぶんと見たことがある。その頭はあえて述べるならばギトギト頭だった。そのてっぺんはヘアオイルでべっとり濡れていて、またその顔も、その所有権者が朝ひげをあたった後、ほっぺにバターを塗るのがいいなと考えたことを示唆していた。とはいえ僕は心の広い男だし、彼がギトギトでいたいならギトギトでいてもらうことに何の異論もなかった。また僕は思ったのだが、おそらく僕がケネス・モリニュー、マルコム・マッカラン、エドムンド・オジルヴィー、あるいはホーレス・ファーニヴァルなる、僕が訪ねていった他の俳優エージェントと出会う光栄に浴していたならば、僕は彼らのことだってやっぱりギトギトだと感じたかもしれない。俳優エージェントというものはおしなべてみなこういうふうなのかもしれない。この点はキャッツミート・ポッター＝パーブライトに訊いておかねばなるまいと、僕は心の手帖にそっと記した。

「いやあ、ハロー、男前君」この口のうまそうな人物は粘《ねば》っこい口調で言った。つまり彼はハムサンドウィッチのように見えるもので早い昼食にしている最中だったからだ。「何か御用ですかね？」

「ジャス・ウォーターベリーさんですか？」

「そうですよ。店《ショップ》が欲しいんですかね？」

「女の子が欲しいんです」

「みなさんそういうもんじゃないかねえ？　おたくさんの業務内容は何なんです？　旅回りの一座の経営をやってらっしゃるんですかね？」

「いえ、どちらかと言うと素人演劇みたいなものです」

「ああ、そう。それじゃあ話を聞かせてもらいましょうか」

僕は俳優エージェントなんかに私的な秘密を打ち明けるのはきまりが悪いと心の中で思ったが、そのとおり、きまりが悪かった。だが僕は上唇を固くして平静を装い、勢いよくそいつに取り掛かった。そして物語を進めるにつれ、自分はジャス・ウォーターベリーのことをまったく誤って評価していたとの確信が強まるのだった。彼の外見に惑わされ、彼のことをわかりの遅い、繊細な点にまで注意の行き届かないギトギト男の仲間だと僕は思い込んでいた。だが彼は頭の回転の速い、知的な人物であった。彼は話の途中、はしばしに理解を示すうなずきを入れ、僕が話し終えると、貴方《あなた》はまさしくうってつけの男のところにやっていらしたと述べた。つまり自分にはトリクシーという名の姪《めい》がおり、貴方の完全なご満足をいただくには彼女がまさしくぴったりであろう、というのである。この企画はまさにトリクシーの専門分野だと彼は言った。そして彼女にまかせればこの芝居は大ヒット間違いなしだとも付け加えた。

いい話に聞こえた。しかし僕は疑わしげに唇をすぼめた。叔父の盲愛が右記トリクシーの売り込みにちょいとばかし熱を入れさせすぎていすぎはしまいかと、僕は自問していたのだ。

「あなたの姪御さんに」僕は言った。「きわめて困難なこの仕事をやり遂げるだけの力量がおありだってご確信はお持ちなんですか？　相当な演技力を必要とする仕事ですよ。姪御さんには説得力のある役づくりがおできなんですか？」

「彼女は貴方に炎のようなキスを降り注ぎますよ。もしその点がご心配なようでしたらね」

「僕が心配しているのはどちらかと言うとせりふの方です。熟練したプロを使うべきだとは思われませんか？」

「トリクシーこそまさにプロ中のプロです。パントマイムの妖精の女王を何年も演《や》ってましてね。

お偉いさん方に妬《ねた》まれてるせいでロンドンでは役にありついてませんが、リーズやウィーガンに行ってあの子の評判を訊いてみてください。ハルでも、ハッダーズフィールド［いずれもイングランド北部の町］でも、訊いてやってくださいよ」

そういう機会があったらいつでも訊いてみると僕は言った。すると彼は一種の狂熱状態に入り込みだした。

「〈この豊麗なる女《ひと》〉――『リーズ・イヴニング・クロニクル』紙、〈才能溢《あふ》れるセクシー女優〉――『ハル・デイリー・ニュース』紙、〈美と品格の交叉〉――『ウィガン・インテリジェンサー』紙。ご心配の必要はありませんぜ、男前さん。トリクシーは払っただけの仕事はしますとも。払いと言えばですが、いかほど頂戴できますかねえ？」

「五ポンドと考えてたんですが」

「一〇ポンドにしましょう」

「よしきたホーです」

「それとも一五ポンドがよろしいですかね。それで情熱と協力は受け取り放題ですよ」

僕は値切っていられる気分ではなかった。朝食中にダリア叔母さんが電話をかけてきて、オノリア・グロソップが四時に僕のうちを訪問すると言ってよこしたのだ。彼女を出迎えるべく緊急に歓迎委員会を組織する必要がある。僕は一五ポンドを気前よく支払い、姪御さんにはいつ連絡がつくのかと訊ねた。時間が肝心だったからだ。彼女のサーヴィスは一時間以内にご利用いただけると彼は言い、僕はそれで結構と言った。

「準備ができたら電話をください」僕は言った。「僕はドローンズ・クラブで昼食にしてますから」

このことは彼の興味を相当ひいたようだった。

「ドローンズ・クラブですって？　あすこのメンバーなんですか？　あたしはドローンズ・クラブに友人がいましてね。ウィジョンさんはご存じでしょう？」

「フレディー・ウィジョンですか？　ええ、よく知ってますよ」

「プロッサーさんも？」

「ええ、ウーフィー・プロッサーならよく知ってます」

「もし会われたらね、お二方にどうぞよろしくとおっしゃっといてください。いい青年ですよ、お二人ともねえ。さてとこれで貴方はもう駆けだして世界中に思いわずらいなんかひとつもないみたいにお食事をしてらして大丈夫ですよ。フィッシュ・アンド・チップスを食べてらっしゃってる間に、トリクシーと契約を結んどきますからね」

喫煙室で食後のコーヒーを飲んでいると、僕は電話口に呼ばれた。予想通り、ジャス・ウォーターベリーからだった。

「貴方ですかね、男前さん？」

僕はそうだと言った。すると彼はすべてうまくいったと言った。トリクシーとの契約が完了し、彼女は幕が上がればいつ何時《なんどき》なりといかなる運命をも演ずるべく待ち構えている。どちらに伺えばよろしいかと訊ねるから、僕はうちの住所を告げ、彼は四時十五分前には間違いなく参上すると言った。そういうわけで全部準備は整った。喫煙室に戻る僕の心は、ジャス・ウォーターベリーへの優しき思いに満ち溢れていた。長い徒歩旅行の道連れに、彼を誘うのは遠慮したいし、また彼の髪と身体をふんだんに被覆《ひふく》しているギトギト脂《あぶら》のほうは、もうちょっぴり軽めに済ませてもらうのがいいとは依然感じていたが、とはいえもし事情の運び具合のせいで何かしら策略を策謀しないといけないとなったら、彼が謀議を共にすべき理想の人物であるという事実からは逃れようがない。

僕が喫煙室を外していた間に、キャッツミート・ポッター＝パーブライトが僕の隣の椅子に腰掛けていた。それで遅滞なく僕は奴にジャス・ウォーターベリーのことを打診してみたのだった。

「俳優エージェントの話を前にしてくれたことがあったろう、キャッツミート。お前、ウォーターベリーっていうエージェントの名は聞いたことがあるか？」

奴はしばらくじっくり考えていた。

「その名前はうすらぼんやり聞いたことがある。そいつは見かけはどんなふうだ？」

「世界中の何にも似ても似つかない」

「それじゃあわからないな。俳優エージェントってもんはみんな世界中の何にも似ても似つかないんだ。だがその名に憶えがあるのは妙だ。ウォーターベリー？　ウォーターベリー、と。ああ！そいつはギトギト男だろう？」

「とってもギトギトだ」

「それでそいつの名前はジャスだろう？」

「そのとおりだ」

「それならそいつのことは知ってる。俺はそいつに会ったことはないんだ――俺がエージェントを渡り歩いてた頃、そんな奴がいたかどうかは疑問だな――だがそいつの話はフレディー・ウィジョンとウーフィー・プロッサーから聞いてるんだ」

「ああ、彼はあの二人の友達だって言ってた」

「あの二人が奴の話をしてるのを聞いたら、その見解を変更するだろうよ。ウーフィーは特にだ。ジャス・ウォーターベリーは前にあいつから二千ポンドかっぱいだんだぜ」

僕はびっくり仰天した。

「ウーフィーから二千ポンドかっぱいだだって？」あえぎながら僕は言った。自分の耳が信じられなかったのだ。ウーフィーはドローンズ・クラブ一の百万長者だが、クロロフォルムとピンセットを使わずしては、奴から五ポンド引き出すのだってほぼ不可能なのだ。何ダースもの人間がそれを試み、敗れ去っていったものだ。

「フレディー・ウィジョンの話じゃそうだってことだ。フレディーが言ってたが、ジャス・ウォーターベリーに係わり合いになられたら最後、そいつの所有財産の少なくとも一部に、さよならのキスをしなきゃならなくなるんだそうだ。あいつはお前から幾らかっぱいだんだ？」

「一五ポンドだ」

「一五〇〇ポンドじゃなかったのが幸運だと思えよ」

キャッツミートのこの言葉が僕を不安で心配な気持ちにしたのではないかとお思いなら、最後の一滴まであなたは正しい。四時十五分前には眉間にしわ寄せてウースター邸のじゅうたん上を歩き回る僕の姿がご覧になれたはずだ。このギトギト脂で被覆された俳優エージェント男が、フレディー・ウィジョンから何十シリングかせびり取ったというだけの話なら、事情はまるきりちがう。赤子にだってフレディーにせびるくらいわけはない。だが彼がウーフィー・プロッサーに二千ポンドもの大金を支払わせたとなれば、脳みそはぐらぐらして、人はむなしく説明を求めるのみなのである。つまりこの男は財布に虫が巣を掛けて大家族を養っているくらいのしまり屋なのだ。とはいえ事実は事実である。キャッツミートは詳しい話を聞くのは不可能だと言った。なぜならジャスの名を耳にしたとたんにウーフィーは紫色になって怒ってまくしたてるのが常だからで、とはいえジャスの預金残高がそれだけ増えて、ウーフィーの残高がそれだけ減ったという厳然たる事実は残る。それで僕はというと、突如殺人ダコと立ち向かう羽目になって危険な触手からどう逃れたものか途方に暮れているサスペンス小説の登場人物みたいな気分になっていた。

しかし理性が玉座に回帰して、自分は不必要におびえていると了解するまでにたいして時間はかからなかった。そんなことが僕に起ころうはずがない。ジャス・ウォーターベリーの奴は、最終的には厄介な役目をしょい込ませようとの深慮遠謀をもって僕をたぶらかしているのかもしれないが、しかしそんな真似をしてみせたら必ずや奴は強硬なノッレ・プロセクィ、すなわち拒絶に阻まれて窮するはずだ。したがって、要するに、玄関ドアのベルが鳴る時までには、バートラムは彼本来の姿を取り戻していたのだった。

ベルには僕が応えた。というのはその午後ジーヴスは休みをとっていたからだ。一週間に一度、彼は仕事を休んでジュニア・ガニュメデス・クラブにブリッジをやりにでかける。僕がドアを開けると、ジャスとその姪が入ってきた。そして僕は口をあけ、呆然《ぼうぜん》として無言のまま立ち尽くしていた。しばらくの間、僕は魔法を掛けられでもしたみたいな気分だった。

ごく幼少の頃以来、パントマイムの公演などは観に行っていなかったから、僕は妖精の女王というものがどれほど巨大であったかを忘れていたのだ。それでトリクシー・ウォーターベリーの姿を見て、僕は鈍器で一撃を食らったみたいな心持ちになった。一目見ただけで、僕には『リーズ・イヴニング・クロニクル』紙の劇評家が彼女を「豊麗」と形容した理由がわかった。彼女はかかとの低いパンプスを履いて身の丈一七五センチ以上はあり、ありとあらゆる方向に膨満していた。またギラギラ輝く双眸《そうぼう》と、ぎらりときらめく歯の持ち主でもあった。僕がこんにちはを言えるようになるまでには随分かかった。

「こんにちは」ジャス・ウォーターベリーが言った。彼は辺りを満足げに見回していた。「結構なお住まいですねえ。これを維持するにはどっさり金が要ることでしょうよ。こちらがウースターさんだよ、トリクシー。バーティーと呼ばせていただきなさい」

妖精の女王は「ねえあなた」のほうがよくはないかと言った。するとジャス・ウォーターベリーはかなり熱を込めて、まったくお前の言うとおりだよと言った。

「興行成績いよいようなぎ登りってもんさ」彼は同意した。「男前さん、この子はこの役柄にぴったりだってあたしは言いませんでしたかね？　この子にまかしとけば、一流のウエスト・エンド流の演技はお手のもんだ。貴方のご婦人友達は何時にいらっしゃるんですかね？」

「いまこの時に来てもおかしくない」

「それじゃあ舞台の設営をしたほうがいいですね。彼女が部屋に入ると、そこの椅子に座ってトリクシーをひざに載せている貴方の姿が目に入る」

「なんと！」

彼は僕の声のうちの狼狽《ろうばい》を感じ取ったようだった。というのは、ギトギト脂の下で彼は眉をひそめたからだ。

「あたしたちはみんなショウのために働いてるんだ」彼は厳格な調子で僕に言い聞かせた。「貴方はこのシーンに説得力が欲しい。それには身体で表現するのが一番なんですよ」

彼の言うこともっともだと理解はできた。中途半端なやり方でお茶を濁している暇はない。僕は腰を下ろした。心楽しく座ったとは言わない。だが座った。そしてウィーガンのお気に入りの妖精の女王がどっしんと僕のひざ上を襲い、もって頑丈な椅子をポプラのごとく震わせた。そして彼女がひざに落ち着いたかどうかのところで玄関の呼び鈴が鳴った。

「幕上がる」ジャス・ウォーターベリーが言った。「さあ、例の情熱的な抱擁をやるんだ、トリクシー、うまくやれよ」

彼女はうまくやった。それで僕はパチョリ［熱帯原産のハーブの一種］の匂いのする雪崩《なだれ》に飲み込まれたスイスの登山家みたいな気分になった。ジャス・ウォーターベリーががらりと入り口を開けると、入ってきたのは誰あろう、ブレア・エッグルストンその人であった。僕がまったく予期していなかった訪問者だ。

奴は目をむいて立ち尽くしていた。僕は目をむいて座り続けていた。ジャス・ウォーターベリーも目をむいていた。彼がどんなふうな気持ちかは理解できるというものだ。女性スターの登場を期待していて、舞台上手よりぜんぜんキャストに入っていない登場人物が現れるのを見たら、面食らったって仕方ない。いかなる興行主だってそんなのはいやがるはずだ。

最初に口を開いたのは僕だった。結局のところ、ホストは僕であり、会話を進めるのは僕の役目だからだ。

「ああ、ハロー、エッグルストン」僕は言った。「入ってくれ。ウォーターベリー氏に会ったことはなかったはずだな。エッグルストン、こちらはウォーターベリー氏だ。そしてこちらが姪御さんのトリクシー・ウォーターベリー、僕のフィアンセだ」

「お前の何だって？」

「フィアンセだ。婚約してる。結婚の約束をしているんだ」

「なんてこった！」

ジャス・ウォーターベリーは、この場面がこんなめちゃくちゃになってしまったからには、ぐずぐずここに留まる意味はないと感じたようだ。

「なあ、トリクシー」彼は言った。「お前のパーティーはこちらの紳士のご友人とお話がしたいようだから、ひとつキスをしたら失礼するとしよう。お目にかかれて光栄です、なんとかいった方」

そしてギトギトした微笑とともに、彼は妖精の女王を連れて部屋を出ていった。

ブレア・エッグルストンは依然として茫然《ぼうぜん》自失していた。奴は二人が出ていったドアを、あたかも自分は自分が見たと思っているものを、本当に見たんだろうかと自問しているみたいに見つめていた。それから説明を要求しようとする人物の気配を発散させながら、僕のほうに向き直った。

「こいつはいったい何なんだ、ウースター？」

「何が何だって、エッグルストン？　もっと明確に言ってくれ」

「いったいぜんたいあの女は誰だ？」

「聞いてなかったのか？　僕のフィアンセだ」

「お前、本当にあの女と婚約してるのか？」

「そのとおりだ」

「あの女は何者だ？」

「彼女はパントマイムで妖精の女王を演《や》ってるんだ。お偉いさんに妬《ねた》まれてるせいでロンドンじゃあない。だがリーズ、ウィーガン、ハル、ハッダーズフィールドじゃあ彼女は高く評価されてるんだ。『ハル・デイリー・ニュース』紙の劇評家は、彼女のことを才能溢《あふ》れるセクシー女優と述べている」

奴はしばらく黙ったままだった。頭の中でこの件をよくよく検討している様子だった。それから奴はこういう小説家特有の、率直かつ歯に衣着《きぬ》せぬ、大胆不敵な態度で話し始めた。

「あの女はカバみたいだったぞ」

僕はその点は認めた。

「おそらく類似性は存在する。リーズやハッダーズフィールドみたいな町の観衆に誠実であろうとしたら、妖精の女王ってものは頑丈でなけりゃいけないんだろう。北部のほうのああいう観客ってのは、払った金より多くを要求するんだ」

「それにあの女はなんだか得体の知れない恐ろしげな匂いを発散させていた」

「パチョリだ。うん、僕にはわかった」

奴はふたたび思いにふけった。

「お前があの女と婚約してるだなんて信じられん」

「うーん、だがそうなんだ」

「正式にか？」

「絶対的にさ」

「うむ、これはオノリアにはいい報せだ」

僕は奴の言う趣旨がわからなかった。

「オノリアにだって？」

「そうだ。それで彼女の心も軽くなることだろう。彼女はお前が可哀そうだってひどく気に病んでたんだ。それで俺がここに来た。俺はお前に、彼女は決してお前のものにはならないって話を伝えにきたんだ。彼女は俺と結婚する」

僕はびっくりして奴を見つめた。僕の最初の印象は、まだ時間は四時半だが、奴はアルコール酩《めい》酊《てい》下にあるにちがいないというものだった。

「だが僕は、常に信頼の置ける情報筋から、その話は全部終わったたって聞いてるぞ」

「終わった時もあった。だがまた復活した。俺たちは完全に和解したんだ」

「そりゃすごい！」

「それで彼女はここに来てお前にその話を自分で伝えるのを尻込みしたんだ。彼女はお前の目に浮かぶ途方もないばかりの苦痛を見るに忍びないと言っていた。お前が婚約したっておしえてやったら、彼女はロンドンのウエスト・エンド中を歌って踊ってまわることだろう。彼女がお前の人生を破滅させちゃいないっていう安堵《あんど》のせいだけじゃない。なんて幸運な脱出をし遂げたことかって感じるせいだ。お前と結婚するだなんて考えてもみろ。考えただけで我慢できない。さてと、それじゃあ俺は失礼してよろこびの報せを彼女に告げるとしよう」奴は言い、そして立ち去っていった。

一瞬の後、呼び鈴が鳴った。僕がドアを開けると奴が玄関マットの上に立っていた。

「あいつの名は何だったたか、も一度頼む」奴は訊ねた。

「名前だって？」

「お前のフィアンセのだ」

「トリクシー・ウォーターベリーだ」

「なんてこった！」奴は言い、そしてとっとと立ち去った。そして僕は奴に中断された夢想のうちへと、ふたたび立ち戻っていったのだった。

誰かがやってきて「ウースターさん、大変有名な出版社に依頼されてあなたの伝記を書くことになりました。それであなたにしか提供できない個人的な話が必要なんです。振り返ってご覧になって、あなたの全キャリア中の頂点とお考えになられるのはどのような時のことですか？」と言ったとしたら、僕は何の困難も覚えず彼に情報を差し出すことだろう。僕はこう答えるだろう。それは僕が齢《よわい》十四歳のみぎり、鼻持ちならない人物中の王者、オーブリー・アップジョン文学修士に率いられたる私立学校、ブラムレイ・オン・シーのマルヴァーン・ハウスの寄宿生であった頃に起こった、と。彼は僕に翌朝自分の書斎に来るように言った。それは常に毒へビみたいに食いついてくる鞭《むち》で効き目のいいやつを六発食らわされることを意味するのだった。それでももし翌朝僕が全身ピンク色のポツポツに覆われていなかったら、実際にそいつを食らっていたはずである。僕はハシカにかかっていて、それで苦しい面談はむろんシネ・ディエ、すなわち無期限延期となったのだった。と、こういう表現で正しければだが。

あのときがずっと僕にとっての至高の瞬間であり続けてきた。今はじめて、僕はそれよりも更に大きい、闇の力を出し抜いてやったときに訪れる、静謐《せいひつ》なる幸福感を経験していた。大きな重石《おもし》が僕の上から転がり落ちたみたいな気分だった。それでまあ、ある意味本当にそうでもあったわけだ。

というのは妖精の女王はリングサイドで計量して百六十ポンドはゆうにあったにちがいないからだ。しかし僕が言いたいのは、あのとてつもなくどでかい重石がウースター魂から取り除かれたということだ。さながら嵐雲が本日はこれにて終了となり、太陽が雲間より微笑《ほほえ》みかけてきたみたいだった。

その瞬間を絶対的に完璧たらしめることを阻んだ唯一の事柄は、ジーヴスにその場にいてもらって僕の勝利の時を共に分かち合うことができなかったということだ。僕はジュニア・ガニュメデスにいるジーヴスに電話しようかとの思いを心に弄《もてあそ》んでもいたのだが、おそらく彼が敵のシックス・ノートランプにダブルを掛けているであろう最中を邪魔したくはなかったのだ。

ダリア叔母さんのことが頭に浮かんだ。彼女は誰よりもよろこびの報せを聞きたがることだろう。なぜなら彼女はロディ・グロソップのことがとっても大好きだし、彼がスープに浸かっていると聞いてたいそう心配していたからだ。それだけではなく、愛する甥っ子が死に勝る悲運——すなわち、オノリアとの結婚ということだ——から逃れきったと知ればきっと安堵しないはずはない。僕が彼女の主催するこどものパーティーでサンタクロースを演ずることを断固として拒否したことを、依然遺恨——と、この言葉でよければだが——に思っているにはちがいないが、最後に会った時の彼女の態度は前よりずっと強烈さを失っていた。したがっていま彼女の許を訪問したら、温かい歓迎を受けられるはずだと考える理由がある。うむ、完全に温かくはないかもしれないが、それでもじゅうぶんそれに近いところのものではあろう。そういうわけで僕はジーヴスに行き先を書いたメモを残し、高速タクシーに乗って彼女の住所にウサギみたいに走り去ったのだった。

僕の予想したとおりだった。僕を見て彼女の顔が明るく照り輝いたとは言わないが、彼女は僕にペリィ・メイスンを投げつけたりはしなかったし、新たな中傷の言葉を投げつけてもこなかった。僕が話し終えると彼女は大いに陽気と熱狂を示したものだ。僕らはこの最新の展開はパパグロソップにとってどれほど最高のクリスマス・プレゼントになることかと語り合い、彼の娘のオノリアと結婚することが、どんな気持ちのするものか、またその点について言うなら、ブレア・エッグルストンと結婚することが、どんな気持ちのするものかについてまで憶測を述べ合い、そしてオノリアもブレアも自業自得だという点で僕らの意見が一致したところで、電話が鳴った。電話機は彼女の椅子の側のテーブル上にあったから、彼女が手を伸ばしてそれを取り上げた。

「ハロー？」彼女は大声を轟《とどろ》かせた。「誰？」と言うかむしろ、「**誰？**」だ。つまり電話で話すときの彼女の発声法はいつだって狩場で用いられるそれとまったく同一だからだ。彼女は僕に受話器を渡した。「あんたのバカ友達の一人からよ。ウォーターベリーって名前だって言ってるわ」

僕が電話に代わると、ジャス・ウォーターベリーは面食らっている様子だった。畏《おそ》れかしこむみたいな声で彼は訊いた。

「どこにいるんです、男前さん？　そこは動物園ですかね？」

「何のことを言ってるのかわからないなあ、ジャス・ウォーターベリー」

「ライオンがあたしの耳元でいま吼《ほ》えたところなんです」

「ああ、それなら僕の叔母だ」

「あたしの叔母さんじゃなくてよかった。頭のてっぺんが吹っ飛ぶかと思いましたぜ」

「叔母はたくましい声の持ち主なんだ」

「あたしも同感です。さてと、相棒、叔母さんの餌やり時間にお邪魔したようで申し訳ないんですが、でもね、トリクシーとあたしで話し合って、結婚式は結婚登録所で簡素に済ませるのがいいってことで意見が一致したってお知らせしとくのがいいと思いましてね。大騒ぎしてただ散財したってしょうがない。それとあの子はハネムーンはブライトンがいいと言ってます。あの子は前からブライトンが好きですからねえ」

僕はいったいぜんたいこの男が何を口走っているのかわからなくて途方に暮れた。だが、行間を読むならば、どうやらあの妖精の女王は結婚を考えているらしい。僕がそういうことかと訊ねると、彼は脂っぽくくすくす笑った。

「いつもながらおふざけが過ぎますねえ、バーティー。いつかバチが当たりますよ。あの子が結婚するってことをあんたが知らなきゃ、いったいどこの誰が知ってるっていうんです？」

「ぜんぜん見当がつかない。誰と結婚するんです？」

「どうして、もちろんあんたでしょう。あんたあの子をお友達の紳士にフィアンセだって紹介しませんでしたかね？」

僕は遅滞なく彼の誤解を正した。

「でもあれはただの策略だったんですよ。もちろんあなたはそう姪御さんに説明されたんでしょう？」

「何を説明したかですって？」

「姪御さんに僕たちが婚約してるふりをしてもらいたいだけだって」

「なんて途方もない思いつきでしょうねえ。あたしが何のためにそんな真似をしなきゃならないんです？」

「一五ポンドのためです」

「一五ポンドなんかに憶えはありませんね。あたしが記憶してる限り、あんたはうちに来て、トリクシーがウィーガン・ヒッポドロームでシンデレラの妖精の女王を演《や》るのを見て、一目ぼれしたって話したんでしたよ。他のたくさんの若者みたいにね。あんたはなんとかしてあの子があたしの姪だって探し当てて、それであの子をあんたのうちに連れてきてくれるよう頼んだ。われわれが到着した時、あんたの目には愛の炎が見えた。またあの子の目にも愛の炎が見えた。それから五分としないうちにあんたはあの子をひざに載せ、そして二人は、敷物の中の二匹の虫みたいにお似合いだった［フランクリンからジョージアナ・シップレイへの書簡。一七二二年］。まさしく一目ぼれだ。あたしは感動させられたと言うにやぶさかじゃありませんぜ。あたしは若者たちが春先に結ばれるのを見るのが好きだ。いまや時は春ではないけれど、原理はいっしょですよ」

この時点でそれまで静かにグツグツ煮え立っていたダリア叔母さんが、割って入って僕に対する中傷発言をして、いったいぜんたい何事が起こっているのかと訊いた。僕は切羽《せっぱ》詰《つま》ったふうに手を振って彼女を鎮《しず》めた。僕はこの誤解と対処するため、全神経を集中する必要があったのだ。

「あなたはでたらめを言っておいでですよ、ジャス・ウォーターベリー」

「だれが、あたしがですか？」

「そう、あなたがです。あなたは事実を全部誤解しておいでだ」

「あんたはそう思われるんですか？」

「ええ、思います。それであなたにはお骨折りいただいて、ウォーターベリーお嬢さんにウエディング・ベルは鳴らないってことを伝えていただかなきゃなりません」

「あたしもまさしくそう言おうとしてたんですよ。トリクシーは結婚登録所で式を挙げたいって言ってるんだから」

「えー、その登録も成らないんです」

彼はそう聞いて驚いたと言った。

「あんたはトリクシーと結婚したくはないんですか?」

「姪御さんとは金輪際《こんりんざい》結婚しません」

驚嘆の「なんともはや」の声が電話口から聞こえた。

「もしこれがとてつもない偶然でなけりゃ」彼は言った。「その言葉はプロッサーさんがあたしの別の姪との婚約を証人の面前で宣言した後で、その子との結婚を拒んだ際に用いたのと一語一句まったく同じですよ。まったく世の中はいかに狭いかってことですねえ。あたしはあの人に、婚約不履行訴訟というもののことを聞いたことがおありですかと訊ねた。するとあの人は目に見えて動揺されて、何度か咽喉《のど》をごくんごくんとやっておいででした。それからあたしの目を見つめて〈いったい幾らだ?〉っておっしゃったんですよ。あたしは最初は何のことやらわからなかった。と、突然パッとひらめくものがありましてね。〈ああ、貴方は婚約を解消なさりたいんですか〉あたしは言いましたよ。〈それであの可哀そうな娘が心の慰めを得る様をご覧になられることを、紳士としての義務だと感じてらっしゃるんですね〉あたしは言った。〈さてと、それじゃあまとまった金をいただくとしましょうか〉あたしは言いましたよ。〈あの子の落胆と心の荒廃を考えに入れなきゃなりませんからね〉それでわれわれは話し合って、最終的には二千ポンドで決着したんです。またあんたもそうすべきだとあたしは助言しますね。あたしがトリクシーに言い聞かせて納得させてやることができると思うんですよ。いいですか、あんたを失った後、彼女の人生を荒涼たる砂漠以外の何物かに変えうるものは何もない。ですが二千ポンドあればいくらか助けにはなることでしょう」

「**バーティー！**」ダリア叔母さんが言った。

「ああ」ジャス・ウォーターベリーが言った。「またあのライオンさんですか。さてとそれじゃああたしは失礼して、あんたにはこの件をじっくり考えていただくことにいたしましょう。明日お宅様に参上してあんたのご決定を伺うことにしますが、もし小切手を書くのはお気が進まないとおっしゃるようでしたら、友人に頼んで説得役として力を貸してもらうことにしましょうねえ。そいつはフリースタイルのレスリング選手で名前をポーキー・ジュップというんですが、あたしは彼のマネージャーをやってた時があるんですよ。彼はもう引退してますが、それというのも相手の背骨をへし折っちまって、それでどういうわけかレスリングってものに嫌気がさしたっていうんですね。とはいえまだまだコンディションは最高ですぜ。指先でブラジルナッツを砕くところなんか、お目に掛けたいくらいですよ。奴はあたしのことがたいそう好きで、あたしのためなら何だってしてくれるんです。たとえば商売上の取引で誰かがあたしをがっかりさせたとしますね、するとポーキーがそいつをバラバラに引きむしるんですよ。まるで無垢《むく》な子供がひなげしの花びらを、あの子は僕が好き、あの子は僕がきらい、って言いながら引きむしるみたいにね。それじゃあ、おやすみなさい、失礼しますよ」ジャス・ウォーターベリーはこう言い、電話を切った。

むろん僕としては、このはなはだしく不快な会話の後、どこか静かな片隅に行って両手で頭を抱えて座り込み、ありとあらゆる角度から当該状況を検討したいところだった。しかしいまやダリア叔母さんが、説明を求める気配をあまりにもありありと表明していたため、僕は彼女に注意を振り向けねばならなかった。衰弱した声で僕は彼女に事実を告げ、彼女が同情的で理解を示してくれたことに驚き、また感動もした。女性というものはしばしばこんなふうである。とある問題——たとえば、無作為に例を選ぶなら——白い頬ひげとお腹に詰め物した姿に身をやつすことといった件について見解を違えるとき、彼女らは断固たる態度であなたを厳しく断罪する。しかしあなたが本当に困難に直面しているのを見ると、彼女たちのハートはとろけ、憎悪は忘れ去られ、あなたの腕に注射をしてくれるべく可能な限りすべての手を尽くしてくれるのである。我が齢重ねた親戚がそうだった。僕が間抜けの大王で看護婦抜きで外出を許されるべきではないとの見解を表明した後、彼女はもっと優しい口調になって言った。

「だけどなんてったってあんたはあたしのお兄ちゃんの息子で、赤ちゃんの時にはおひざの上でしょっちゅうあやしてあげてたんだから。それにしてもあんたは見たこともないような下等生物の赤んぼだったわ。とはいえいくらあんたがポーチトエッグと腹話術の人形を足して二で割ったみたいに見えたからって、それは哀れまれるべきであって非難されるべきなんかじゃないのよね。だからあたしはあんたをスープの中に跡形もなく沈ませとくわけにはいかないの。あたしなんとか力をあわせて手を貸してあげなきゃいけないんだわ」

「ありがとう、我が愛する肉親よ。力を貸してくれようだなんてすごくご親切なことだ。だけど、貴女に何ができるの？」

「たぶんあたしだけじゃ何にもできないわ。だけどあたしはジーヴスと話し合えるし、二人だったら何か考えつくはずだわ。ジーヴスに電話してすぐここに来るようにって言いなさい」

「まだうちには帰ってないはずだ。彼のクラブでブリッジをやってるんだ」

「いいからとにかく電話してご覧なさい」

僕はそうした。そしてきまり正しい声が「ウースター邸でございます」というのを聞いてびっくりした。

「あれれ、ハロー、ジーヴス」僕は言った。「こんなに早く帰ってるとは思わなかった」

「普段よりも早く帰宅いたしたのでございます、ご主人様。本日のブリッジは愉快ではございませんでしたゆえ」

「手が悪かったのか？」

「いいえ、ご主人様。配られた手札はみな一様に満足のゆくものでございました。しかしながらわたくしは、二度までビジネス・ダブルにて敵に競《せ》り負けましたもので、それ以上続ける気がうせたのでございます」

「それは残念だった。それじゃあ君の手は、今は空いてるんだな？」

「はい、ご主人様」

「それじゃあ急いでダリア叔母さんのうちに来てくれないか。切実に君が必要なんだ」

「かしこまりました、ご主人様」

「彼は来てくれるの？」ダリア叔母さんが言った。

「風のごとくだ。彼の山高帽が現れるのを見張っていよう」

「そしたらあんたは出ていってね」

「話し合いには僕がいないほうがいいの？」

「そうよ」

「三人寄れば文殊《もんじゅ》の知恵って言うじゃないか」僕は異を唱えた。

「そのうちの一人の首から上が混じりけなしの象牙《ぞうげ》製ですって場合はちがうの」齢重ねたる親戚は言った。いつもの調子に戻りながらだ。


その晩僕は途切れ途切れに眠った。僕の睡眠は、ヨーイックス、タリー・ホーと狩り声をあげながらギャロップするジャス・ウォーターベリーに追いたてられた妖精の女王たちの大群に野辺じゅうを追っかけまわされる夢によってだいぶ邪魔された。僕が朝食のテーブルに着いたのは、十一時過ぎだった。

「ジーヴス」目玉焼きをもの憂《う》げにちょっとずつ口に運びながら、僕は言った。「ダリア叔母さんは君にすべてを話してくれたことと思うが？」

「はい、ご主人様。トラヴァース夫人はきわめて有益な情報をご提供くださいました」

うむ、ある意味それにはほっとしたものだ。秘密主義やらAやらBやらには、いつだって疲れるからだ。

「破滅が迫っているとは、君は言わないか？」

「まことにあなた様のご窮境はたいそう深刻なものでございます、ご主人様」

「バカ笑いが飛び交う混雑した法廷で、婚約不履行訴訟に立ち向かうなんて真似は僕にはできない。それで陪審は賠償金の支払いを……賠償金の支払いでよかったんだったっけか？」

「はい、ご主人様。おおせのとおりでございます」

「それで陪審は多額の賠償金の支払いを言い渡すんだ。僕はドローンズに二度と顔を見せられなくなる」

「そのご評判はいちじるしく不快なことでございましょう」

「その一方、ジャス・ウォーターベリーに二千ポンド支払うと思うのも僕はとってもいやなんだ」

「あなた様のディレンマは理解申し上げるところでございます、ご主人様」

「だけどおそらく君にはもう、ジャスのたくらみを挫《くじ》いてやってあの脂っぽいギトギト髪を悲しみに暮れさせたまま墓場へと導いてやるためのすごい計画があるんだろう。奴が来たら君はどうしてやるつもりだ？」

「わたくしはその方をご説得申し上げようと存じております、ご主人様」

僕の胸のうちで、ハートは鉛《なまり》に転じた。思うに僕はジーヴスが魔法の杖を振って、厄介すぎる特大危機をこてんぱんにやっつけてくれるのにすっかり慣れっこになっていたから、彼が毎回帽子から何かブリリアントなものを取り出してくれることと期待しきっていたのだ。それで朝食時というのは僕の頭の一番冴《さ》え渡ったときでは決してないのだが、それでも彼がしようと提案していることが、ジャス・ウォーターベリーであったらば大ヒットと呼ぶようなモノでは全然ないのは僕にもわかった。奴を説得するだって、たいへん結構だとも！　ペテン師の王者をうまいこと説得してやるためには、ブラスナックルと砂を一杯に詰め込んだ靴下がいるのだ。それが君にできる最善のことかと訊ねる僕の声には、非難の響きがあった。

「あなた様はこの考えを高くご評価あそばされないのでございましょうか、ご主人様」

「うーむ、君の感情を傷つけたくはないんだが――」

「いえ、さようなことはまったくございません、ご主人様」

「――だが、それが君の最高の名案だとは言えまい」

「申し訳ございません。しかしながら――」

僕はテーブルから跳びあがった。目玉焼きは僕の唇上で凍りついた。玄関ドアのベルが盛大に鳴ったのだ。じっとジーヴスを見つめる僕の目が、実際にぐるぐる回っていたかどうか定かではないが、その可能性はきわめて高いと考える。というのはつまりその音はトリニトロトルエン一オンスかそこらの大爆発みたいに僕を襲ったからだ。

「奴だ！」

「おそらくさようと存じます、ご主人様」

「こんな朝早くに、僕は奴と顔を合わせられない」

「あなた様のご感情は理解申し上げるところでございます、ご主人様。わたくしが交渉にあたっております間、あなた様におかれましてはお姿を隠しておいであそばされるのがよろしかろうかと存じます。ピアノの後ろが適当な居所であろうかと思料いたします」

「君の言うことはなんて正しいんだ、ジーヴス！」

ピアノの裏側が快適であったと述べたならば、読者諸賢に完全に誤った印象を与えることとなろう。しかし僕はプライバシーを確保したし、またプライバシーこそまさしく僕が希求してやまぬものに他ならなかった。それと利便性もだ。つまりそこは外の広い世界で起こっていることどもとの接触を維持する点でもきわめて優秀だったからだ。ドアが開く音と、それからジャス・ウォーターベリーが入ってくる音が聞こえた。

「おはよう、男前君」

「おはようございます」

「ウースターはいるかい？」

「いいえ、ただいまおでかけあそばされたところでございます」

「そりゃ変だ。あたしが来るってことは承知してるはずだがね」

「ウォーターベリー様でいらっしゃいますか？」

「ああそうだ。奴さんはどこへ行ったのかねえ？」

「ウースター様におかれましては、質店ご訪問のお心づもりであそばされるところと拝察申し上げます」

「なんだって？」

「さようにあそばされる儀につき何事かおおせでいらっしゃいました。ご所有の時計にて何ポンドか調達されたきご所存と、おおせでいらっしゃいました」

「バカを言うんじゃない！　時計を質入してどうするっていうんだい？」

「あの方のご財政ははなはだしく窮乏いたしておりますのでございます」

いわゆる意味深長な沈黙というやつがあった。これはジャス・ウォーターベリーがこの発言をじゅうぶん理解するのに時間がかかったせいだと僕は理解した。僕もこの会話に加われたらいいのになあと僕は思っていた。つまり僕は「ジーヴス、君のやり方は正しい」と言ってやって、そして彼のことを疑ったりしてすまなかったと謝罪したかったのだ。彼がジャスを説得すると言ったとき、彼は袖にエースの札を隠し持っていてそれで全部はぜんぜん違ってくるのだと、僕はわかっていて然《しか》るべきだったのだ。

ジャス・ウォーターベリーが話しだしたのは、それから間もなくしてのことだった。そうする彼の声には一種哀切のトレモロがあった。さながら人生は自分が考えていたような薔薇と陽光ばかりでできているわけではないことが理解されてきたというふうにだ。奴がどう感じているかが僕にはわかった。虹の先が地面に接するところに黄金入りのつぼを見つけたと思っていて、それから突然信頼すべき情報筋からそうではないと知らされた男の悲嘆ほどの悲嘆はないものだ。奴にとって今の今までバートラム・ウースターは一五ポンドの無雑作な撒《ま》き散らかし屋であった。磐石《ばんじゃく》の預金残高が後ろ盾になければできる真似ではない。その彼が時計の質入れ屋として提示されたわけだから、奴の魂のうちには鉄が入り込んだにちがいない――もし奴に魂があったらばの話だが。度肝を抜かれた様子で奴は話しだした。

「だけどこのうちはあの人のうちでしょう？」

「さて？」

「ただじゃパーク・レーンのフラットには住めないでしょうが」

「まさしくさようでございます」

「ましてや執事まで」

「さて？」

「あんたは執事でしょ、違いますか？」

「いいえ、わたくしは以前紳士様お側つきの紳士をいたしておりましたことがございますが、ただいまはさような資格にて雇用されておりますものではございません。わたくしはワイン商アルソップ&ウィルソン社の代理人でございます。商品購入額三〇四ポンド一五シリング八ペンスの請求書を、ウースター様はご自分の財政力によってはおよそ清算不可能となられたのでございます。わたくしは法的には差し押さえのための占有者と呼ばれる立場におりますものでございます」

しゃがれた「なんてこった!」の叫びがジャスの唇より発された。奴がもっと強烈な言葉を発しなかったことは賞賛に値する。

「つまりお前さんは差し押さえ屋の雇い人だって言うのかい?」

「まさしくさようでございます。かような世界に身を落としましたことを遺憾に存ずるものではございますが、これが現在わたくしに確保できました唯一の職なのでございます。わたくしがかねて慣れ親しんでおりましたこととどもと異なりはいたしますが、それなりの報酬はございます。ウースター様はきわめて好ましき若紳士様でおいであそばされ、わたくしが立ち入ってまいりましたことを友好的なご精神にてお受けとめくださいました。わたくしどもは長く興味深い会話をいたしまして、またその過程におきまして、あの方はご自分の財政状況についてわたくしにお打ち明けくださったものでございます。あの方は全面的に、叔母上様であられるトラヴァース夫人のご寛厚にご依存されておいでのご様子で、またその叔母上様と申されますのがご気分の安定されないご婦人でいらっしゃいまして、あの方がご浪費を抑えなければ、おこづかいを打ち切りにしてカナダに送り、ごくごく小額の月々の送金にて生活させると幾度となく脅迫しておいでなのでございます。むろん叔母上様はわたくしがウースター様の従者であるとの印象をお持ちでいらっしゃいます。叔母上様がもしわたくしの正式の地位をお知りになられましたならば、いかなる帰結に至ることかは想像するだに不快でございます。とは申せあえて戯言《ざれごと》を申し上げますならば、ウースター様におかれましては、帰結と申しますよりはいけずな事例でございましょうが」

それからまた意味深長な沈黙があたりを支配した。僕の想像するところ、ジャス・ウォーターベリーはひたいを拭いていたのだろう。おそらくこの時までに奴のひたいは正直な汗に濡れるところとなっていたものと思われる。

ようやく奴はもういっぺん「なんてこった」と言った。

奴がこれ以上更に詳しく自説を展開しようとしていたものか否かは判然としない。なぜなら奴が何か言おうとしていたとしても、それらの言葉はその唇から拭《ぬぐ》い去られてしまったからだ。猛烈な突風のごとき轟音《ごうおん》がし、荒くフンと鼻を鳴らす音からダリア叔母さんの登場が知れた。ジャス・ウォーターベリーを招じ入れる際に、ジーヴスは玄関ドアを閉め忘れたにちがいない。

「ジーヴス」彼女は大声を放った。「あんたあたしの顔がまっすぐに見られて？」

「もちろんでございます、奥様。もしさようにお望みであらせられますならば」

「ふん、見られるとは驚いたわね。あんたは軍用ラバみたいに厚かましいんだわ。あんたが執事の皮を着た差し押さえ屋の取立人だってことが、たった今わかったの。あんたそのことを否定できて？」

「いいえ、奥様。わたくしはアルソップ&ウィルソン商会の請求しております、ワイン、スピリッツ、リキュール類購入金額三〇四ポンド一五シリング八ペンスの債権差し押さえ執行人でございます」

齢重ねた親戚が二度目に鼻をフンと鳴らしたせいで、僕が小さくなって隠れていたピアノは、発電機みたいにブンブン音を立てた。

「なんてことでしょ！　バーティーちゃんはいったいそれで何したっていうの——酒風呂でも浴びたのかしらね？　三〇四ポンド一五シリング八ペンスですって！　きっと他の酒屋一ダースにもおんなじだけの借りがあるんでしょうよ。それで大赤字のあげくの果てが、サーカスのデブ女と結婚するつもりだって聞いたわよ」

「パントマイム劇にて妖精の女王を演じておいでの方でございます、奥様」

「違いやしないわ。ブレア・エッグルストンが言ってたけど、その女、カバに似てるそうよ」

むろん僕には奴の顔は見えなかった。だが愛する姪をカバ呼ばわりされ、ジャス・ウォーターベリーがすっくりと立ち上がる姿を想像した。というのはつまり奴の声はよそよそしく、ぶっきらぼうであったからだ。

「あなたがおっしゃってらっしゃるのはうちのトリクシーのことですよ。ウースターさんはうちの姪と結婚するか、さもなくば婚約不履行で訴えられるんです」

これは当て推量に過ぎないが、この時ダリア叔母さんもすっくりと立ち上がったにちがいないと僕は思う。

「ふん、訴えたかったらその娘にはカナダに行って訴えてもらわないといけないわね」彼女は雷鳴のごとき声を放った。「なぜって次の船でバーティー・ウースターはあすこへ出発するんですから。それで向こうへ行ったら、あの子には婚約不履行訴訟に無駄に使ってる金はないはずよ。あたしが送ってあげる小遣いじゃ、どうにか生きていくだけがやっとってところでしょうからね。三日に一度肉料理が食べられたらラッキーってもんだわ。あんたお宅のトリクシーとやらに、バーティーのことは忘れて悪魔の王様と結婚しろって言っておやんなさいな」

こどものパーティーでサンタクロースを演じるというようなきわめて重大な問題の場合を除き、ダリア叔母さんに盾《たて》つくことは不可能であるとは経験の教えるところである。そしてどうやらジャス・ウォーターベリーもその点を理解したようだ。しばらくした後、僕は玄関ドアがバタンと閉まる音を聞いた。奴は叫び声もあげずに行ってしまった。

「さあて片づいた」ダリア叔母さんは言った。「こういう感動シーンってのは疲れるもんだわよねえ。何か元気の出る飲み物をちょっぴりいただけるかしら？」

「かしこまりました、奥様」

「あたしどんなだった？　あれでよかったかしら？」

「お見事でございました、奥様」

「いい声が出てたと思うのよ」

「たいそう朗々たるご発声でございました、奥様」

「あたしたちの努力が成功の栄冠で飾られたと思うと嬉しいわ。これでバーティーちゃんの精神も安らぐことでしょうよ。あたし精神って言葉を、ゆるい意味で使ってるのよ。あの子はいつ戻るのかしら？」

「ウースター様はご在宅でいらっしゃいます、奥様。ウォーターベリー様とのご面談をご躊躇《ちゅうちょ》され、ご賢明にもお姿を隠しておいでいらっしゃいます。ピアノの後ろにおいであそばされます」

僕はもう姿を現していた。そして僕の最初の行為は二人に盛大な賛辞を捧げることだった。ジーヴスはそれを優雅に受け取り、ダリア叔母さんはそれに応えていま一度鼻をフンと鳴らした。鼻を鳴らし終えたところで、彼女は次のように発言した。

「お上手を言ってくれるのは結構だけど、あたしが見たいのはおためごかしじゃなくって、行動よ。あんたが本当に感謝してるっていうなら、あたしのクリスマス・パーティーでサンタクロースをやってくれるはずだわ」

彼女の趣意は理解できた。もっともである。僕はこぶしを握り締めた。僕は顎《あご》を固めた。僕は偉大なる決断をした。

「わかったよ、叔母さん」

「やってくれるの?」

「やるとも」

「それでこそあたしのバーティーちゃんだわ。いったい何を怖がることがあって? あんなこどもにできるのは、チョコレート・エクレアをあんたのおひげに塗りたくることくらいがせいぜいよ」

「チョコレート・エクレアだって?」沈んだ声で僕は言った。

「でなきゃイチゴジャムだわね。部族の風習なのよ。ところで、去年あの子達が副牧師のひげに火をつけたって話は聞いたかもしれないけど、気にしないでね。あれはまったく不慮の事故だったんだから」

僕はまたもやポプラの真似を始めた。と、ジーヴスが口を開いた。

「ご寛恕《かんじょ》を願います、奥様」

「何、ジーヴス?」

「わたくしに提案をお許しいただけますならば、おそらくはウースター様よりも、いっそう円熟した芸術家をご任用あそばされたほうが、より一段と説得力ある演技が得られようかと思料いたすところでございます」

「あなたがボランティアを買って出てくれるって言うんじゃないでしょうね？」

「いいえ、奥様。わたくしが念頭に置いておりますのは、サー・ロデリック・グロソップに他なりません。サー・ロデリックは最高級のご貫禄と、ウースター様よりもいくぶん深みのある声の持ち主でいらっしゃいます。あの方の〈ホッ、ホッ、ホー〉は、ウースター様のそれよりも、よりいっそう劇的効果の顕著なものとなりましょう。またもし奥様があの方にご接近あそばされましたならば、必ずや当のお役をお引き受けいただくべくご説得は可能とわたくしは確信いたしております」

「いつだって彼は」僕が横からくちばしを入れた。「焼きコルクで顔を黒塗りにしてるってことを考えればね」

「まさしくさようでございます、ご主人様。さようにご変更あそばされるがよろしかろうかと拝察申し上げます」

ダリア叔母さんは考え込んでいた。

「そうね、あなたの言うとおりだわね、ジーヴス」とうとう彼女は言った。「こどもたちには可哀そうだわ。だって生まれてから一番って大笑いを取り上げることになるんだもの。だけどあの子達だって、人生がいつも楽しいことばっかり続きだなんて期待してるわけにもいかないわね。さてと、さっき言った飲み物はやっぱりいらない。まだちょっぴり時間が早いもの」

彼女はとっとと立ち去ってしまった。そして僕はジーヴスに向き直った。僕は猛烈に感動していた。彼は僕を、考えただけで肉体の戦慄《せんりつ》する苛酷《かこく》な試練から救い出してくれたのだ。なぜなら僕はあの齢重ねた親戚の、副牧師のひげが燃えたのは事故だというヨタ話を一瞬たりとも信用しなかったからだ。少年諸君らはおそらく夜中にその計画を周到に練り上げたにちがいないのだ。

「ジーヴス」僕は言った。「君はいくらか前に、クリスマスの後フロリダに行くことについて何か言っていたな」

「たんなる示唆に過ぎぬものでございます、ご主人様」

「君はターポンを釣り上げたいんだろう、どうだ？」

「それがわたくしの野望であると告白申し上げます、ご主人様」

僕はため息をついた。おそらくは妻であり母であろう、ある一匹のターポンが、愛する者たちとの交わりより釣り針の先でもって引き離されるとの思いが僕を激しく苛《さいな》んだというわけではない。僕をナイフのごとく深く傷つけたのは、ドローンズ・クラブ・ダーツ・トーナメントに参加できないとの思いだった。つまり僕は今年の優勝者となるはずだったのだ。だが、それがどうした、だ。

僕は痛恨の思いを抑えつけた。

「それじゃあ、切符の予約を頼もうか」

「かしこまりました、ご主人様」

僕はもっと厳粛な口調になった。

「脆弱《ぜいじゃく》な狡猾《こうかつ》さでもって君に対抗しようとするターポンに天の救いのあらんことをだ、ジーヴス」僕は言った。「その試みは水泡と帰そう」

ポッター氏の安静療法

ニューヨークの有名出版社J・H・ポッター社の創業社主であるジョン・ハミルトン・ポッター氏は、それまでのんびりした関心を注いでいたタイプ原稿を脇に置いた。そしてふかぶかした籐椅《とう》子の深淵より、六月の陽光を心地よく浴びるスケルディングス・ホールの緑の芝生ときらきら輝く花壇を眺《なが》めやった。彼は静謐《せいひつ》なる幸福を覚えていた。堀の水は水銀のごとく輝き、やさしき微風が刈《か》られたばかりの芝の芳香《ほうこう》を鼻腔《びこう》に運んでくれた。太古の楡《にれ》の木ではハトたちがまさしく正統派紳士然とした抑揚でクークー呼び交わしていたし、また昼食以来クリフォード・ギャンドルの姿は見かけていない。ポッター氏にとっては、神、天にしろしめしすべて世はこともなし、であると思われた。

あとどれほどわずかのところで、自分はこのすばらしき旧世界の平和を逃しかねないところであったかと、彼は反省していた。英国に到着してまもなく、彼はペン・アンド・インク・クラブの晩《ばん》餐《さん》会でレディー・ウィッカムに会ったのだが、彼女が彼をスケルディングス・ホールをご訪問くださいと招待した時、ポッター氏の最初の衝動はそれを謝絶することであった。彼の招待主は著しく圧倒的な人間性を備えた女性だった。また、彼は神経衰弱より回復してまだ日が浅く、医者からは完全なる安静と平穏を指示されていたところで、至近距離にて長期間接触するには、この女性はいささか少々神経系の負担となりすぎるのではあるまいかと思われたのだ。それだけではない。彼女は小説を書く。あらゆる出版社社主が備える自己保存本能が、彼女の招待の背後にはそれらを一編一編読み聞かせてアメリカにて刊行させようとの邪悪な欲望が潜んでいるのだと、それとなく彼に知らせていた。彼が古く絵のごとく美しきものを愛好する人物であったという事実のみが、スケルディングス・ホールはチューダー期にまでさかのぼるという事実とあいまって、ポッター氏に招待を受諾させたのであった。

しかしながら、ただのいっぺんたりとも――クリフォード・ギャンドルが彼に向かって政治家然とした多弁さで金本位制その他の重苦しい問題に関する自説をご開陳してくれる時ですら――彼が自らの決断を後悔することはなかった。過去十八カ月の生活を振り返って見るにつけ――それはけたたましい電話と、作家たち――その多くは女性で自分の本をもっと大きく広告してくれなかったと彼を口汚く罵《ののし》りに突然やってくるのだ――よりなる煉獄にて費やされた生活であった――自分は楽園に引越したのではあるまいかと、彼には思えるくらいだった。

それだけではない、この楽園はペリを欠いてはいなかった。というのは、この瞬間、芝生を横切りポッター氏に向かってクジラの骨と印度《インド》ゴムで組み立てられているとでもいうように、弾力性あふれる足取りで歩いてくる娘があったからだ。彼女はボーイッシュな外見の娘で、ほっそりと優美で、また無帽の頭には赤毛がうつくしく陽光に輝いていた。

「ハロー、ポッターさん」彼女は言った。

出版社社主は彼女にほほえみかけた。これなるはロバータ・ウィッカム、わが招待主の令嬢である。北部の友人を訪問して二日前にこの父祖代々の館に帰還したばかりだ。人懐っこいお嬢さんだと、彼女は最初からポッター氏の気に入った。

「おや、おや、おや！」ポッター氏は言った。

「あ、お立ちにならないで。何をお読みでいらしたんですの？」ボビー・ウィッカムは草稿を取り上げた。『『自殺の倫理学』ですって』彼女は言った。「ご機嫌だわ！」

ポッター氏は寛大に笑った。

「きっとこんな日にこんな環境で読むには異様と見えるでしょうな。しかし出版社社主には一時たりとも暇な時間はないのですよ。これはニューヨークの我が社から採決せよと送られてきたものなのです。休暇中といえども、ほっておいてはくれないのですよ」

ボビー・ウィッカムのヘーゼル色の瞳が、物思うげに曇った。

「自殺を讃《たた》えて言うべきことは多いですわ」彼女はつぶやいた。「これ以上クリフォード・ギャンドルの顔を見なきゃならないなら、あたし自殺しちゃいますもの」

ポッター氏は仰天した。彼はいつだってこの子が好きだったが、彼女が自分とこれほどぴったり気の合う人物だとは思ってもみなかったのだ。

「あなたはギャンドル氏をお好きでないのですかな？」

「ええ」

「私もなんですよ」

「誰だってきらいだわ」ボビーが言った。「お母様以外はですけど」彼女の瞳がまた曇った。「お母様はあの人のことを素晴らしいって思っているんですの」

「そうなのですか？」

「ええ」

「おや、おや！」ポッター氏は言った。

ボビーは考え込んだ。

「ほら、あの人って下院議員でしょ」

「ええ」

「いずれ閣僚入りするって噂だわ」

「彼が私に理解させようとしているところでは、そのとおりだそうですな」

「それでそういうことって人をとっても駄目にするとはお思いになりません？　うーん、そのせいであの人とっても堅物《かたぶつ》だわ」

「まさしくそのとおり」

「それに偉ぶってるし」

「まさしく私が選びたい形容詞そのものです」ポッター氏は意を同じくして言った。「あなたがご帰館される前に私たちはしょっちゅう話をしたものですが、その時のあの男はまるで私が彼の選挙人中の間抜けの代表だとでも言わんばかりの態度でしたよ」

「あたしが帰ってくる前にお二人でずいぶんよくお顔を会わしてらしたんですの？」

「そりゃあもう。私は彼を避けるべく最善を尽くしたのですがね」

「あの人は避けるのが難しい人ですわ」

「ええ」ポッター氏はヒツジのように含み笑いをした。「一、二日前にあった面白い話をして差し上げましょうか？　もちろんここだけの話にしていただかないといけませんよ。ある朝私が喫煙室から出てくると、あの男が廊下をこちらに向かってくるのが見えましてね。それで——それで私はジャンプして戻ると——ハッハッハ！——小型の戸棚の中に隠れたのですよ」

「たいそうご賢明でしたわ」

「ええ。しかし不運にもあの男はその戸棚の扉を開けて私を見つけたのです。あれには途方もなくバツの悪い思いをしましたよ」

「あなたは何ておっしゃったんですの？」

「言えることはあまりありませんでした。彼は私の頭がおかしいと思ったでしょうな」

「まあ、あたしは——はーい、お母様。いま行きますわ」

娘に呼びかける女性の豊饒《ほうじょう》なアルトが、夏の午後の静寂を打ち破った。ポッター氏は顔を上げてぎょっとした。レディー・ウィッカムが芝生に立っていた。彼の小さい友人が彼女に近づくにつれ、この子の足取りからは弾力性といったものが消えてゆくように、ポッター氏には思われた。この子は嫌々ながらそちらに向かっているかのようだった。

「どこにいたの、ロバータ？」声の届く範囲に娘が到着したところで、レディー・ウィッカムは訊いた。「ずっとあなたを探してまわっていたのよ」

「何かご用、お母様？」

「ギャンドルさんがハートフォードに行きたがっていらっしゃるの。何かご本をお買いになりたいそうよ。あなた、車でお連れして差し上げたらいいわ」

「んもう、お母様！」

椅子より見ていたポッター氏は、レディー・ウィッカムの顔に不可思議な表情が浮かぶのを見てとった。彼が彼女のたんなる未来のアメリカの出版者候補でなく、イギリスの出版者であったなら、その表情は彼にはなじみ深いものであったことだろう。それはレディー・ウィッカムが令名《れいめい》高き意志力を行使しようとしていることを意味していた。

「ロバータ」危険な静かさで、彼女は言った。「あたくしは特にあなたに、ギャンドルさんをハートフォードまでドライブにお連れして差し上げていただきたいの」

「だけどあたしクラフツ家にテニスをしに行く約束があるんだもの」

「ギャンドルさんはアルジー・クラフツみたいなゴクツブシより、よっぽどあなたにふさわしいお相手よ。あなたちょっとでかけていってあの男に、今日は遊べませんって言っていらっしゃい」

数分後、道の向こうのクラフツ邸の玄関前に特徴あるツーシーターが停車した。そして、運転席のボビー・ウィッカムが声高に叫んだ。

「アルジー！」

フランネルに身を包んだアルジャーノン・クラフツ氏が窓辺に姿を現した。

「ハロー！　すぐ行くよ」

しばらく間があった。やがてクラフツ氏が車道の彼女の許にやってきた。

「ハロー！　あれれ、君はラケットを持ってこなかったんだね、おバカさんだなあ」彼は言った。

「テニスは中止よ」ボビーは短く宣言した。「あたし、クリフォード・ギャンドルをハートフォードまで車で乗せてかなきゃいけないの」彼女は言葉を止めた。「ねえ、アルジー。話があるの」

「何だい？」

「二人だけの内緒よ」

「絶対的にさ」

「お母様はあたしをクリフォード・ギャンドルと結婚させたいの」

アルジー・クラフツは絞め殺されるがごとき悲鳴を発した。動揺のあまり、彼はシガレットホルダーを端から二十センチくらい呑《の》み込んでしまいそうだった。

「クリフォード・ギャンドルと結婚させるだって！」

「そうよ。お母様は大乗り気なの。ああいう人にはあたしをしっかり落ち着かせる力があるって言うのよ」

「とんでもない話だ！　僕の助言を聞いてそんな計画とは全面的絶対的におさらばするんだ。僕はあの男とオックスフォードでいっしょだった。嫌な野郎だ。これ以上はなしって勢いでだ。あいつはオックスフォードユニオン［一八二三年創立の由緒あるディベート・ソサエティ］の会長とか、ありとあらゆる恐ろしいことをやってたんだ」

「本当に困ったわ。どうしていいかわからないの」

「あいつの目玉を蹴りつけて地獄へ行けって言ってやれよ。それしかない」

「だけどお母様がさせたいことをしないでいるっていうのはとっても難しいことなの。お母様のことはわかってるでしょ」

「わかってるさ」クラフツ氏は言った。彼にはわかっていた。

「だけど」ボビーが言った。「わからないわよ。お母様が何らかの理由で突然あの男を嫌いにならないとも限らないわ。お母様って人は突然人をお嫌いになられる人だから」

「そういう人だ」クラフト氏は言った。レディー・ウィッカムは一目見て彼を嫌いになったのだった。

「そうね、お母様が突然クリフォード・ギャンドルをお嫌いになられることを祈りましょ。だけどこう言わなきゃならないけど、アルジー。今現在はだいぶお先真っ暗だわね」

「笑顔でい続けよう」クラフツ氏は言った。

「笑顔でいてどうなるっていうのよ、この間抜けったら」ボビーは不機嫌に言った。


スケルディングス・ホールに夜が訪れた。レディー・ウィッカムは書斎にあり、いずれありとあらゆる諸言語——スカンジナヴィア語を含む——にて版権取得される予定の、偉大なる構想を思い描いていた。夕食後にギャンドル氏からうまいこと逃げおおせた後、ボビーは庭園のどこやらをそぞろ歩いていた。そしてギャンドル氏は、当惑しつつもしかし敗北はせず、薄手のコートを羽織ってボビーを見つけるべく外に出ていた。

ポッター氏はというと、堀の土堤近くの柳の木の下のパント舟中にて平和な孤独を楽しんでいた。はじめて見た瞬間から、ハミルトン・ポッターはスケルディングス・ホールの堀が好きだった。ここなる柳の木の傍で、それはほぼ湖と言ってよいほどの大きさに広がっている。水面には星々の輝きが映り、土堤上の木々で小鳥たちのたてる眠たげなかさかさ音は、得も言われず心地よかった。癒《いや》しの暗黒が毛布のごとく出版社社主をくるみ、レディー・ウィッカムの上等な古酒ポートによりいささか熱を帯びたひたいを撫《な》でるように、涼やかな夜の風がそよいだ。この光景の美に慰められ、やがてポッター氏はこうした瞬間に出版社社主を訪《おと》なう幻想の裡へと浮かび入っていった。

彼はブックカバーと残本と流通販売システムと印税と広告と春季目録と書店割引について瞑想《めいそう》した。そしてアザミの冠毛のごとく行き当たりばったりの彼の思考が、パルプ紙の価格高騰問題に及んだとき、どこか近くから声が聞こえ、彼をこの世界へと引き戻したのだった。

「ああ、磐石《ばんじゃく》の大地をわが足許にて崩れさせ給うな。さる人がかくも愛らしきことを私が見いだす前に」その声は言った。

穏当な要求と人は思おう。しかしそれは虫刺されのごとくポッター氏を苛立《いらだ》たせた。その声はクリフォード・ギャンドルの声だったからである。

「ロバータァ」その声は続けて言った。そしてポッター氏は再び息をした。この男が自分を見つけ、自分に呼びかけているものと彼は思い込んでいた。今彼は自分の存在がいまだ気づかれていないことを理解したのだった。

「ロバータァ」ギャンドル氏は言った。「無論あなたは私の感情がどのようなものかにお気づきでないはずはないでしょう？　それが愛だということを、あなたはもちろんお気づきのはずだ……」

ハミルトン・ポッターは凍結した恐怖の塊《かたまり》と化した。彼は結婚の申し込みを盗み聞きしているのだ。

繊細な感受性を持った男がこういう状況に置かれていることに気づいた時の感情は、不快でしかあり得ない。また感受性が繊細であればあるほど、その不快はより痛烈なものとならざるを得ない。ポッター氏は、ありとあらゆる出版社社主と同じく、世の中の何よりもちぢこまったスミレに似た人であったから、ほとんど気絶しかねぬ思いでいた。彼の頭皮はズキズキ痛み、彼のあごは落ち、彼のつま先はポペット弁みたいに閉じたり開いたりしていた。

「わが心のすべてを――」ギャンドル氏は言った。

ポッター氏は痙攣《けいれん》性の身震いをした。すると舟の突端のパント棹《さお》がマシンガンのような音立てて、がたがたと鳴った。

心臓のどきどき鼓動する沈黙があった。それからギャンドル氏が鋭い声で言った。

「誰かァ、そこにいるのかァ?」

出版社社主にできることが唯ひとつしかない状況というのは存在する。音なく身を起こすと、ポッター氏はパント舟の端にもぞもぞ移動し、水中へそっと降りたのだった。

「そこにいるのは、誰だァ?」

ポッター氏は苦悶《くもん》の咆哮《ほうこう》を発してしまいそうな口を、猛烈な努力で閉じた。水がこんなにも冷たいとは思ってもみなかったのだ。音なく、彼は反対岸に向かって歩き出した。この暗黒の時の唯一の慰めは、女招待主が彼に、堀の深さは一・二メートルもないと教えてくれたのを思い出したことであった。

しかし、レディー・ウィッカムが彼に教えてくれていなかったのは、堀には一、二箇所、水深三メートルの穴があるということだった。したがってポッター氏が六メートルばかり移動したところで、先頃ギャンドル氏がぜひとも回避したいとの意向を表明したまさしくその惨事が彼の身に降りかかったとき、そのことは彼にとって驚きであった。出版社社主が更に一歩足を踏み出した時、磐石の大地が彼の足許で崩れたのだ。

「うわああ!」ポッター氏は絶叫した。

クリフォード・ギャンドルは敏速なる直観力の持ち主だった。悲鳴を聞き、同時に水のざぶんという大きな物音に気づくと、冴《さ》えわたった一瞬の帰納的推論により、誰かが堀に落ちたのだと彼は理解した。彼は堤沿いに突進し、パント舟を見つけた。彼はパント舟に乗り込んだ。ボビー・ウィツカムもパント舟に乗り込んだ。ギャンドル氏は棹を摑《つか》み、果てしなき大海原《おおうなばら》へと舟を推進させた。

「そこにいるのかァ?」ギャンドル氏は訊いた。

「ごぼごぼ」ポッター氏が叫んだ。

「見つけたわ!」ボビーが言った。「もっと左よ」

クリフォード・ギャンドルは救助艇をもっと左に操作した。それで彼が棹を水に下ろそうとしたところで、三度目に浮き上がってきたポッター氏が手の届く範囲にそれを見つけた。溺《おぼ》れる者が藁《わら》をことさらに好んで摑むことはことわざに知られるところであるが、本質的に彼らは清濁《せいだく》併せ呑む寛容の持ち主であり、パント棹をもまたよろこんで進んで摑むものである。ポッター氏は棹を摑み、強く引いた。そしてたまたまその時全体重をその棹にかけていたクリフォード・ギャンドルに、この公式招待に匹敵するほどのお招きに抗する力はなかった。一瞬の後、彼はポッター氏と水底にてごいっしょする次第となった。

ボビー・ウィッカムは波間に浮かび流れ去るところであったパント棹を救助し、冥《くら》い闇の中より水面を見下ろしていた。眼下では活発な動きがあった。クリフォード・ギャンドルはポッター氏を摑んでいた。ポッター氏はクリフォード・ギャンドルを摑んでいた。そして彼らを見下ろしながらボビーは、フーグリ川でワニたちが戦う、幼い頃に見た映画のことを思い出さずにはいられなかった。彼女は棹を持ち上げ、最善の意図をもって、もつれ合った塊にそれを差し出した。

この処置は効果的だった。パント棹は見事にクリフォード・ギャンドルの腹に突き当たり、ポッター氏を摑む手を離さしむるに至った。そしてポッター氏は、再び浅瀬にいることに突然気づくと躊躇《ちゅうちょ》することはなかった。クリフォード・ギャンドルがパント舟によじ上る前に、彼は陸地にあり、速やかに館に向かいびちゃびちゃびちゃ歩きだしていた。

彼が去った後、沈黙が続いた。然《しか》る後に、口から最後の水一パイントを吐き出したギャンドル氏は判定を下した。

「あの男はキチガイに違いない！」

彼はまだ吐き出し残していた水があったのに気づき、再びそれを外部置換した。

「正真正銘のキチガイだ！」またもや彼は言った。「わざと飛び込んだに違いない」

ボビー・ウィッカムは夜の中を眺めていた。可視性がもっと良好であったなら、彼女の話し相手は、恍惚《こうこつ》たるインスピレーションのひらめきをその顔に認めていたかもしれない。

「他に説明のしようがない。パント舟はこっちの岸近くにあって、あいつは堀のど真ん中のあそこにいたんだから。あの男は精神の均衡《きんこう》を欠いているんじゃないかと僕はここ何日か思っていたんだ。あの男が戸棚の中に隠れているのを見つけたことだってある。目にギラギラ野蛮な光を湛《たた》え、棚の中にうずくまっていたんだ。それにあの陰気な顔ときたら。あの異様に陰気な顔つきだ。あいつと話すたびに、あの顔は気になってたんだ」

ボビーは沈黙を破り、低くおごそかな声で言った。

「あなた、お気の毒なポッターさんのことご存じでいらっしゃらないの？」

「へぇ？」

「あの方が自殺マニアだってことを？」

クリフォード・ギャンドルは鋭く息を呑んだ。

「あの方を責めることはできないわ」ボビーは言った。「ある日帰宅したら奥様とご自分の二人の弟さんと従兄弟《いとこ》が、食卓を囲んだまま石のように冷たくなって死んでいるのを見つけたとしたら、どうお感じになって？」

「なんと！」

「毒殺されたの。カレーに何か入っていたのね」彼女は身を震わせた。「今朝、庭で会ったとき、あの方『自殺の倫理学』というご本を満足げに見てらしたわ」

クリフォード・ギャンドルは水のぼたぼた滴る頭の髪に、指を走らせた。

「なんとかしなければ！」

「何ができて？　この話は誰も知らないことになっているのよ。その話をあの方にしようものなら、すぐに出ていっておしまいになるわ。そしたらお母様はお怒りになる。だってお母様はあの方に自分の本をアメリカで出版してもらいたいんですもの」

「僕はあの男を厳重に監視することにしますよ」

「そうね、そうするのがいいわ」ボビーは同意した。

彼女はパント舟を岸に着けた。寒くなりはじめていたギャンドル氏は、舟から飛び降りて衣服を着替えに館へと急いだ。もっとゆったりした歩調でボビーは後に続き、母親が書斎の外の廊下に立っているのに出会ったのだった。レディー・ウィッカムは動揺している様子だった。

「ロバータ」

「はい、お母様？」

「いったい全体どういう騒ぎなの？　何分か前にポッターさんがあたくしの部屋のドアの前をびしょびしょになって走って行かれて、それで今度はクリフォード・ギャンドルが濡れねずみになって通り過ぎて行かれたわ。あの二人は何をしていたの？」

「堀の中で戦っていたのよ、お母様」

「堀の中で戦ったですって？　どういう意味なの？」

「ポッターさんがギャンドルさんから逃げようとなさって堀に飛び込んだの。そしたらギャンドルさんがあの方を追いかけて飛び込んであの方の首を捕まえて、それで二人してずいぶん長いこと取っ組み合って、激しく戦っていたんだわ。あの二人、喧嘩《けんか》してたんだと思うわ」

「いったい全体あの二人にどうして喧嘩するわけがあって？」

「だって、クリフォード・ギャンドルがどんなに粗暴な男かはご存じでしょう」

それはレディー・ウィッカムが気づかなかったギャンドル氏の性格の一側面であった。彼女は持ち前の突き刺すような目を見開いた。

「クリフォード・ギャンドルが粗暴ですって！」

「あたし、あの方は突然人のことが嫌いになる人だと思うわ」

「バカおっしゃい！」

「だって、あたしには変だって思えるんですもの」ボビーは言った。

彼女は階上に向かい、二階に着いたところで廊下を折れて歩いて主客室に至った。彼女はそっと扉をノックした。内側で動く気配がして、ただいまドアが開けられ、花柄のガウンを着たハミルトン・ポッターが姿を現した。

「ご無事で本当によろしかったですわ！」ボビーが言った。

彼女の口調の熱烈さはポッター氏を感動させた。この娘に対して彼は胸温まる感情を覚えた。

「もしあたしがあの場にいなかったら、ギャンドルさんはあなたを溺れ死にさせるところでしたのよ――」

ポッター氏は激しく跳び上がった。

「私を溺れ死にさせるですと？」彼は息を呑んで言った。

ボビーの眉が上がった。

「誰もギャンドルさんのことをあなたにお話ししてない――ご警告もしてないんですの？　あの人が気狂いギャンドル家の一族だってことを、あなたはご存じでいらっしゃらないんですの？」

「きち――？」

「気狂いギャンドルですわ。イングランドの旧家の一部というのがどんなふうかはご存じでしょう。ギャンドル家は何代も続く気狂いの一族なんですの」

「つまりまさか――まさかあなたは――」ポッター氏は息をあえがせて言った。「まさかギャンドル氏は殺人狂だとおっしゃるんじゃ？」

「いつもは違います。ですが突然人をお嫌いになられる時があるんですの」

「彼は私が好きだと思いますよ」神経質な満足を覚えながら、ポッター氏は言った。「彼はわざわざ私を探し出して、彼の見解を――あー――さまざまな問題について――披露したがりますからね」

「あの人がお話ししてる間に、あくびをなさったことはおありじゃありません？」

ポッター氏は蒼白《そうはく》になった。

「彼は……彼はそんなことを気にしますかね？」

「気にするかですって！　夜ドアの鍵はちゃんと掛けてらっしゃいますわね、ポッターさん？」

「ですがそんなのは恐ろしい話じゃありませんか」

「あの人は廊下で眠るんですのよ」

「だがどうしてそんな男が野放しになっているんですか？」

「あの人、まだ何にもしてないんですの。何かするまでは人を閉じ込めとくわけにはいきませんでしょう」

「そのことをレディー・ウィッカムはご存じでおいでなのですか？」

「お願いですから、お母様には一言たりともそのことはおっしゃらないで。お母様を不安にさせるだけですから。ご注意さえなさってらっしゃれば、ぜんぶ大丈夫ですわ。あの人とは二人きりにならないようにされるのがよろしいですわ」

「わかりました」ポッター氏は言った。


一方、当代の気狂いギャンドルは、先般の水上カーニヴァルにてびしょ濡《ぬ》れになった正装服を剝《は》がし脱ぎ、骨ばった身体をオレンジ色のパジャマ上下に包むと、ただいま起こったことどもに立法者の頭脳を全力で傾注していた。

彼は長身でやせぎすで反り返った鼻をした青年で、もっと陽気でいる時ですら物事全般を不可として否定するかに見える外貌《がいぼう》の持ち主であった。また過去一時間に起こった物事のうちに、この否定の表情を減少させる要素は皆無《かいむ》であった。つまり、もし気狂いギャンドルに気も狂わんばかりに怒りまくるもっともな理由がある時があったとしたら、今のクリフォード・ギャンドルこそがそうだと我々としては認めざるを得まい。彼は求婚の決定的瞬間を邪魔された。彼は水中に落とされ、パント棹で突きやられた。彼は頭に風邪の元をこしらえてしまった。また彼はなんだかイモリを一匹飲み込んでしまったような気がしていた。こうしたことは男の気分を陽気にはしないものである。

　また将来の見通しも彼の陰気さを一掃してはくれぬものだった。彼は心身を疲弊させる国会勤めの後の静養と保養のためにスケルディングス・ホールを訪れていた。それがいまや、ロバータ・ウィッカムと共に快適に時を過ごす代わりに、どうやら彼は道ならぬ方向に誤り導かれた出版社社主の守護者として一意専心努力しなければならないらしい。

　彼は出版社社主が好きなわけでもなかった。彼の政治エッセイ集『見張りの者よ、今は夜の何どきか［『イザヤ書』二一・十一］』を四十三冊売ったプロッダー・アンド・ウィッグス社と彼の関係は好ましいものではなかった。

　それでもなお、当代のギャンドルは良心的な人物であった。彼に義務履行を懈《け》怠《たい》しようとの意図はさらさらなかった。出版社社主の自殺を防止することが果たして価値ある行為であるか否かという疑問は、彼には思い浮かばなかった。

　それゆえ彼がボビーのメモを読んだ時、ただちに次のような結果が出来《しゅったい》したのだった。

　正確に言ってその書状がいつ配達されたものか、クリフォード・ギャンドルにはわからなかった。数多くの考えごとで彼は上《うわ》の空でいたし、ドアの下にその紙片が差し込まれるカサカサ音は、彼の意識には届かなかった。かなりの時間が経ち、寝台に横になろうとの意図をもって立ち上がった時になってようやく、床に封筒があることに彼は気づいたのだった。

　彼は身体をかがめそれを拾い上げた。考え深げな目で彼はそれを検分した。彼はそれを開封した。

その手紙は短いものだった。そこにはこうあった。

《あの方の剃刀《かみそり》はどうしましょう？》

剃刀だって！

彼の身体を驚愕の慄動《りつどう》が走った。

彼はそのことを忘れていた。

クリフォード・ギャンドルは遅滞なく行動した。もうすでに遅すぎたかもしれない。彼は廊下を急ぎ走り、ポッター氏の部屋のドアをコツコツと打った。

「どなたですか？」

クリフォード・ギャンドルは安堵《あんど》した。間に合ったのだ。

「入ってもよろしいですか？」

「誰です？」

「ギャンドルです」

「何の用です？」

「あ、あのう、剃刀を貸してもらえませんか？」

「何ですって？」

「剃刀です」

続いて室内には完全なる沈黙が起こった。ギャンドルはもういっぺんドアをコツコツ叩いた。

「中においでですか？」

おかしなゴロゴロいう音で沈黙は破られた。何か重いものが扉板に打ち当たった。それがそれほど蓋然性《がいぜんせい》を欠いた説明と思われなかったら、この奇妙な出版社社主がドアに引き出し簞笥《だんす》を押しつけたのだとギャンドル氏は言ったことだろう。

「ポッタァさん！」

更に沈黙が続いた。

「いらっしゃいますか、ポッターァさん？」

その上更に沈黙があった。無益な監視に嫌気が差したギャンドル氏は、自室に戻っていった。わが眼前にある任務は、しばらく待った上で、隣接する二部屋の窓に付属するバルコニーに向かい、他方が眠っている間に入室してひとつないし複数の武器を取り上げることである、と、彼はいまや理解していた。

彼は自分の時計を見た。時刻はすでに深夜近くなっていた。彼はポッター氏を二時まで待ってやることに決めた。

クリフォード・ギャンドルは座して待った。

撤収する足音より訪問者の立ち去ったことを知ったポッター氏がまずしたのは、ベッド脇の箱から精神安定剤を何錠か取ってそれを呑み込むことだった。それはアメリカを発って以来、主治医の命令で彼が一日三回遂行する儀式であった——朝食一時間前に一回、昼食一時間前に一回、就寝前にもう一回。

こうして錠剤を服用したという事実にもかかわらず、ポッター氏には自分が就眠できる状態とはまったく思えなかった。たった今クリフォード・ギャンドルの狂気じみた邪悪性の恐るべき証左を目《ま》の当たりにした後となっては、今夜は途切れがちな睡眠すら得られようがなかった。あの恐るべき男が彼の部屋のドアにそっと近づき、剃刀を要求したとの恐怖の思いは、骨の髄までハミルトン・ポッターを凍りつかせたのだった。

それでもなお、彼は最善を尽くした。彼は明かりを消し、目を閉じ、しばしば有効である決まり文句を小声で繰り返しはじめた。

「毎日毎日」ポッター氏はつぶやいた。「ありとあらゆる意味で、私はますます良くなっている。毎日毎日、ありとあらゆる意味で、私はますます良くなっている」

廊下の突き当たりの自室であくびをしていたクリフォード・ギャンドルの耳に、もしこんな楽観的な感情が彼の唇から発されるのが聞こえたら、彼は驚愕《きょうがく》していたことだろう。

「毎日毎日、ありとあらゆる意味で、私はますます良くなっている」

ポッター氏の思いは不幸な方向に横滑りした。彼は横になったままゾッとした。彼がますます良くなっているとして、それがどうだというのだ？　ますます良くなったからといって、気狂いギャンドルがいつ何時《なんどき》剃刀を持って跳《と》びかかってくるかもしれないとしたら、どんな意味があるというのだろう？

彼はこうした不快な方向に思いが流れぬよう無理やり頑張った。彼は歯を食いしばり、ちょっぴり挑戦的につぶやいた。

「毎日毎日、ありとあらゆる意味で、私はますます良くなっている。毎日毎日、ありとあらゆる意味で――」

快い眠気がポッター氏を包んだ。

「毎日毎日、ありとあらゆる意味で」彼はつぶやいた。「私はますます良くなっている。毎日毎日、ありとあらゆる意味で、私はますます良くなっている。毎日毎日、ありとあらゆる意味で、私はますます良くなっている。毎日わいにち――」

ポッター氏は眠った。

納屋《なや》の上の時計が二時を打ち、クリフォード・ギャンドルはバルコニーへと足を踏み出した。

およそ人事において小さな取るに足らぬ障害が最善最良の計画を台無しにせぬことはないと、多くの思想家たちは述べてきた。ワーテルローにてフランス騎兵隊を壊滅させたのはウーグモンの沈む道だった。そして今、クリフォード・ギャンドルの行動計画を失敗させたのも、それときわめてよく似通ったものであった――すなわち水差し一杯の水である。それは夕食前にポッター氏の湯たんぽを運んできたメイドが窓の真下に置いておいたものであった。

細心の注意を払いつつ窓から忍び込もうとしたクリフォード・ギャンドルは、足先に固いものが触れたのを知ると、床に触れたと思い込んで全体重をその足に掛けた。ほぼその直後、破壊音と水の氾濫と共に世界は崩壊した。そして明かりが部屋中に満ち、ポッター氏が眼をぱちぱちさせながらベッドで身を起こしている姿が見えた。

ポッター氏はクリフォード・ギャンドルを見つめた。クリフォード・ギャンドルはポッター氏を見つめた。

「あ、ああ、ハロー！」クリフォード・ギャンドルは言った。

ポッター氏はのどに魚の骨が刺さったねこのような、低くおかしな音を発した。

「あ、あー、ちょっと覗《のぞ》きに来たんです」クリフォード・ギャンドルが言った。

ポッター氏は二匹目の、のどに別の骨が刺さったもう少し大き目のねこのような物音をたてた。

「剃刀を取りに来たんですよ」クリフォード・ギャンドルは言った。「ああ、あったあった」彼は言い、鏡台に向かうとそれを確保した。

ポッター氏はベッドから跳び上がった。彼は武器を求め辺りを見回した。目に入る限りで唯一武器になりそうな物は『自殺の倫理学』のタイプ原稿だけであるようで、またそれはハエ叩きの道具としては結構だろうが、今ここにある危機に用いるにはあまりにも脆弱《ぜいじゃく》すぎた。要するに今宵はポッター氏には厄介な宵となりそうな具合に思われてきた。

「おやすみなさい」クリフォード・ギャンドルは言った。

訪問者が窓に向かって退出するのを見て、ポッター氏は驚愕した。信じ難いことと思われた。一瞬彼は、ボビー・ウィッカムがこの男のことで何か勘違いをしているのではないかと思った。その瞬間の彼の行動より穏健なものもおよそあり得なかったからだ。

それから窓に近づきながら、クリフォード・ギャンドルはにっこり笑みを浮かべた。そしてポッター氏の恐怖はたちまち復活した。

この笑みに関するクリフォード・ギャンドルの見解は、それは優しい、安心感を与える笑みであるというものであった——もっとも神経質なゆううつ病患者をも安心させるようなほほえみである。しかしポッター氏にとっては、それはまさしくその発生源より出るにふさわしき狂人のニタニタ笑いにほかならなかった。

「おやすみなさい」クリフォード・ギャンドルは言った。

彼はまたにっこり笑い、立ち去った。そしてポッター氏は何分間かその場に根を生やしたように立ち尽くした後、床を横切って窓を閉めた。それから彼は窓の鍵をおろした。彼は一対のよろい戸に気づき、それも閉めた。彼は手洗い台を動かしてよろい戸に押し付けた。彼は二客の椅子と小さな書棚を手洗い台に寄せて置いた。それから彼はベッドに横たわり、明かりは点けたままにしておいた。

「毎日毎日、ありとあらゆる意味で」ポッター氏は言った。「私はますます良くなっている」

しかし彼の声には真の確信の響きが欠けていた。

よろい戸の隙間《すきま》より射し入る陽光と、窓辺のツタで騒がしく鳴く小鳥たちの歌声が、翌朝早くポッター氏の目を覚ました。しかし彼がベッドから起き上がって新しい一日を歓迎するまでには、いくらか時間がかかった。悪夢に悩まされた一夜は彼をだるく、無気力にしていた。ようやく全精力をかき集めて起き上がり、窓の前の防御柵を片付けて窓を開けたところで、素晴らしき朝が世界を照らしていることを彼は知ったのだった。部屋に入り込んでいた陽光のサンプルは、外の黄金の富を弱々しく示唆していたに過ぎなかったのだ。

しかしポッター氏のハートにそれに呼応する日の光は存在しなかった。心身ともに、彼は最悪の状態にあった。現状況を検討すればするほど、ますます彼はそれが気に入らなくなった。沈痛な思いにて、彼は朝食に降りていった。

スケルディングス・ホールの朝食は形式ばらない食事である。また訪問客たちは朝の遅い女主人の動静に関わりなく、好きな時間に朝食をいただくことになっていた。ポッター氏が入室した時、食堂にいたのは館の娘だけであった。

ボビーは朝刊を読んでいるところだった。朝刊越しに、彼女は彼に陽気にうなずきかけてきた。

「おはようございます、ポッターさん。よくおやすみになられましたか？」

ポッター氏は顔をしかめた。

「ウィッカムお嬢さん」彼は言った。「昨夜、恐ろしいことが起こったのですよ」

驚愕の色がボビーの目に差し入った。

「まさか――ギャンドルさんのことですか？」

「そうです」

「んまあ、ポッターさん。何がありましたの？」

「私が眠ろうとしたところで、あの男がドアをノックして剃刀を貸してもらえないかと聞いてきたのです――私の剃刀をですよ」

「お貸しにはなられなかったんでしょう？」

「貸しませんでしたとも」いくらかイラ立った調子で、ポッター氏は答えて言った。「私はドアにバリケードを張りました」

「何てご賢明でいらっしゃったこと！」

「すると深夜二時に、あの男は窓から部屋に侵入してきたのです！」

「なんて恐ろしいこと！」

「彼は私の剃刀を手に取りました。どうして私を襲わなかったものかはわかりません。しかし、それを手にすると、彼はぞっとするような顔でニタリと笑い、出ていったのです」

沈黙があった。

「タマゴか何かお取りになられません？」押し殺した声でボビーが言った。

「ありがとう。ハムを少々いただきます」ポッター氏はささやいた。

またもや沈黙があった。

「残念ですけど」とうとうボビーが言った。「お発《た》ちにならないといけませんわ」

「私もそう思っていたところです」

「ギャンドルさんの例の、突然あなたのことが嫌いになる、っていうのが始まったのは明白ですわ」

「ええ」

「あなたは誰にもさよならも何もおっしゃらないで、静かにここをお発ちになられるべきだと思いますわ。そうしたらあの人にはあなたがご出発されたこともわからないし、あなたを追いかけることだってできませんもの。それからあなたはお母様に手紙を書けばよろしいんですわ。ギャンドル氏に迫害されたせいで発たざるを得なくなったって」

「まさしくそのとおり」

「あの人が狂人だとかお書きになる必要はないですわ。お母様はそのことをご存じですから。あの人があなたを堀に落とし込んで、それから夜中の二時にあなたの部屋にやってきておかしな顔をしてみせたとだけおっしゃってください。それでお母様にはわかりますから」

「ええ、私は――」

「シーッ！」

クリフォード・ギャンドルが入室してきた。

「おはようございます」ボビーが言った。

「おはようございます」ギャンドル氏が言った。

彼は自分でポーチトエッグを取り、テーブルの向かい側から出版社社主をちらりと眺め、彼がどれほど蒼《あお》ざめて陰鬱《いんうつ》な横顔でいるかに注目しようとした。すべてをおしまいにする瀬戸際にいるように見える人物がもしいたとするなら、その人物はジョン・ハミルトン・ポッターであった。

クリフォード・ギャンドルはそのとき彼自身格別華やいだ気分でいたわけではない。つまり彼はその幸福が平穏な八時間睡眠に大いに依存する人物であったからだ。しかし彼は陽気で楽観的でいようと努めた。

「なんて素晴らしい朝なんでしょうねえ」彼は甲高い声で言った。

「ええ」ポッター氏は言った。

「こんな日には誰だって人生を幸福に、満足に感じることでしょうねえ」

「ええ」疑わしげにポッター氏は言った。

「大自然がこんなにほほえんでいる時に、自分をこの世から消し去ろうなんてことを真剣に考えられる人がいますかねえ？」

「クリックルウッド、アカシア・ロード三二番地、ジョージ・フィリバートはそう考えたわ」新聞の研究を再開していたボビーが言った。

「えっ？」ギャンドル氏が言った。

「クリックルウッド、アカシア・ロード三二番地、ジョージ・フィリバートは自殺未遂の容疑で昨日治安判事の審判に付されたんですって。被告人の供述によると――」

ギャンドル氏は彼女に責めるような目を向けた。彼はいつだってロバータ・ウィッカムのことを女性にしてはかなり知的だと考えてきた。しかし彼は彼女の良識を過大評価していたようだ。彼女の失言を取り繕《つくろ》うべく、彼は最善を尽くした。

「おそらく」彼は言った。「何らかの本当に明確な、深刻な理由があって――」

「私にはまったくわからないのですよ」外見上は茫然《ぼうぜん》自失と見えるものから回復して、ポッター氏は言った。「自殺は悪いなどという考えがどうして生じたものか」

彼は奇妙なまでの強烈さを込めて語った。『自殺の倫理学』の著者は、説得力に満ちた筆を揮《ふる》っており、その件について今や彼は強固な意見を持つに至っていたのだ。そしてまた、もし彼がこうした意見をいまだ持つに至っていなかったとしても、今朝の彼は胸のうちにそうした見解をはぐくみ育てるような気分でいたのだった。

「まもなく私が出版しようとしているきわめて興味深い本の著者は」彼は言った。「一神教信仰の狂信的信者のみが、自殺を犯罪視すると指摘しています」

「ええ」ギャンドル氏は言った。「しかし――」

「彼は続けて、もし刑法が自殺を禁ずるとしたら、それは英国国教会において有効な議論ではないと述べています。また、それはそれとして、そのような禁止は馬鹿げています。なぜなら死それ自体を恐れぬ者を恐怖させる刑罰など何がありましょうか？」

「ジョージ・フィリバートは十四日の拘禁刑を言い渡されたわ」ボビーが言った。

「ええ、しかし――」ギャンドル氏は言った。

「古代人は現代的な理解とはかけ離れた見方でこの問題を考察してきました。実際、マッシリアおよびコス島においては、自らの生命を放棄する妥当性ある理由を提出できた者は、治安判事よりヘムロックの毒杯を手渡されたのです。それも公衆の面前において」

「ええ、しかし――」

「また、何ゆえに」ポッター氏は言った。「自殺が臆病な行為とみなされねばならぬのかは、私の理解の範囲を超えています。確かに、何人《なんぴと》であれ鉄の神経を持たぬ者は――」

彼は言葉を止めた。鉄の神経という語が、彼の記憶の琴線に触れたのだ。突然今ここで自分は朝食の途中にあり、朝食三十分前に服用せよと彼の主治医があれほど厳しく命じた鉄の神経安定剤をまだ飲んでいないということに、彼は思い当たったのだった。

「ええ」ギャンドル氏は言った。彼はカップを下ろし、テーブル越しに彼に目をやった。「しかし――」

彼の声は消えていった。彼は恐怖に打ちのめされた沈黙のうちに、前方を見据えていた。ポッター氏は、奇妙な野生的な光を目に湛《たた》え、不吉な白い丸薬をまさに口に運ぼうとしているところだった。そして、ギャンドル氏が見つめている間にも、この不幸な人物の唇はその恐ろしい代物を含んで閉じようとしており、彼ののどぼとけの動きから、その行為が遂行されたことが了解されたのだった。

「確かに」ポッター氏は言った。「何人であれ――」

この日の朝は彼がこの文を最後まで言い終えぬよう《宿命》がことさら頑強に決意しているかの

ようであった。というのは彼がそこまで言ったところで、クリフォード・ギャンドルがマスタード入れをつかみ、凶暴な金切り声を放ちつつ立ち上がり、狂気じみた目をしてテーブルを越え、彼に跳びかかったからである。

レディー・ウィッカムは階段を降り、帆を張り進行する威風堂々たるガリオン船のごとく食堂に向かっていった。この館中の他の誰とも違い、今朝の彼女は特別陽気な気分だった。彼女は晴れた日が好きで、その日はいつになく晴れわたった日であったからだ。また彼女は朝食が済んだらポッター氏を脇へ呼んで彼女の威圧的人間性の総力を傾注して彼から非公式の契約といったようなものを引っ張りだそうと心に決めていたのだった。

最初はあまり多くは要求するまい、と、彼女は決心した。もし彼が『アガサの誓い』、『強き男の愛』、それとおそらくは『それでも男は男』のアメリカでの刊行に同意してくれるなら、『ミドウスウィート』、『宿命の束縛』その他残る作品に関する話し合いは後回しにしてもいい。だがもしポッター氏が彼女のパンと塩を口にした後で『アガサの誓い』から逃げられると思っているならば、出版社社主のごときどうぶつ王国の成員を制圧するとなった時の彼女の冷たい灰色の目の威力を、彼は悲しいまでに過小評価しているというものである。

したがって、食堂に入室するレディー・ウィッカムの顔には幸福な笑みがあった。彼女は実際に歌を歌っていたわけではないが、そうする寸前で我慢していた。

娘のロバータを除いて食堂が無人であるのを知り、彼女は驚いた。

「おはよう、お母様」ボビーが言った。

「おはよう。ポッターさんはご朝食をお済ましになられたの？」

ボビーはその質問を考量した。

「実際に済まされたかどうかはわからないわ」彼女は言った。「だけど、もう召し上がりたくないご様子でいらしたわ」

「あの方はどちらにいらっしゃるの？」

「わからないわ、お母様」

「いつ出て行かれたの？」

「たった今出て行かれたところよ」

「あたくしお目にかからなかったけれど」

「窓から出て行かれたの」

レディー・ウィッカムの顔から、陽光が消えうせた。

「窓からですって？　どうして？」

「クリフォード・ギャンドルがあの方とドアの間にいたからだと思うわ」

「どういう意味？　クリフォード・ギャンドルはどこなの？」

「わからないわ、お母様。あの方も窓から出て行かれたから。わたしが最後に見た時には、お二人とも車道を走ってらしたわ」ボビーの顔は物思いに沈んだ。「お母様、わたし、考えていたのだけど」彼女は言った。「クリフォード・ギャンドルがわたしを落ち着かせる力を持っているのは確かだってほんとうに思われる？　あの方、ちょっと変わってらっしゃるとわたしは思うわ」

「あなたの言ってることは一言だってわからなくてよ」

「うーん、あの方変わってるわ。ポッターさんが教えてくださったんだけど、あの方、夜中の二時にポッターさんのお部屋に窓をよじ登って侵入して、ポッターさんに向かって顔を変なふうにしかめてみせて、それから窓からまた出て行かれたんですって。それでたった今は――」

「ポッターさんに向かって顔をしかめたですって？」

「ええ、お母様。それでたった今は、ポッターさんが静かにご朝食を召し上がってらっしゃると、クリフォード・ギャンドルが突然大きな奇声をあげてあの方に飛びかかったのよ。ポッターさんは窓から飛び降りて、クリフォード・ギャンドルもあの方を追って飛び降りて、あの方を追いかけて車道を走っていったの。ポッターさんはご老人としてはすごく速く走ってらしたけど、あんなことがご朝食中のお身体にいいわけはないわ」

レディー・ウィッカムは椅子に座り込んだ。

「みんな気が違ってるの？」

「わたしが思う限り、ギャンドル氏はそうに違いないわ。だって、大学で素晴らしいことをしてきた男の人が突然壊れちゃうっていうのはよくあることでしょう。わたし、アメリカの人の事件について昨日読んだばかりなんだけど、その人ハーヴァードだったかどこだったかで受賞できる限りありとあらゆる賞を受賞したんだけど、それから誰も彼もがその人の有望な前途を期待してたのに、その人自分の叔母様に嚙《か》み付いたんですって。それで――」

「ポッターさんを探してらっしゃい」レディー・ウッカムは叫んだ。「あたくし、あの方とお話ししなければ」

「探してはみるけど、簡単には見つからないと思うわ。あの方、二度と戻るおつもりはないと思うもの」

レディー・ウィッカムは虎の子を奪われた母トラのごとき、被害者遺族的悲鳴を発した。

「行ってしまわれったですって！」

「あの方わたしに、立ち去ろうと思ってるってお話をされたもの。これ以上クリフォード・ギャンドルの迫害には耐えられないっておっしゃってらしたわ。その話は朝食前にうかがったの。あの方がお考えを変えたとは思えないわ。あの方は逃げ続けるおつもりでいらっしゃるんでしょう」

壊れたハートのひび割れを通り抜けるすきま風のような音が、レディー・ウィッカムの唇から放たれた。

「ねえ、お母様」ボビーは言った。「お話があるの。昨日の晩、クリフォード・ギャンドルはわたしに結婚の申し込みをしてきたの。どちらともお答えする時間はなかったのよ。だってわたしにプロポーズした後、あの方堀に飛び込んでポッターさんを溺れさせようとなさったんですもの。だけどもしお母様があの方にわたしを落ち着かせる力があるとお考えでいらっしゃるなら、わたし――」

レディー・ウィッカムは苦悶《くもん》の鼻鳴らしを発した。

「あの男と結婚しようだなんて、夢にも思わないように！」

「はい、お母様」ボビーは忠実げに言った。彼女は立ち上がり、食器棚のところへ行った。「卵は召し上がって、お母様？」

「いらないわ！」

「ハムはいかが？」

「いらないわ！」

「わかったわ」ボビーはドアのところで立ち止まった。「こうするのがいいんじゃないかと思うんだけど」彼女は言った。「わたしがクリフォード・ギャンドルを見つけにいって、あの人に荷物をまとめて出てゆくよう言うの。こんなことがあった後で、あの人をうちに置いておくのはおいやでしょう」

レディー・ウィッカムの双眸《そうぼう》は炎を放った。

「あの男が性懲《しょうこ》りもなく戻ってくるようだったら、あたくしは——あたくしは——ええ。あの男には出て行くように言って頂戴。出て行って二度とあたくしに顔をみせないで頂きたいと申し上げて」

「わかりましたわ、お母様」ボビーは言った。

訳者あとがき

本書は *Jeeves in the Offing*（一九六〇）の翻訳である。in the offing というのは、海軍用語で準備完了待機中といったような意味で、今は遠く離れているけれど、若主人様有事の際にはいつでも急ぎ馳せ参じるべくスタンバイ中、といった趣旨の封建精神に満ち満ちた邦題にしたかったのだが、不在のジーヴスを待ちこがれる若主人様の気持ちのほうを尊重して『ジーヴスの帰還』とすることにした。ボツになったタイトル候補作は章題の方に使いまわしてある。また、毎度ながらで恐縮だが、本書の章題は訳者の創作であることをおことわりしておく。更にもうひとつ注記しておかねばいけないのだが、ジーヴス・シリーズ中唯一バーティー・ウースターの登場しない長編、*Ring For Jeeves* の米国版タイトルが *The Return of Jeeves* で、直訳すればやはりジーヴスの帰還である。たいへんまぎらわしい邦題となったことについては、あらかじめおわびを申し上げておきたい。なお念のため、本書のアメリカ版タイトルは *How Right You Are, Jeeves* である。

本書には、短編集 *Plum Pie*（一九六六）から「ジーヴスとギトギト男」（Jeeves and the Greasy Bird）、*Blandings Castle*（一九三五）から「ポッター氏の安静療法」（Mr. Potter Takes a Rest Cure）も収録した。後者は他二作よりもだいぶ発表年代の時間を遡及しての収録であるが、久々登場の本書ヒロイン、ボビー・ウィッカムの旧悪を暴くとともに、このキャラクターのおさらいをしていただこうという意味もある。赤毛の美女ボビーはジーヴス・シリーズでは一九三〇年の『でかした、ジーヴス』に登場して以来、三十年の時を経ての再登場となるが、強烈な個性をめでられ、マリナー氏ものにも数多い親戚縁者の一人として登場している。（岩永正勝／小山太一編訳『マリナー氏の冒険譚』二〇〇七年、文藝春秋、に「にゅるにょろ」、「お母様はお喜び」と「アンブローズの回り道」の三作が訳出されている。）ちなみにレディー・ウィッカムがマリナー氏の従姉妹であるらしい。この「ポッター氏」は、ボビーの登場するストーリー中唯一、三人称で語られた、ボビーが主役の〈ボビー・ウィッカム・ストーリー〉である。「サキ」テイストの奇妙な雰囲気は、ウッドハウスとしては異色であろうか。

「ギトギト男」の初出は一九六五年で、掲載誌はなんと*Playboy*誌であった。こういう無邪気な話が、プレイメイトたちのヌードグラビアの間に掲載されたと思うと不思議な気がする。戦後テレビの普及とともに、ウッドハウスの作品を掲載していた*Saturday Evening Post*や*Collier's*といった名門雑誌は衰退の一途をたどり、やがて廃刊の憂き目に至る。ちなみに『サタデー・イヴニング・ポスト』誌は、名誉毀損《きそん》訴訟に敗訴して巨額の賠償金の支払いを命じられた後、一九六九年に廃刊された。どこぞで聞いたような話である。『プレイボーイ』誌は晩年のウッドハウス新作の発表誌となり、『プラム・パイ』所収の短編はひとつを除いてすべて初出『プレイボーイ』である。

なお、この「ギトギト男」は『ハヤカワ・ミステリ・マガジン』二〇〇七年五月号に掲載されたものであるが、早川書房ミステリマガジン編集部のご厚意により本書に再録させていただくことができた。記して深く感謝したい。

さて、本書刊行の一九六〇年、一八八一年（明治十四年）生まれのウッドハウスはすでに七十九歳になっている。ニューヨークのパークアヴェニュー一〇〇〇番地のアパートメントを一九五五年に手放し、ロングアイランド、レムゼンバーグ、バスケットネックレーンに居を定めて妻エセルと動物たちと平穏な暮らしを続けながら、ウッドハウスは年一冊の着実なペースで執筆を続けていた。また一九五三年からはマルコム・マガリッジ新編集長の下、イギリスの名門 *Punch* 誌に四十六年ぶりにエッセイの連載も開始している。

一九五五年十二月十六日、ウッドハウスはアメリカに帰化してアメリカ国民となった。「自分の住んでいる国の市民でいることが、良識的で礼儀正しい態度と思われたから」というのが本人の弁である。アメリカ市民となることを「とても良いクラブに入会するようなもの」と述べたウッドハウスに、ユーモア作家のフランク・サリヴァンは「私どものクラブにご入会されたという嬉しい報せに接しました。あなたが我が国の市民となられたことは、T・S・エリオットとヘンリー・ジェイムズ（いずれもイギリスに帰化）を失った損失を補って余りあります」と祝賀状を送った。

アメリカ市民権取得の翌年一九五六年には自伝的エッセイ集、*America, I Like You* が刊行されている。これは『パンチ』誌に掲載されたエッセイに加筆、編集したもので、翌年出版されたイギリス版のタイトルは変更されて *Over Seventy*（一九五七）となった。

一九六〇年十月十四日付『ニューヨーク・タイムズ』紙には、翌十五日のウッドハウス七十九歳の誕生日を祝賀して、サイモン・アンド・シュースター社による大広告が掲載された。

ウッドハウス氏、お誕生日おめでとう

P・G・ウッドハウス氏は明日生誕八十年目の年を迎えられるところである。我々一同中に氏の八十冊の著書中のいずれか一冊を読んで恩恵とよろこびを得ることなく成長した者は一人とてないところである。またP・G・ウッドハウスは国際的名士であり笑いの達人であるところである。

よって我々下記署名人は感謝と愛情をもって氏に敬意を表する。

これにキングスレー・エイミス、W・H・オーデン、アガサ・クリスティ、アイラ・ガーシュウィン、グレアム・グリーン、A・P・ハーバート、オルダス・ハクスリー、ナンシー・ミットフォード、オグデン・ナッシュ、コール・ポーター、ジェームズ・サーバー、ジョン・アップダイク、イヴリン・ウォー、レベッカ・ウェスト……ら、八十名の作家たちの署名が続いた。

これは本来ウッドハウス八十歳の祝賀ということで出版社が企画したところ、まだ七十九歳だとわかってあわてて〈八十年目〉と訂正したということであったらしい。翌六一年の本当の八十歳の誕生日は英米両国で盛大に祝われ、ウッドハウスの許には祝電とテレビ、ラジオ、新聞雑誌のインタヴュー記者たちが殺到した。同年、初のウッドハウス研究書リチャード・アズバーンの *Wodehouse At Work* が刊行され、また、イヴリン・ウォーはウッドハウスを国賊と非難したカサンドラのBBCラジオ演説から丁度二十年となる同年七月十五日に、同じBBCで作家八十歳の誕生日を祝賀する「尊敬と謝罪」の演説をした。翌日『サンデータイムズ』紙に全文掲載されたこれが、「ウッドハウス氏にとって人間の原罪ないし〈原初の不幸〉は存在しない。彼の作中人物たちは禁断の果実を口にしたことのない人々である。彼らはいまだエデンの園に住まっている。ブランディングズ城の庭園は我々が皆追放された楽園の庭である。シェフ・アナトールはいと高きオリュンポス山の不死の人々のための食物を料理している。ウッドハウス氏の世界が色あせることなど決してあり得ない。彼は我々の時代よりももっと索漠たる時代を生きるであろう将来世代の人々をも、その囚われより解放しつづけることだろう。彼は私たちが生きられる、楽しめる世界をつくってくれたのだ」で終わる有名なウッドハウス賛である。

そうそう、『帰還』と「ギトギト男」を合わせ読んでご不審でおいでの向きもあるといけないから、グロソップ／ウースター問題について、いくらか補言をしておきたい。周知のように、本シリーズにおいて当初サー・ロデリック・グロソップとバーティー・ウースターとの関係は、大いに緊張をはらんだものであった。しかし長編『サンキュー、ジーヴス』（一九三四）において、かつての宿敵同士は歴史的和解を果たし、互いを「ロディ」、「バーティー」と呼び合う仲になる。なったはずである。ところが本書開始後まもなく読者は、湯たんぽ事件以来のバーティー／グロソップ関係の硬直について知らされて当惑することになる。またこの二人は本書では本書なりの理由で関係を修復して美しき友情を築き上げ、やはり「ロディ」、「バーティー」と呼び合う仲になるのだが、するると『帰還』は『サンキュー』以前に時代設定された話なのだろうか？　だが本書内ではママクリームの友人がチャフネル・レジスの診療所に滞在中で、しかもグロソップ夫人となったレディー・

マートル・グロソップのことも言及されているのだから、時代設定は『サンキュー』以後ということになるのではないか。また困ったことに、バーティーが大のなかよしのロディのために一肌も二肌も脱ぐ「ギトギト男」では、ロディとレディー・マートルは未だ結婚していないのだから、時系列で並べると『サンキュー』→「ギトギト男」→『帰還』となるはずではないか。しかし最初に湯たんぽ以来云々と書いてあるところからすると『でかした』→『帰還』→『サンキュー』であって、これでは時間関係が錯綜して、本書の収まり所がなくなってしまう。

齢七十九歳のウッドハウスは話の整合性など気にかけなくなってしまったのだろうか、と人は問いたくなる。しかしこういうことは、作家老境に至って今更始まったことではない。ウッドハウスのキャラクターの扱いは、もっとずっと前から無雑作だった。たとえば、初登場作 *Love Among the Chickens*（一九〇六）で妻帯者であったユークリッジは、その後の短編では独身者であるし、ブルーボトルがケンブリッジシャーを勝った年に僕のトム叔父さんとアン・スコンド・ノースで結婚して親戚になったはずのダリア叔母さんは、数多の話の経過する中でいつの間にか今は亡きわが父の妹となって、バーティーが赤ちゃんの時におしゃぶりを呑み込んだところを救命してくれたり、お膝の上でたくさんあやしてもらったものだったりしたことになってしまっている。ユークリッジやダリア叔母さんほどの主要キャラクターでさえこうなのだから、ストーリー中で過去のエピソードが回顧される際なども、正確さがあまり意に介される様子はないし、キャラクターの名前まで違っていることだって度々ある。ウッドハウスの作品世界においては、時間は縦にも横にも伸び縮みする上、以前のできごとは後には簡単になかったことにされてしまうのだ。これはやはり何種類ものパラレルワールドを並存させるのは作家の特権ということで、あまりつっつくのは無粋と言うべきなのだろうか。そっと知らんぷりするか、渾身の力を込めて無理やり合理的に説明してしまうのが正しい鑑賞態度なのかもしれない。

ちなみにJ・H・C・モリスの*Thank You, Wodehouse*（一九八一）は、『帰還』は『サンキュー』の後に時代設定との解釈の下に、『サンキュー』後、二人はまた仲たがいをしたに違いない。二人は何の件で仲たがいしたのか、それが謎だと問題提起している。

あるいは齢八十歳になんなんとするウッドハウスに世阿弥の言う「闌《た》けたる位」、演戯者として高度な境地に達し得た者が「あらゆる稽古をし尽くし、良い面をすべて身につけ、悪い面を排除して、高い芸位に到達した時に、時々、そうしたすぐれた演者の心から発現する手段」、すなわち普通ならば否定されるような演じ方をして、それがかえって面白く感じられるような芸位を見ようとする向きもあるだろうか。しかし、九十代に至っても毎朝の〈デイリー・ダズン〉体操を欠かさず、前屈して足をピンと伸ばしたまま両手の指先をつま先につけられることを誇りにしていたウッドハウスに、こうした芸境を押し付けるのはいささか時期尚早と言うべきだろうし、また礼を失した振舞いでもあろう。ウッドハウスはこの後も驚くべき名作を世に送り出し続けた。したがってジーヴス本もまだまだ続く。訳出もまだまだ続くので、次作にもご期待を願いたい。

二〇〇九年七月

森村たまき

ウッドハウス・コレクション
ジーヴスの帰還

2009 年 8 月 12 日　初版第 1 刷発行
2018 年 10 月 20 日　初版第 2 刷発行

著者　P・G・ウッドハウス

訳者　森村たまき

発行者　佐藤今朝夫

発行　株式会社国書刊行会
東京都板橋区志村 1 -13-15
電話 03(5970)7421　FAX 03(5970)7427
http://www.kokusho.co.jp

装幀　妹尾浩也

印刷　株式会社シナノパブリッシングプレス

製本　村上製本所

ISBN978-4-336-05139-4

ウッドハウス
コレクション

◆

森村たまき訳

比類なきジーヴス
2100円

＊

よしきた、ジーヴス
2310円

＊

それゆけ、ジーヴス
2310円

＊

ウースター家の掟
2310円

＊

でかした、ジーヴス！
2310円

＊

サンキュー、ジーヴス
2310円

＊

ジーヴスと朝のよろこび
2310円

＊

ジーヴスと恋の季節
2310円

＊

ジーヴスと封建精神
2100円

＊

ジーヴスの帰還
2310円